दशकुमारचरित

रूपान्तरकार

रांगेय राघव

स्थापित 1912
100 वर्षों की
श्रेष्ठ प्रकाशन परम्परा
राजपाल

₹ 195

ISBN : 9788170287711

DASHKUMARCHARIT (Sanskrit Novel) by Dandi

मुद्रक : जी. एस. ऑफसेट, दिल्ली

राजपाल एण्ड सन्ज़

1590, मदरसा रोड, कश्मीरी गेट, दिल्ली-110006

फोन : 011-23869812, 23865483, 23867791

website : www.rajpalpublishing.com

e-mail : sales@rajpalpublishing.com

www.facebook.com/rajpalandsons

दशकुमारचरित

(प्रसिद्ध संस्कृत उपन्यास 'दशकुमारचरितम्'
का हिन्दी रूपान्तर)

महाकवि दण्डी

राजपाल

भूमिका

संस्कृत गद्य अपने प्रारम्भिक रूप में यजुर्वेद में ही पाया जाता है। उपनिषदों में उसकी कमी नहीं, न ब्राह्मण ग्रन्थों में। आख्यायिका, आख्यान आदि का नाम हमें उपनिषद् साहित्य में ही मिल जाता है। महाभारत में भी गद्यकथाओं के उल्लेख हैं। पतञ्जलि के समय में सुमनोत्तरा, वासवदत्ता और भैमरथी प्रसिद्ध कथाएँ थीं। भास और कालिदास के अतिरिक्त हमें बौद्ध पालि जातकों में भी गद्य मिलता है। शुंगकाल से हर्षवर्धन (छठी शती) तक संस्कृत के गद्यकाव्य खूब लिखे गए थे, ऐसे वर्णन मिलते हैं।

गद्यकाव्य के प्रणेताओं में दो विशेष प्रसिद्ध हैं–दण्डी और बाणभट्ट। दण्डी कब हुए थे इसपर विद्वान अभी एकमत नहीं हैं। संस्कृत में दण्डी को ही 'कवि' माना गया है, ऐसी प्रशंसात्मक उक्तियाँ तक मिल जाती हैं। 'काव्यादर्श' नामक ग्रन्थ दण्डी का ही लिखा हुआ माना जाता है। उनका एक और ग्रन्थ बताया जाता है, पर उसके बारे में विद्वान एकमत नहीं हो सके हैं। विद्वानों में से कुछ का मत है कि 'काव्यादर्श' और 'दशकुमारचरित' एक ही व्यक्ति के लिखे नहीं हैं क्योंकि 'काव्यादर्श' में वह यथार्थवाद स्वीकृत नहीं किया गया है जो 'दशकुमारचरित' में प्राप्त होता है। किन्तु एक ही लेखक का विकास होता है यह हमें ध्यान में रखना चाहिए, ऐसा कुछ विद्वानों का मत है।

'दशकुमारचरित' में गुणाढ्य की बृहत्कथा का प्रभाव बताया जाता है। इसमें भारत के कुछ स्थानों के नाम पुराने ही प्रयुक्त हुए हैं। जैसे अवन्तिका, शूरसेन और त्रिगर्त्त इत्यादि। परन्तु अवन्तिका के साथ ही उज्जयिनी शब्द भी मिलता है। यह परवर्ती नाम है।

उत्तरपीठिका में छठे उच्छ्वास में आता है–

स तमभिप्रशस्याशंसत्–सत्यमिदम्। अवन्तिपुर्यामुज्जयिन्याम्...

अर्थात् उसने उसकी प्रशंसा करके कहा–यह सत्य है। अवन्तिपुरी में उज्जयिनी में...

इसका तात्पर्य यही लगाया जा सकता है कि कथा तब लिखी गई थी जब दोनों नाम चलते थे, बल्कि 'उज्जयिनी' के साथ उसकी पहचान के लिए 'अवन्ति'

भी लगाना पड़ता था।

इसमें यवन 'खनति' और 'रामेषु' का नाम भी आता है। यवन मुसलमान नहीं, ग्रीक थे या रोमन, और इसीलिए यही लगता है कि दशकुमारचरित काफी पुरानी रचना है। यदि इन नामों को सीरियन या ईरानी माना जाए तो यह समझना पड़ेगा कि भारत में विदेशों के बारे में कोई जानकारी ही नहीं थी। ईरानी को यहां स्पष्ट ही पारसीक कहते हैं।

छठी सदी के बाद जब भारत का समुद्री व्यापार अरबों ने छीन लिया और उत्तर का भूमिमार्ग का व्यापार अरबों और तुर्कों ने, उसके बाद ही भारत में विदेशों की जानकारी घटती चली गई थी।

'दशकुमारचरित' के जिस रूप का हमने अनुवाद किया है, वह सब दण्डी का लिखा नहीं है। इसमें तो कहानी भी गड़बड़ में पड़ जाती है। कहां तो प्रमति वन में जन्म लेता है, और वही आगे तारावली का बेटा कहलाता है। ऐसे ही अनेक स्थल हैं जहाँ आगे-पीछे के बयान मिलते नहीं है। इसीलिए कुछ विद्वान कहते हैं कि दण्डी का लिखा हुआ तो असल में वह है जो यहां उत्तर-पीठिका का भाग है, उपसंहार और पूर्वपीठिका बाद में लिखे गए हैं। उपसंहार के बारे में तो और भी प्रमाण मिलते हैं कि उनकी टीका पुराने लोगों ने नहीं की है, 'दशकुमारचरित' के बीच के ही भाग की टीका की है, परन्तु उलझन होती है कि जहाँ से उत्तरपीठिका शुरू होती है—अर्थात् अवन्तिसुन्दरी और राजवाहन की बातचीत से, वह बिलकुल बीच में से शुरू हो जाती है और लगता है कि दण्डी ने कथा को अचानक ही शुरू कर दिया था। लेकिन जहाँ तक राजमहल और अवन्तिसुन्दरी की कथा है, वह तो पूर्वपीठिका में बहुत ही अच्छी तरह निभाई गई है। केवल नायक-नायिका की बातचीत के क्रम में गड़बड़ है। अतः हम यही कह सकते हैं कि अभी कुछ स्पष्ट नहीं। कभी-कभी कोई लेखक पूरी रचना लिख जाता है, परन्तु बाद के 'हाथ' उसमें न जाने क्या-क्या जोड़ जाते हैं, कभी वह अधूरी रचना छोड़ देता है तो उसे पूरा भी कर डालते हैं। मेरा अपना विचार यही है कि दण्डी ने दशकुमारों की कथा की एक रूपरेखा अवश्य बनाई थी। कुछ हिस्से वह पूरे लिख गया था, कुछ में लोगों ने क्षेपक जोड़कर गड़बड़ कर दी। शिवराम पण्डित की 'भूषण', कवीन्द्राचार्य पण्डित की 'पदचन्द्रिका' और भानुचन्द्र की 'लघुदीपिका' नामक टीकाओं में पूर्व-पीठिका और उत्तरपीठिका (उपसंहार) की टीका नहीं है। परन्तु वे सब हैं 'दशकुमारचरित' की टीकाएं ही। और पूर्वपीठिका को मिलाए बिना दशकुमार होते ही नहीं। इससे समस्या सुलझती नहीं उलझती ही है। इन तथ्यों से भी 'दशकुमारचरित' की तिथि पर प्रकाश नहीं पड़ता। 'काव्यादर्श' की सहायता से लोग दण्डी का समय सातवीं सदी से कुछ पहले मानते हैं; यद्यपि यह भी अभी प्रामाणिक रूप से माना नहीं जा सकता।

अन्तःसाक्ष्य को देखने पर दण्डी के जीवन-चरित्र के बारे में कुछ भी प्रामाणिक

नहीं मिलता। किंवदंतियां तो अनेक हैं किन्तु उनमें व्याजस्तुतियाँ हैं और तथ्य नहीं के बराबर ही हैं। उनका विवरण देकर हमें लाभ नहीं होगा। हमारे लिए अधिक लाभदायक है मूल ग्रन्थ को देखना।

(*i*) 'दशकुमारचरित में यथार्थवाद अपनी अभिव्यक्ति में बहुत ही निर्मम बनकर उतरा है। इसमें जुआ, चोरी और व्यभिचार, चालबाज़ियाँ, हत्या और बेईमानी इत्यादि सब ही मिलते हैं।

(*ii*) 'दशकुमारचरित' में प्रेम का वर्णन बहुत है। किन्तु इसमें हमें हर जगह प्रेम 'कामाग्नि का भड़कना' और संभोग का ही रूपान्तर-सा दिखाई देता है।

'महाभारत' में भी प्रेम को ऐसी नर-नारी की वासना के रूप में ही हम देखते हैं, जबकि कालिदास में हम प्रेम को इसी शारीरिक बन्धन में नहीं देखते, वरन् उनमें एक सूक्ष्मता भी है। 'दशकुमारचरित' में प्रेम सुरतमात्र है और कुछ नहीं। यह उस समाज का चित्र है जिसमें–

(अ) वेश्या का समाज में 'गणिका' के रूप में आदर था।

(आ) पतिव्रत की महिमा थी, परन्तु कन्याएँ छिपकर प्रेमियों से चैन से सम्भोग कराने में बुराई नहीं समझती थीं।

(इ) परस्त्रीगमन बुरा ज़रूर समझा जाता था, परन्तु चलता था और काम देता था। उसके बारे में लोग सभ्य समाज में सुना भी देते थे, उसे अन्य कारणों से क्षम्य भी माना जाता था।

(ई) बहुपत्नी-प्रथा थी और सामन्त (दारुवर्मा) खुले आम विवाह के पहले ही स्त्री को सम्भोग करने को ले जाता था (बालचन्द्रिका)।

(उ) स्त्रियाँ इतनी मुखर थीं कि प्रेमी के मुँह पर कहती थीं कि 'मुझसे सम्भोग करके मेरी कामपीड़ा मिटा।'

(ऊ) चोरी, डकैती और हर तरह का बुरा काम किया जाता था और कार्यसिद्धि के लिए जायज़ था।

(ए) राक्षस, अप्सरा, यक्ष आदि पर काफी विश्वास किया जाता था। सिद्ध लोगों की बहुत चर्चा थी और जनता और सामन्त दोनों ही घोर अन्धविश्वासी थे और चाहे जैसे धर्म के नाम पर उन्हें बहकाया जा सकता था। (दो कथाओं में राजाओं का कत्ल करके दूसरे ही दो आदमी आ जाते हैं कि शकल बदल गई; चमड़े की भाथी धन देती है; एक आदमी देवी का प्रतिनिधि बन जाता है।)

(ऐ) देवता कहीं नहीं दिखते, पर उनकी आड़ काफी ली जाती है।

(ओ) चोरी और जुए का काफी प्रचार मिलता है।

(*iii*) दशकुमारचरित में स्पष्ट लिखा है कि चाणक्य की नीति उस समय काफी प्रभाव रखती थी। महाभारत तक हमें ब्राह्मण 'अवध्य' मिलता है, परन्तु यहाँ चाणक्य का हवाला दिया गया है कि उसने चन्द्रगुप्त मौर्य के समय में ही 'वैश्य' वणिक्

को 'अवध्य' करार दे दिया था और इस कथा को लिखने के समय उसी कानून का उल्लेख किया गया है।

अब हमें इन बातों का विवेचन करना आवश्यक है। (*i*) यह बात प्रकट करती है कि चन्द्रगुप्त मौर्य के बाद उस समय 'दशकुमारचरित' लिखा गया जब उसी के समय के नियम समाज में और राज्य में माने जाते थे। वणिक् उस समय भी सशक्त थे और समुद्री व्यापार भी करते थे। यदि यह माना जाए तब तो इसका समय छठी शती से पहले का होना ही चाहिए, क्योंकि छठी शती में भारतीय समुद्र व्यापार ढलाव पर था। उसका विकास-काल जैन कथाओं के आसपास है, जो लगभग ईस्वी सदी पहली से चौथी तक का समय है। पाँचवी-छठी सदी में समुद्र-व्यापार ईरानियों और अरबों के हाथों में था।

(*iv*) यह बात प्रकट करती है कि जब प्रेम को सम्भोग का ही रूप माना गया है, तब वह कालिदास से पहले की रचना होनी चाहिए।

शेष बातों को देखकर हमें संस्कृत साहित्य में 'दशकुमारचरित' से तुलनीय 'मृच्छकटिक' नामक शूद्रक रचित नाटक का वर्तमान रूप मिलता है। उसमें भी वही नग्न यथार्थ देखते हैं जो 'दशकुमारचरित' में मिलता है। यदि बाणभट्ट की 'कादंबरी' की 'दशकुमारचरित' से तुलना की जाए तो वह एक ऐसे समाज का चित्र खींचती है जिसमें न इतना नग्न यथार्थ है, न ऐसी कुत्सा ही है। यह स्पष्ट करता है कि ये दोनों रचनाएँ एक ही युग की नहीं हैं।

साहित्य में युग होते हैं। एक युग की रचनाओं में प्रायः एक न एक समानता मिलती है; प्रायः शैली में या विषयवस्तु में। इस दृष्टि से विषयवस्तु में 'दशकुमारचरित' 'मृच्छकटिक' के वर्तमान रूप के अधिक निकट है। गुणाढ्य की बृहत्कथा और 'दशकुमारचरित' के मूलस्रोत सम्भवतः एक ही हैं और 'दशकुमारचरित' काफी पुरानी रचना है। उसे हम संस्कृत साहित्य के उस युग में रख सकते हैं जब—

(1) ब्राह्मण को पूज्य माना जाकर भी उससे उपहास किया जाता था।

(2) देवताओं पर चोट की जाती थी।

(3) प्रचलित रूढ़ियों का करारा मज़ाक उड़ाया जाता था।

(4) बौद्ध भिक्षु और भिक्षुणियों का नैतिक स्तर अच्छा नहीं रहा था।

(5) जैन पाखण्डी कहलाने लगे थे।

(6) कापालिकों के भी दर्शन होते थे, और उनका समाज में सम्मान था। (विश्रुत-कथा में ऐसा ही है)।

प्रायः यही बातें हमें 'मृच्छकटिक' के वर्तमान रूप में भी विषयांतर से मिल जाती हैं। ये कालिदास में नहीं हैं, भारवि में नहीं है, भास में नहीं हैं और तो और भट्टि में भी नहीं हैं। किन्तु शूद्रक में हैं।

इस दृष्टि से देखने पर लगता है कि यदि साहित्य में युग होते हैं (और वे होते

ही हैं) तो 'दशकुमारचरित' भास के बाद और कालिदास के पहले की रचना है। इसमें विशेषता यह है कि लेखक के रचनाकाल में भारत में कोई भी सार्वभौम सम्राट् नहीं मालूम होता। जैसे शूद्रक एक सार्वभौम सम्राट् की कल्पना का आनन्द लेता है, वैसे ही इसमें भी राजनैतिक उपदेश यह है कि एक ही सम्राट् बनता है और सब उससे प्रेम से निर्वाह करते हैं और सारी पृथ्वी का भोग करते हैं। पृथ्वी का तात्पर्य केवल भारत भूमि से लगाया जाता है। 'मृच्छकटिक' से इस कथा की दूसरी समानता है कि इसमें भी पाटलिपुत्र से उज्जयिनी का अधिक महत्त्व दिखाई देता है। किन्तु भेद यह है कि 'मृच्छकटिक' में उज्जयिनी को केन्द्र बनाकर कल्पना की गई है, जब कि इसमें मगध को केन्द्र बनाने की कल्पना है। इसका कारण भी हमें याद रखना चाहिए कि 'मृच्छकटिक' की मूल कथा अपने वर्तमान रूप से पुराने युग की थी।

मुझे तो यही लगता है कि 'दशकुमारचरित' का लेखक दण्डी दूसरा व्यक्ति था और 'काव्यादर्श' का लेखक दण्डी कोई और ही था। जिस प्रकार विभिन्न कालिदासों को इतिहास ने मिलाकर एक कर दिया है, उस प्रकार दण्डी भी मिला दिए गए हैं। इन दो व्यक्तियों को मिलाना काफी बड़ी खाई को इच्छानुसार पाट देने का प्रयत्न है। हम यही कह सकते हैं कि जिस समय 'मृच्छकटिक' का वर्तमान रूप प्रस्तुत हुआ था, उसी समय के लगभग 'दशकुमारचरित' का मूलरूप प्रस्तुत हुआ होगा।

2

कथा की दृष्टि से 'दशकुमारचरित' बहुत ही रोचक है। इसमें अकाल, अराजकता आदि के बहुत ही सजीव चित्रण हुए हैं। प्रकृति का वर्णन बहुत ही सुन्दर हुआ है। यौवन और रूप के तो गज़ब के वर्णन हैं। इनमें यहाँ तक कमाल है कि युद्ध-वर्णन में शस्त्रों की झँकार तक सुनाई देती है। किन्तु चरित्र-चित्रण के दृष्टिकोण से इसमें कमी यह है कि प्रत्येक कथा का कुमार एकदम सब पर छा जाता है और सब कुछ उसी की योजना और तरकीबों के हिसाब से हो जाता है। इसकी नायिकाओं में सब ही कामप्रिया हैं और प्रायः सब ही नायक बड़े भारी भोगकर्ता हैं। परन्तु इसमें एक विचित्रता यह है कि इसके धूर्त नायकों की हरकतें नक्शा-सा खींचती चली जाती हैं। इस दृष्टि से इसका चरित्र-चित्रण यद्यपि अपने विशेष ढंग का है, फिर भी वह महत्वपूर्ण है।

कथा-प्रवाह चलता है और उसमें अन्तर्कथाएँ भी अन्तर्भुक्त की गई हैं। इसमें न केवल समाज के निम्नवर्ग का चित्रण है, वरन् हमें समस्त सामन्तीय जीवन अपने काफी विस्तार के साथ दिखाई दे जाता है। राजा, अच्छा राजा, बुरा राजा, चापलूस, चोर, सिपाही, गणिका, अन्धविश्वासी, धूर्त, जुआरी, संपेरा, मान्त्रिक, सिद्ध, वैश्य, शूद्र, गरीब, अमीर, विलासी, जादूगर, युद्ध नाश, अकाल, जासूस, अराजकता और ऐसे ही अनेक लोग और दृश्य दिखाई देते हैं। इन सबका यथार्थ चित्रण हुआ है।

इसको पढ़कर पता चलता है कि उस समय का आदमी बड़ा 'उस्ताद' होता था और प्राचीन भारत में सब कुछ अच्छा ही अच्छा नहीं था, वरन् यहाँ काफी बुराइयाँ थीं। संस्कृत के आचार्यों ने ऐसे ग्रन्थ को इतना महान कहा, यह बताता है कि उस समय बुराइयों की पोल खोलने पर शास्त्रीय ढंग से प्रतिबन्ध नहीं थे। नाटक में अवश्य कुत्सित दृश्य नहीं दिखाए जाते थे क्योंकि उसमें दर्शक के मन पर सीधे ही बुरा प्रभाव पड़ता था, किन्तु श्रव्यकाव्य में ऐसी कोई रोक-टोक नहीं थी। परवर्ती काल में इस यथार्थ पर रोक-टोक लगाई गई थी जो दूसरे दण्डी के काव्यादर्श से प्रकट होता है। परवर्ती काव्यों में हमें सामन्तों के जीवन पर ऐसा गहरा प्रहार नहीं मिलता जैसा यहाँ है। प्राचीन समय में राजा आवश्यक होता था, क्योंकि अराजकता बहुत भयानक वस्तु थी, किन्तु सामन्त का व्यक्तिगत जीवन जनता के लिए विशेष महत्त्व नहीं रखता था। ऐयाशी और लड़ाई, सामन्तों के यही दो काम थे और इसीलिए 'दशकुमारचरित' के लेखक ने मिल-जुलकर राज करने का उपदेश दिया है, जिसमें केन्द्रीय सम्राट् किसी भी राज्य पर ज़ोर-ज़बर नहीं करता। चातुर्वर्ण्य की उचित मर्यादा को पाला जाए, यह भी लेखक का एक स्वप्न है।

सबसे बड़ी बात इस ग्रन्थ में है इसका मज़ाक। बड़ी ही चुभीली चोटें की गई हैं और मज़ाक-मज़ाक में ही लेखक बड़े-बड़ों को नहीं छोड़ता। प्रायः हर कुमार जिस तरकीब से काम लेता है, उसमें हँसी अवश्य आती है, चाहे वह जुगुप्सा ही क्यों न पैदा करें। चन्द्रसेना को ऐसा अन्जन मिलने को होता है कि वह बन्दरिया नज़र आए और नतीजा होता है कि अंजन देने वाला ही समुद्र में बहता दीखता है। धूमिनी की कथा में व्यभिचार हँसी तक ला देता है। ऐसे ही निम्बवती और नितम्बवती की कथाएँ भी हमें मुस्कराता छोड़ जाती हैं। काममंजरी और अपहारवर्मा तो बहुत ही खूब बन पड़े हैं।

यद्यपि दण्डी ने कहीं भी किसी बात को दुहराया नहीं है, किन्तु क्योंकि अन्त में हर कुमार को एक राज्य मिल जाता है, इसलिए यह 'टेक' ज़रा आगे चलकर उबा देती है; क्योंकि ज्योंही तरकीबें शुरू हुईं कि हमें पहले से ही अन्त का अनुमान होने लगता है। एकाध स्थल पर तो घटनाओं की योजना बताई गई है और उन्हें होते हुए भी नहीं दिखाया गया। बस यही कह डाला गया है कि सब इसी प्रकार हो गया। यह कथात्मकता में रोचकता को घटाने वाली बात है।

अतिरिक्त इसके कि दण्डी ने मानव-मन को परिस्थितियों के वैविध्य में सफलता से चित्रित किया है, यह भी प्रकट होता है कि वह न केवल एक बड़ा भारी भाषा का पंडित था, वरन् यह भी स्पष्ट होता है कि उसे जानकारी बहुत थी। वह राजनीति को तो बहुत ही अच्छी तरह समझने वाला था। विश्रुत की कथा, जो शायद उसने पूर्ण नहीं की है, उसके पहले हिस्से में राज्य का इतना अच्छा वर्णन है कि देखते ही बनता है। उसके चित्रण आंखों देखे के-से होते हैं।

हो सकता है, काल के गाल से यदि पुराने ग्रन्थ बच पाते तो हमें पता चलता कि संस्कृत साहित्य में यथार्थवाद की ये जड़ें कितनी गहरी उतर गई थीं और कब इनका निराकरण प्रारंभ हुआ, किन्तु दुर्भाग्य से पुस्तकें ही नहीं मिलतीं, जो इसपर पूर्ण रूप से प्रकाश डाल सकें। हम यही कह सकते हैं कि 'दशकुमारचरित' एक युग की समस्त चेतना का प्रतीक है और जब यह लिखी गई होगी तब इसने काफी हलचल मचा दी होगी। समस्त ग्रन्थ को पढ़कर यही लगता है कि लेखक की सहानुभूति किसी भी पात्र से नहीं है, वह निष्पक्ष है, उसमें वह लगन नहीं, जो कालिदास को दुष्यन्त से और वाल्मीकि को राम से थी। उसकी बला से उसका पात्र भला है या बुरा, वह तो ऐसे सुना जाता है जैसे इस सबसे उसे कोई सम्बन्ध ही नहीं।

3

अन्त में अपने अनुवाद के विषय में भी कुछ स्पष्ट कर दूँ। अनुवाद और वह भी संस्कृत गद्य के ग्रन्थ का, वास्तव में बहुत ही कठिन कार्य है। क्योंकि संस्कृत का गद्य प्रायः काव्य जैसा ही होता है। उसमें अनुप्रास तो इतने होते हैं कि उन्हें हिन्दी में लाया ही नहीं जा सकता। फिर भी किसी भी ग्रन्थ का प्राण केवल उसके बाह्य कलेवर में नहीं हुआ करता, उसके प्रतिपाद्य में होता है। वह प्रतिपाद्य किसी भी भाषा में प्रयत्न करके प्रस्तुत किया जा सकता है। मैंने इसीको अपने सामने लक्ष्य बनाकर इसका अनुवाद करने का साहस किया है।

'दशकुमारचरित' के हिन्दी में और भी अनुवाद हुए हैं।

पं. निरंजनदेव विद्यालंकार ने 'दशकुमारचरित' का हिन्दी में अनुवाद किया है। किन्तु उसमें मूल के प्रति इतना ज़ोर नहीं है, जितना अपनी व्याख्यात्मकता का ज़ोर है। अपने ग्रन्थ के पृ. 382 पर वे लिखते हैं, "मैंने उस शिकारी की यह बात सुनकर उसके कान में बहुत धीरे से कहा–सुनो, तुम्हें मालूम है, असलियत क्या है? वास्तविक बात यह है कि मित्रवर्मा बड़ा चालाक है। वह धूर्त इस लड़की का अच्छी जगह सम्बन्ध करके इसकी माँ के जी में जगह बना लेना चाहता है। उसका विश्वास पाकर फिर उसीके मुँह से यह जान लेना चाहता है कि अपना लड़का उसने कहाँ भेज दिया है..."

इस प्रकार काफी समझाकर अन्त में विश्रुत (बोलने वाला पात्र) कहता है, (पृ. 384) "इधर तो यह काम हो रहा होगा, उधर मैं और यह बालक, हम दोनों अघोरी साधु का भेष बनाकर भीख माँगते हुए रानी के दरवाज़े पर पहुँचेंगे।' फिर पृष्ठ 385 पर विश्रुत भीख लेकर कहता है, "इसके उपरान्त भीख लेकर मैंने धीरे से नालीजंघ को बुलाया। नालीजंघ मेरे पीछे-पीछे आ रहा था...।"

अब इसको देखा जाए तो कुछ का कुछ अर्थ निकाला गया है। कथा में नालीजंघ एक बूढ़ा है, जो बालक राजकुमार को बचाकर वन में ले आया है। यहाँ विश्रुत मिलता है, जिसे नालीजंघ सारा किस्सा सुनाता है। इसी बीच एक किरात आता है ('किरात' एक जातिविशेष का शिकारी होता था)। इस किरात से बातों में पता चलता

है कि मंजुवादिनी का ब्याह होने वाला है। इस पर पं. निरंजनदेव कहते हैं कि "मैंने (विश्रुत ने) उस शिकारी की वह बात सुनकर उसके कान में धीरे से कहा"...इत्यादि।

सोचने की बात है कि विश्रुत एक अनजान शिकारी से एकदम क्यों ऐसी गुप्त बात कहेगा? और नालीजंघ और बालक के अतिरिक्त वहाँ कोई है नहीं, तो फिर कान में कहने की ज़रूरत ही क्या है?

मूल संस्कृत में है–

"अथ कर्णेजीर्णमब्रवम्"

अर्थात् कान में बूढ़े से (नालीजंघ से) कहा–यह ठीक है, क्योंकि नालीजंघ ने किस्सा सुनाया है, और शिकारी के मुँह से खबर सुनकर, शिकारी क्योंकि बाहरी आदमी है, वह बूढ़े के कान में कहता है।

जीर्ण का अर्थ है जर्जर यानी बूढ़ा। शिकारी किस तरह जीर्ण हो गया। फिर आगे जो नालीजंघ को बुलाने का स्थल है। वहाँ मूल है।

"लब्धभैक्ष्यः नालीजंघमाकार्य्य निर्गम्य ततश्च तं चानुयान्तं शनैरपृच्छम्"

अर्थात् भिक्षा प्राप्त कर, नालीजंघ को साथ लेकर चल पड़ा और कुछ आगे जाकर मैंने धीरे-धीरे पूछा...

यदि नालीजंघ यहाँ पहले से न होता तो बुला कहाँ से लिया जाता? यदि शिकारी भेजा जाता तो बिना किसी निशानी के रानी तक पहुँचता कैसे? रानी उसकी बात मान कैसे जाती? पूछती–नालीजंघ कहां है? तो वह क्या कहता? एक नए आदमी को रहस्य की बात करते देख वह उसे शत्रुपक्ष का गुप्तचर क्यों न समझ लेती? और फिर नालीजंघ जंगल से गायब होकर सीधा फिर महल में मिलता है।

अपने अनुवाद में उन्होंने मंगलाचरण में वामनावतार विष्णु के चरणदण्ड को शंकर का चरणदण्ड कहा है। स्पष्ट ही "त्रिविक्रम' वामन का ही नाम है। त्रिविक्रम ने जो तीसरा चरण फैलाया था उसी की संस्कृत साहित्य में महिमा गाई गई है। शिव के चरणदण्ड की ऐसी महिमा परंपरा-विरुद्ध है। फिर शिव की ओर इंगित करने वाला कोई शब्द भी नहीं। पंडित जी ने अपने अनुवाद में 'फर्लाङ्ग' आदि शब्द का भी प्रयोग किया है जो पाठकों को भ्रम में डाल देते हैं कि क्या दण्डी के समय भी ऐसे दूरी नापने के हिसाब थे। पृष्ठ 334 पर वे बड़ी दूर हिमालय पर्वत से, जहाँ शंकर भगवान नृत्य करते थे, एक बड़े पुराने साल के पेड़ की लम्बी-लम्बी जटाएँ मँगाते हैं। मूल में है–"शंकर नृत्यरंग देश जातस्य जरत्सालस्य स्कंधरंध्रान्तर्जटाजालं निष्कृष्य तेन जटिलतां गतः।" शंकर के ताण्डव का स्थान दक्षिण देश है या श्मशान? यहाँ श्मशान से तात्पर्य है। पता नहीं हिमालय से पेड़ की जटाएँ वहाँ दक्षिण भारत में इतनी जल्दी कौन ले आया? और यह मतलब पण्डित जी ने कैसे निकाल लिया?

मैंने दूसरा अनुवाद श्री रामतेजशास्त्री और श्री केदारनाथ शर्मा कृत देखा है। इसमें अर्थ भी स्पष्ट नहीं होता। व्याकरण की भाषा में भी भूलें हैं। उत्तरपीठिका-प्रथम

अध्याय में दर्पसार अपनी ही बहन अवंतिसुन्दरी से विवाह करना चाहता है (पृ॰ 145), जबकि दर्पसार की जगह वीरशेखर होना चाहिए था। क्षपणक विहार (जैन विहार) को बौद्ध विहार (पृ॰ 178) कहा गया है।

अपना समय बचाकर कहूँ कि दोनों अनुवाद अभी प्रामाणिक नहीं हैं। आगे के संस्करणों में विद्वान् लेखकों को परिमार्जन कर लेना चाहिए। भूल-चूक तो हो ही जाती है।

अपने अनुवाद के विषय में मैं यही कहूँगा कि यह भी कोई उत्कृष्ट रचना नहीं है। संस्कृत भाषा में समास-प्रधानता है, जो एक बड़ी संगीतात्मक गठन पैदा करती है। यदि उनका अनुवाद उसी रूप में किया जाए और वह किया भी जा सकता है, जैसे पं. हजारीप्रसाद द्विवेदी ने अपनी 'बाणभट्ट की आत्मकथा' लिखी है, परन्तु हिन्दी के लिए वह बड़ी ही कृत्रिम शैली-सी लगती है और उसमें सरलता भी नहीं आती; इसीलिए मैंने सरलता पर ज़ोर दिया है। जहाँ तक हो सका है मूल के निकट रहा हूँ परन्तु हिन्दी का मुहावरा पकड़ने की मैंने अधिक चेष्टा की है, क्योंकि मूलग्रन्थ भी सरल भाषा में लिखा गया है, ताकि लोगों की समझ में आसानी से आ सके।

उत्तरपीठिका में सातवें अध्याय में मन्त्रगुप्त अपनी कहानी सुनाता है। दण्डी ने उसमें ओष्ठ्य वर्णों का प्रयोग नहीं किया है। प, फ, ब, भ मिलेंगे ही नहीं। मैंने भी अपने अनुवाद में इस कार्य पर, जहाँ तक मुझसे बन पाया है, ध्यान रखा है और इन वर्णों का प्रयोग उसके बयान में नहीं किया है यद्यपि हिन्दी की गढ़न में यह बहुत ही कष्टदायक कार्य रहा है। पवर्ग में म भी होता है, उसे भी होंठ मिलाए बिना नहीं बोल सकते। परन्तु मूल में 'चाहं' (चाहम्), निर्दयं (निर्दयम्), चेयं (चेयम्), जातम्, इत्यादि म के अनेक प्रयोग हैं, अतः म को मैंने भी प्रयुक्त किया है।

महाकवि दण्डी की अनमोल कृति 'दशकुमारचरित' जहाँ एक ओर अपने साथ इतिहास के एक पट को लाकर खोल देती है, वहीं हमें साहित्य-स्रष्टा के उस मन को भी दिखाती है, जिसने 'उदात्त' की परंपरा को अपनी 'इति' न मानकर, समाज की गहराइयों में उतरने की चेष्टा की थी। दण्डी के पात्रों का चातुर्य देखने पर वे 'वैचित्र्य' की कोटि में आते हैं, परन्तु जहाँ तक उनके मन का सवाल है, वे साधारण हैं और उनमें यदि कोई विकृति भी है तो उनकी पृष्ठभूमि में शास्त्र की मर्यादा को खड़ा करके, दोष व्यक्ति से हटाकर समाज और शास्त्र पर डाल दिया गया है। इसीलिए यह ग्रन्थ संस्कृत साहित्य में अपना सानी नहीं रखता क्योंकि इसमें उस युग का मनुष्य बड़े ही उघड़े रूप में हमारे सामने आता है और हम उसे बिलकुल हाड़-मांस का बना हुआ ही देखते हैं।

—रांगेय राघव

क्रम

पूर्वपीठिका

मंगलाचरण

ब्रह्माण्ड-छत्र का दण्ड, अरे वह
ब्रह्मा के उस भवन-कमल का नालदण्ड,
पृथ्वी-नौका का कूपदण्ड, झरती
नभगंगा की पट्टी का केतुदण्ड
वह त्रिभुवन-जय का स्तंभदण्ड, देवता और
विद्वत्-रिपुओं का कालदण्ड,
कल्याण करे वह ज्योतिचक्र का अक्षदण्ड,
वामन का सुखमय चरणदण्ड![1]

---

1. यह वामनावतार विष्णु के चरणदण्ड की स्तुति है। वह चरण आकाश में बढ़ गया था और उसने अण्डकटाह को भेद दिया था। वामन का यह रूप त्रिविक्रम कहलाता है। बढ़ा हुआ चरण ब्रह्माण्ड रूपी छत्र का डण्डा बन गया था। ब्रह्मा विष्णु की नाभि से निकले कमल पर रहते हैं। कूपदण्ड पुराने ज़माने में पाल में लगा डण्डा होता था। हवा में पाल उतार देने पर वही सहारा देता था। एक गंगा धरती पर बहती है और एक गंगा आकाश में भी मानी गई है। त्रिविक्रम के पाँव ने तीनों लोकों को जीत लिया था।

ज्योतिचक्र सम्पूर्ण सत्ता का चक्र माना जाता था। उसकी धुरी का डण्डा ही अक्षदंड कहलाता था।

1

दसों कुमारों के जन्म तथा शिक्षा

मगधराज राजहंस का वर्णन

संसार के सारे नगरों के वैभव की कसौटी, समुद्र के रत्नों को अपने हाटों में भरे हुए, मगध देश की राजधानी पुष्पपुरी है। उसमें पहले कभी राजहंस नामक राजा राज्य करता था। उसके भुजदण्ड ऐसे प्रचण्ड थे मानो वह भयंकर समुद्रों को भी मथकर मन्दराचल की भाँति विक्षुब्ध कर सकता था। शरद्ऋतु का चन्द्रमा, माघ मास के फूल, कपूर, हिम, मोती माला, मृणाल, ऐरावत हाथी, जल, दुग्ध, शिव का अट्टहास, कैलास पर्वत आदि श्वेत वस्तुओं की भाँति सर्वत्र उसका धवल यश फैला हुआ था। उसने निरन्तर यज्ञ और दक्षिणाओं द्वारा आचारवान विद्वान ब्राह्मणों की रक्षा की। मध्याह्न के प्रचण्ड मार्तण्ड-सा उसका प्रताप था। रूप में वह कामदेव को भी नीचा दिखाता था। उस राजा की रानी का नाम वसुमति था। वसुमति पृथ्वी भी कहलाती है। इस प्रकार वह राजा दोनों वसुमतियों का भोग करता था।

रानी वसुमति का वर्णन

रानी वसुमति को देखकर लगता था कि शिव के तीसरे नेत्र के खुलने से जब कामदेव भस्म हुआ, उसकी सेना भयभीत होकर इस स्त्री के अंगों में छिप गई। भौंरे बालों में, चन्द्रमा मुख में, जयध्वज मत्स्य आँखों में, मलयानिल मुखवायु में, तथा प्रवाल होंठों में छिप गए। विजय शंख ग्रीवा में दिखने लगा। पूर्णकुम्भ कुचों में, धनुष की डोरियाँ भुजाओं में, कुछ खिला-सा लाल कमल भंवरदार नाभि में, जैत्ररथ जघन में, जयस्तम्भ उरु युगल में, छत्रकमल चरणों में जा समाए। यों वह अद्वितीय थी।

दोनों आनन्द से रहते थे।

मन्त्रियों का वर्णन

राजहंस के परम आज्ञाकारी कुलपरम्परा से आए तीन मन्त्री थे। वे बृहस्पति को भी कुछ नहीं समझते थे। उनमें से सितवर्मा के सुमति और सत्यवर्मा नामक पुत्र थे। धर्मपाल के सुमंत्र, सुमित्र और कामपाल तथा तीसरे मन्त्री पद्मोद्भव के

सुश्रुत और रत्नोद्‌भव नामक पुत्र हुए थे। इन पुत्रों में से धर्म में लगा सत्यवर्मा तो संसार को असार देखकर तीर्थयात्रा करने देशांतर चला गया। कामपाल विटों, नटों और वेश्याओं के सम्पर्क में आकर उद्दण्ड और भाइयों तथा बाप की न सुनता हुआ आवारा हो गया। रत्नोद्‌भव वाणिज्य करने समुद्र में आर-पार आने-जाने लगा। बाकी पुत्र जैसे पिता थे, वैसे ही उनकी भाँति ही काम में लग गए।

राजहंस का युद्ध

ऐसे ही समय में राजहंस मगधराज मालवराज मानसार की विजयों की कथाएँ सुनने लगा। मानसार बड़ा अहंकारी हो गया था। राजहंस क्रुद्ध होकर समुद्रों के गम्भीर गर्जनों को दबाने वाले भेरी नाद को प्रतिध्वनित करता, भयभीत दिग्गजों को आतंकित करता, हाथी, घोड़े, पैदल और आयुधों से सजी सेना लेकर शेषनाग के फनों को व्याकुल करता हुआ, मालवेश्वर पर आक्रमण करने चल पड़ा। मानसार भी अपने हाथी ले आया। तुमुल संग्राम शुरू हो गया। रथ के पहियों और घोड़ों की टापों से धूलि पिस गई। हाथियों की झरती मदधारा में सनकर धूलि पति और नई वधू के बीच के पर्दे की तरह फैल गई। युद्ध के नाद से दिशाएँ बधिर हो गईं। शस्त्रों पर शस्त्र और हाथों से हाथ टकराने लगे। सारी सेना को नष्ट करके राजहंस ने मानसार को ज़िन्दा ही पकड़ लिया, परन्तु फिर उसे उसका राज्य लौटा दिया। और मगध लौटकर सम्पूर्ण पृथ्वी पर शासन करने लगा। किन्तु उसके पुत्र नहीं था। इसलिए वह नारायण की आराधना करने लगा।

रानी का गर्भ धारण करना

एक दिन रानी वसुमति ने स्वप्न में ब्राह्म मुहूर्त में सुना जैसे कोई कह रहा था–'हे देवि! तुम सजा से कल्पवृक्ष का फल प्राप्त करो।'

और तब उसे गर्भ आ गया। इन्द्र जैसे वैभव से राजहंस ने मित्र राजाओं को बुलाकर रानी का सीमंतोत्सव किया।

तदनन्तर, एक बार जब गुणी मगधराज राजहंस अपने शुभेच्छु मित्र, मन्त्रियों और पुरोहितों से घिरा सभा में बैठा था, द्वारपाल ने आकर प्रणाम करके कहा : 'हे देव! आपके दर्शनार्थ कोई पूज्य संन्यासी द्वार पर उपस्थित है।'

आज्ञा पाकर द्वारपाल उस संन्यासी को राजा के सामने ले आया। राजा समझ गया कि कोई गुप्तचर आया है। उसने एकान्त करवा दिया। मन्त्रियों के साथ रह गया। संन्यासी आया तो सबने प्रणाम किया। राजा ने हंसकर कहा : 'हे तापस! इस कपट वेश में भ्रमण करते हुए आपने कोई नई बात देखी हो तो बताएं।'

संन्यासी गुप्तचर का खबर देना

घुमक्कड़ संन्यासी बोला : 'देव! आपकी आज्ञा से जो वेश अपनाया है वह बड़ा अशंकनीय है। मैं मालवराज के नगर में गया था। वहाँ छिपकर सारी खबर ले आया हूँ। मानसार हार की ग्लानि से म्लान होकर इतना खिन्न हो गया कि अन्त में वह शारीरिक कष्ट सहकर महाकाल[1] निवासी महेश्वर की आराधना में जुट गया। उसके तप से प्रसन्न होकर शिव ने उसे मुख्य शत्रुवीर को मारने वाली भयंकर गदा दी है। अब वह अपने को अद्वितीय योद्धा मानता हुआ युद्ध का उद्योग कर रहा है। अब आप भविष्य की चिन्ता करें।'

मन्त्रियों ने विचार करके एकमत होकर राजा से कहा : 'देव! शत्रु ने निरुपाय होकर देवता की सहायता ली है और लड़ने आ रहा है। हमारा इस समय युद्ध करना ठीक नहीं होगा। दुर्ग में आश्रय लेना ही ठीक लगता है।'

राजहंस का युद्ध करना

परन्तु राजहंस नहीं माना। उसका गर्व अखर्व था। लड़ने को उठ खड़ा हुआ। मानसार भी सेना-संचालन करता रुद्रगदा से सज्जित होकर, सहज ही मगध में घुस आया। मागध मन्त्रियों ने राजा राजहंस को किसी तरह समझा-बुझाकर अन्तःपुर की रानियों को मुख्यसेना की रक्षा में शत्रुओं से अगम्य विंध्याटवी (वन) में भिजवा दिया। विशाल सेना लेकर राजहंस ने क्रुद्ध मानसार को घेर लिया। इतना विकराल युद्ध हुआ कि आकाश के देवता भी चकित रह गए। अन्त में जय की इच्छा से मालवराज मानसार ने मगधराज राजहंस पर रुद्रगदा चलाई। राजहंस के बाणों ने गदा के टुकड़े-टुकड़े कर दिए, परन्तु पशुपति शिव के वरदान से वह अमोघ थी। आकर जब रथ पर गिरी तो राजहंस के सारथि को मारकर रथ में बैठे राजहंस को भी मूर्च्छित कर गई। सारथि के गिरते ही घोड़े रथ को ले भागे और दैवयोग से उसी वन में जा पहुँचे जहाँ रानियाँ भेजी गई थीं।

राजहंस की हार और वनवास

मालवराज मानसार मगध को जीतकर पुष्पपुर में राजा बन बैठा।

मन्त्री लोगों की, युद्ध में आहत होने से मूर्च्छा जब दूर हुई, तब आँखें खुलीं। देखा, राजा नहीं थे। वे दीन होकर रानी के पास वन में गए। रानी ने जब सारी सेना का विनाश और राजा के खो जाने का वृत्तांत सुना तो मन में प्राणत्याग करने का निश्चय कर बैठी। मन्त्रियों और पुरोहितों ने समझाया : 'हे कल्याणी! राजा का मरना निश्चित नहीं है। ज्योतिषियों ने बताया है कि तुम्हारी कोख से एक शत्रुदमन वीर सुन्दर कुमार जन्म लेगा। तुम्हारा मरना उचित नहीं है।'

---

1. उज्जैन का महाकाल मंदिर।

थोड़ी देर को रानी भी दुःख से निश्चेष्ट हो गई। पर आधी रात की नीरवता में जब सब सो गए तब अपार शोक-पारावार पार करने में असमर्थ रानी शिविर पार करके एकान्त में गई। यह वही जगह थी जहाँ राजहंस के रथ के घोड़े भागने से थककर पहिए फँस जाने से रुके खड़े थे। रानी ने मृत्यु की रेखा जैसे लगने वाले एक वट वृक्ष पर अपने उत्तरीय का फन्दा टाँगकर फाँसी लगाने का यत्न किया और कोकिल के स्वर को भी तिरस्कृत करने वाले कोमल कण्ठ से करुण विलाप करने लगी : 'हे कामदेव के लावण्य को पराजित करने वाले राजा! आप ही अगले जन्म में भी मेरे पति बनें।'

राजा का रक्त अधिक निकल जाने के कारण वह निश्चेष्ट हो गया था। पर चन्द्रमा की शीतल किरणों ने उसे चैतन्य कर दिया था। रानी का विलाप सुनकर राजहंस पहचान गया कि यह वसुमति की आवाज़ है। उसने मीठे स्वर से उसे पुकारा। रानी घबराई-सी दौड़ी और मिलते ही मुख-चन्द्रमा कमल-सा खिल उठा। उसने देर तक आँखें भरकर राजा को देखा और फिर पुरोहित, तथा अमात्यों को आवाज़ देकर राजा के पास इकट्ठा कर लिया। सब ने दैव की प्रशंसा की। अमात्यों ने अभिवादन करके राजा से निवेदन किया : 'देव, लगता है घोड़े सारथी के नहीं रहने से इस रथ को वन में ले आए।'

राजा ने कहा : 'सारी सेना के विनष्ट हो जाने पर उस मालवराज मानसार ने रुद्रगदा को निर्दयता से फेंक कर मारा। मैं उससे मूर्च्छित हो गया। यहाँ प्रभातकालीन वायु के लगने पर ही मेरी आँखें खुलीं।'

मन्त्रियों ने उत्सव मनाकर आनन्द से देवताओं की आराधना की और वे राजा को शिविर में ले आए। वहाँ सारे बाण आदि राजा के शरीर से निकाल कर प्रसन्नवदन राजा की मरहम-पट्टी की गई। राजा अच्छा हो गया, परन्तु दैव ने पौरुष को असफल कर दिया था, इसलिए वह बहुत खिन्न था। अमात्यों की राय से रानी वसुमति ने राजा को समझाया। उसने कहा : 'देव! आप संसार के राजाओं में सर्वश्रेष्ठ होकर भी आज विंध्याटवी में पड़े हैं। इससे सिद्ध होता है कि लक्ष्मी पानी के बुद्‌बुदों की की तरह है। बिजली की तरह चमककर अचानक आती है, और वैसे ही चली जाती है। सब कुछ भाग्य के बस में है। प्राचीनकाल में हरिश्चन्द्र, रामचन्द्र आदि पृथ्वीपतियों ने भी इन्द्र का सा वैभव छोड़कर, भाग्य के कारण, दुःख भोगा था। बाद में उन्होंने राज्यसुख पाया था। आप भी अब दुःख भोगकर भविष्य में राज्यसुख प्राप्त करेंगे। इसलिए दुःखों से विचलित न हों, देवता की आराधना करके समय बिताइए।'

राजहंस का वामदेव से मिलना

राजहंस ने सुना। समय पाकर वह अपनी सारी सेना लेकर तपस्वी वामदेव के पास गया। वामदेव तप से जाज्वल्यमान थे। राजा ने उन्हें अपनी इच्छा पूरी करने की सामर्थ्य से पूर्ण जाना।

चन्द्रवंशी राजा राजहंस ने मुनि को प्रणाम कर सारी विपदा सुनाई और कुछ दिन उस सुन्दर तपोवन में रहने के बाद मितभाषी राजा ने कहा : 'भगवन्! प्रबल दैव के बल से मानसार मुझे जीतकर मेरा राज्य भोग रहा है। हे लोकशरण! करुणासिन्धु! मैं भी तप करके शत्रु को उखाड़ फेंक सकूँ, इसीलिए आपके पास नियम से रहने आया हूँ।'

त्रिकालज्ञ तपोधन वामदेव ने कहा : 'मित्र! शरीर को सुखा देने वाले तप को छोड़ो। वसुमति के गर्भ से एक समस्त शत्रुविनाशक पुत्र निश्चय जन्म लेगा। अतः कुछ समय तक तुम शान्त रहो।'

उसी समय आकाशवाणी हुई : 'यह सत्य है।'

तब राजा भी मुनि की बात मान गया।

राजवाहन का जन्म

गर्भ के दिन पूरे होने पर वसुमति ने अच्छे मुहूर्त में सकल लक्षणों से युक्त पुत्र को जन्म दिया। ब्रह्मतेजस से पूर्ण ब्राह्मण पुरोहित से, राजा ने अपने आभूषण और कोमल वस्त्र पहनाकर अपने सुकुमार कुमार का जातकर्म संस्कार कराया और उस शोभनीय का नाम राजवाहन रखा।

प्रमति, मित्रगुप्त, मन्त्रगुप्त और विश्रुत का जन्म

उसी समय सुमति, सुमन्त्र, सुमित्र और सुश्रुत इन चारों अमात्यों के भी चन्द्रमा जैसे सुन्दर और चिरायु पुत्र जन्मे। इनके नाम प्रमति, मित्रगुप्त, मन्त्रगुप्त और विश्रुत रखे गए।

इन मन्त्रिपुत्रों के साथ खेलता हुआ राजकुमार राजवाहन बड़ा होने लगा।

उपहारवर्मा का लाया जाना

कुछ समय बाद एक तपस्वी राजलक्षण युक्त एक मनोहर सुकुमार कुमार को लाया। उसने उसे राजा को समर्पित करते हुए कहा : हे भूवल्लभ! मैं वन में कुश-समिधा लेने गया था। वहाँ मैंने एक असहाय रोती हुई स्त्री को देखा। मैंने पूछा : तुम वन में क्यों रोती हो? तब वह करकमल से आँसू पोंछ कर गद्गद स्वर से कहने लगी : मुने! कामदेव के रूप को पराजित करने वाले मिथिला के राजा अपने सारे परिवार के साथ अपने मित्र मगधराज की स्त्री के सीमंतोत्सव में सम्मिलित होने पुष्पपुर गए थे। उसी बीच मालवराज ने आक्रमण करके मगध को जीत लिया। मगधराज की सहायता करते हुए मिथिला के राजा प्रहारवर्मा शत्रु द्वारा पकड़े गए। पुण्यबल से वहाँ से छूटकर बची-खुची सेना लेकर अपने नगर की ओर चल दिए। वनमार्ग में जाते समय शबरों के प्रचण्ड दल ने उन्हें घेर लिया। अन्तःपुर की स्त्रियों की रक्षा करते हुए वे किसी प्रकार

बचकर निकल गए। राजा के दोनों बच्चों की धाएँ, मैं और मेरी लड़की, तेज़ी से राजा के साथ नहीं जा सकीं। तभी एक विकराल व्याघ्र आ गया। मैं भागने लगी। ठोकर खाकर गिरने से मेरे हाथ से उन जुड़वां बच्चों में से एक फिसलकर मरी हुई कपिला गाय की गोद में छिप गया। व्याघ्र क्रोध से उस मरी हुई गाय पर झपटना ही चाहता था कि शबर आ गए और उन्होंने बाण से व्याघ्र को मार डाला। वे उस चंचल केश वाले बालक को उठाकर न जाने कहाँ ते गए। दूसरे बालक को लेकर मेरी लड़की न जाने कहाँ चली गई। मैं मूर्च्छित पड़ी थी। कोई दयालु चरवाहा उधर से निकला। मुझे देखकर घर ले जाकर उसने मरहम-पट्टी की। मैं अब स्वस्थ हूँ। राजा के पास जाना चाहती हूँ परन्तु लड़की खो गई है, और मैं दुखियारी अब अकेली रह गई हूँ। जो कुछ भी हो, मैं अकेली स्वामी के पास जाती हूँ।

यह कहकर वह तो चली गई परन्तु मैं आपके मित्र विदेहराज की आपत्ति से दुःखी हो गया। मैं उनके वंश के नए अंकुर की खोज में चल पड़ा। योंही एक दिन मैं एक सुन्दर चण्डिका मन्दिर में पहुँचा। वहाँ मैंने देखा कि किरात विजयोत्सव मना रहे थे। वे एक बालक की बलि देने के बारे में बातें करते हुए आपस में कह रहे थे : इसे वृक्ष की शाखा से लटकाकर तलवार से काटा जाए, या बालू में गढ़ा खोद पाँव बाँधकर पैने बाण से मार दिया जाए, या कई चरणों पर भागते पिल्लों से इसे कटवाकर बलि दिया जाए। मैंने सुना और कहा : हे किरात श्रेष्ठो! इस भयानक वन में मैं बूढ़ा ब्राह्मण रास्ता भूल गया हूँ। अपने बालक को छाया में सुलाकर मैं रास्ता खोजने कुछ दूर गया था कि लौटने पर मुझे वह बालक नहीं मिला। पता नहीं उसे कौन उठा ले गया। ढूँढ़-ढूँढ़कर हार गया, पर उसे नहीं पा रहा हूँ। उसका मुँह देखे कितने ही दिन बीत गए। क्या करूँ? किधर जाऊँ? आप लोगों ने उसे देखा तो नहीं है

'मेरी बात सुनकर उन्होंने कहा : हे द्विजश्रेष्ठ! एक बालक यहाँ है। वही तो तुम्हारा नहीं है? हो तो तुम्हीं ले लो।

'भगवान की दया से उन्होंने बालक मुझे दे दिया। मैंने उन्हें आशीर्वाद दिया और बालक को पानी के छींटे देकर होश में लाकर आपके निश्शङ्क अङ्क में ले आया हूँ। आप ही पिता की तरह अब इसकी रक्षा करें।'

राजा ने मित्र की विपत्ति की दारुण व्यथा को बालक का मुख देखकर दूर किया। और बालक का नाम उपहारवर्मा रखकर उसे भी वह राजवाहन की तरह पालने-पोसने लगा।

अपहारवर्मा की प्राप्ति

पर्व निकट आने पर राजा तीर्थस्थान को शबरों के ग्राम के समीप गया। वहाँ एक स्त्री की गोद में उसने एक अनुपम सुन्दर बालक देखकर कौतूहल से पूछाः 'ऐ भामिनी! इतना सुन्दर और राजगुण सम्पन्न बालक तुम्हारे कुल में नहीं हो सकता।

यह किसके नयनों का दुलारा है, तुम्हारे पास कहाँ से आया, सच-सच बता दो।'

शबरी ने प्रणाम करके लज्जा से कहा : हे राजन्! जब शबर सेना हमारे गाँव के पास मार्ग से जाते इन्द्र जैसे मिथिलाधिपति को लूटकर आई थी तब मेरे पति ने इसे मुझे लाकर दिया था। मैंने ही इसे पाल-पोसकर बड़ा किया है।'

राजा ने समझ लिया कि मुनि ने जिस दूसरे बच्चे की बात कही थी, वह यही है। उसने साम-दाम से शबरी को प्रसन्न कर दिया और बालक ले आया। उसका नाम उसने अपहारवर्मा रखकर रानी को पालन करने को दे दिया।

पुष्पोद्भव का आ पहुँचना

वामदेव का एक शिष्य था। उसका नाम था सोमदेव शर्मा। वह एक बालक को ले आया और राजा से बोला : मैं रामतीर्थ में स्नान करके लौट रहा था तो मैंने इस गोरे बालक को गोद में लिए एक वृद्धा को देखा। मैंने उससे बड़े आदर से पूछा : हे स्थविरे! तुम कौन हो और इतने कष्ट पाकर भी इस बालक को वन में लिए क्यों घूम रही हो?

वृद्धा ने कहा : 'हे मुनिवर! कालयवन नामक द्वीप में कालगुप्त नामक एक धनिक वैश्य है। उसकी एक सुशोभना सुवृत्ता नामक लड़की है। मगध राजा के मंत्री के पुत्र रत्नोद्भव ने उससे विवाह किया। बड़ा गुणवान, सारी पृथ्वी पर घूमा हुआ रत्नोद्भव समुद्र-व्यापार करता हुआ द्वीप में पहुँच गया। श्वसुर ने उसे काफी अच्छी चीज़ें और धन देकर सम्मानित किया। कालक्रम से वह नताङ्गी गर्भिणी हुई। रत्नोद्भव को भाइयों को देखने की इच्छा हुई। श्वसुर को मनाकर वह इस चंचल नेत्र वाली स्त्री को साथ लेकर नौका पर सवार होकर पुष्पपुर की ओर चला। दुर्भाग्य से लहरों की चोट से नाव समुद्र में डूब गई। गर्भ की पीड़ा से थकी हुई सुवृत्ता को मैं, उसकी धाय, ने सम्भाला और किसी तरह एक पटरे पर चढ़ाकर तीर पहुँचा दिया। रत्नोद्भव का कुछ पता नहीं चला। प्रसव की घोर पीड़ा उठी। सुवृत्ता ने बालक को वन में ही जन्म दिया। वह अचेत-सी वृक्ष की छाया में पड़ी है। पर निर्जन वन में कब तक अकेली रहेगी! मैं इसीलिए नगर का मार्ग खोजने निकली हूँ। उस बेबस के पास बच्चा छोड़ना ठीक न समझकर मैं कुमार को ले आई हूँ।'

'तभी वन में एक जंगली हाथी दिखाई पड़ा। उसे देखकर वह वृद्धा डर के मारे बालक छोड़कर भाग गई। मैं एक लता के पत्तों में छिपकर बैठ गया। ऊँचे हाथी ने सूण्ड फैलाकर उस बच्चे को ज्योंही खाने के पत्तों की तरह उठाना चाहा कि भयंकर गर्जन करता हुआ एक सिंह उसी समय उसपर वेग से झपटा। हाथी ने डरकर बच्चा ऊपर उछाल दिया। किन्तु बालक का भाग्य अच्छा था। उसे धरती पर गिरने के पहले ही एक ऊँचे वृक्ष की शाखा पर बैठे बन्दर ने फल समझकर पकड़ लिया। और फल न देखकर एक मोटी डाल पर रख दिया। बालक स्वस्थ था।

सारे झटके झेल गया। सिंह तो हाथी को मारकर चला गया। मैं भी लताकुञ्ज से निकला और इस तेजस्वी बालक को नीचे उतारा। वन में ढूँढ़ने पर भी वह स्त्री नहीं मिली। तब मैंने बालक को गुरु को समर्पित किया। उन्हीं की आज्ञा से अब उसे आपके पास लाया हूँ।'

राजा ने सोचा कि भाग्य भी विचित्र है। सब मित्रों पर एकसाथ ही आपत्ति आई। रत्नोद्भव का जाने क्या हुआ होगा।! जो हो। उसने बालक का नाम पुष्पोदभव रखा और सुश्रुत को सारी कथा सुनाई और उसको उसके छोटे भाई का लड़का सौंप दिया।

यक्षी का अर्थपाल को पहुँचाना

कुछ दिन बीते कि रानी वसुभति पति के पास आई तो छाती से एक बच्चा लगा लाई। राजा ने पूछा : 'यह कहाँ मिला?'

रानी ने कहा : हे राजन! रात एक दिव्य वनिता मेरे सामने आई और उसने इस बालक को मेरे सामने रखकर, मुझे सोते से जगाकर विनीत भाव से कहा : देवी! मैं मणिभद्र यक्ष की पुत्री तारावली हूँ। तुम्हारे मन्त्री धर्मपाल के पुत्र कामपाल की स्त्री हूँ। यक्षेश्वर ने आज्ञा दी है, इसीलिए आपके पुत्र राजवाहन की सेवा करने को मैं इसे लाई हूँ। यह राजवाहन समुद्रों से घिरी पृथ्वी का अधिपति होगा। इसलिए तुम मेरे कामदेव जैसे सुन्दर बालक का पालन करो, यह राजवाहन की सेवा करेगा।

'मेरे नेत्र आश्चर्य से खुले रह गए। मैंने बड़े आदर से उस सुलोचना यक्षी का सत्कार किया। तभी वह अदृश्य हो गई।'

राजहंस को इससे बड़ा आश्चर्य हुआ कि कामपाल ने यक्ष कन्या से सम्बन्ध कर लिया। फिर मित्रों का मनोरंजन करने वाले सुमन्त्र अमात्य को बुलाकर बालक को उसे सौंप दिया। इस बालक का नाम अर्थपाल रखा गया।

सोमदत्त का आना

वामदेव के आश्रम में एक और भी शिष्य था। वह भी एक दिन बहुत ही अपरूप सुन्दर बालक ले आया और राजा राजहंस से बोला : 'हे देव! मैं राजतीर्थ में स्नान करने गया था। वहाँ मैंने इस चंचल बालक को गोद में लिए एक वृद्धा को रोते देखा। मैंने उससे पूछा : हे स्थविरे! तुम कौन हो? क्यों रोती हो? यह सुन्दर बालक किसका है? वन में क्यों आई हो?

'बुढ़िया ने यह सुनकर हाथों से आँसू पोंछकर, मुझे शोक निवारण करने में समर्थ जानकर कहा : हे ब्राह्मणपुत्र! राजहंस के मन्त्री सितवर्मा का छोटा पुत्र सत्यवर्मा तीर्थयात्रा की अभिलाषा से विदेश गया था। किसी अग्रहार[1] में काली नामक किसी

1. राजा का संकल्प में दिया ग्राम।

ब्राह्मण कन्या से विवाह करके रहा। जब उससे सन्तान नहीं हुई तो उसने उस काली की स्वर्ण जैसे रंग की बहिन गौरी से विवाह किया। उससे एक लड़का हुआ। काली ईर्ष्या से जल उठी। वह मुझे बालक के साथ बहाने इस नदी के पास लाई और इसमें धक्का देकर चली गई। मैंने एक हाथ से बालक को पकड़ा और दूसरे से तैरती रही। धारा में बहता एक पेड़ मेरे हाथ में पड़ गया। मैं भी बहाव में पड़ गई। पर उस वृक्ष पर एक साँप बैठा था, जिसने मुझे डस लिया। वृक्ष यहीं आकर किनारे से लग गया। मैं किनारे पर चढ़ आई। पर अब विष चढ़ रहा है और मैं मर जाऊँगी। तब इस बालक को वनपशुओं से कौन बचाएगा। यही सोचकर रो रही हूँ।

'बमुश्किल इतना कह पाई कि विष पूरा चढ़ जाने से पृथ्वी पर गिर पड़ी। मुझे दया आई पर मैं मन्त्र नहीं जानता था। अतः असमर्थ रह गया। जब तक वन की बूटी खोजकर ला सका, वह मर गई। उसका अग्निसंस्कार करके बालक की मैंने रक्षा की। परन्तु सत्यवर्मा की चर्चा में मैं उससे उसके अग्रहार का नाम नहीं पूछ सका था। खोजना असम्भव जानकर मैं इसे, आपके ही अमात्य का लड़का है, आप ही रक्षा करेंगे, ऐसा सोचकर, आपके पास ले आया हूँ।

सत्यवर्मा की असली हालत का पता नहीं लगा। राजा इससे दुःखी हुआ। राजा ने उस बालक का नाम सोमदत्त रखकर उसे उसके ताऊ सुमति मन्त्री के हाथों सौंप दिया। भाई के बेटे को भाई-सा ही जानकर सुमति बहुत प्रसन्न हुआ।

लालन-पालन और शिक्षा

इस प्रकार दसों बच्चे इकट्ठे हो गए, दैव ने उन्हें मिला दिया। राजवाहन उनके साथ खेलने लगा। राजवाहन तरह-तरह के वाहनों पर चढ़ने में निपुण हो गया। उसका क्रमशः चौल और उपनयन आदि संस्कार हुआ। फिर उसने सब लिपियाँ सीख लीं। सब देशों की भाषाओं में वह पण्डित हो गया। षडङ्गवेद, काव्य, नाटक, आख्यानक, आख्यायिका, इतिहास, चित्रकला, पुराण, धर्म, शब्द (व्याकरण), ज्योतिष, मीमांसा, तर्क तथा कौटिल्य और कामन्दकीय नीतिशास्त्र की निपुणता, वीणा आदि सब वाद्यों को बजाने का कौशल, संगीत साहित्य में मनोहरता लाना, मणिमन्त्र, औषधि आदि के माया-प्रपंच आदि में प्रसिद्धि, हाथी-घोड़ों पर चढ़ने का कौशल, तरह-तरह के हथियार चलाने का यश, जूआ और चोरी आदि छल विद्याओं में प्रौढ़ता को वह आलस्य रहित होकर प्राप्त कर गया।

कुमारों का युवक होना

आचार्यों से यों पढ़ता हुआ जब वह युवक हो गया तो उसके साथ के सन्नद्ध कुमारों का देखकर राजा राजहंस प्रसन्न हो उठा। उसने सोचा कि अब वह शत्रुओं से अजेय हो गया था। उसको परमानन्द होने लगा।

2

दिग्विजय-यात्रा और कुमारों का बिछुड़ना

वामदेव का सुझाव

एक दिन वामदेव राजा राजहंस से मिलने गए। राजा का पुत्र कामदेव का संशय पैदा करता था। सभी कुमार कार्तिकेय के साहस का उपहास-सा करते हुए-से लगते थे। वे लोग राजा पर जयध्वज, छत्र, कुलिश आदि लगाते थे, इससे उनके हाथों में निशान पड़ गए थे। जब वामदेव पहुँचे तो सब कुमार वहीं थे। राजा ने वामदेव का आदर-सत्कार किया। भौंरे जैसे काले, लंबे बालों वाले कुमारों ने उनके चरणकमल पर सिर झुकाया और भविष्य में शत्रुदमन की इच्छा रखने वाले कुमारों को वामदेव ने स्नेह से आलिंगन करके आशीर्वाद दिया। वे बोले : 'हे भूवल्लभ! आपका पुत्र राजवाहन आपके मनचाहे फल सा सुन्दरता और यौवन को पाकर अब आपके अनुकूल मित्र-सा हो गया है। अब इसका समय है कि यह अपने सहचरों के साथ दिग्विजय करने को निकले। अब आप इसे भेजिए।'

कुमारों का दिग्विजय पर निकलना

कामदेव जैसे सुन्दर और राम जैसे अतुल पराक्रमी, क्रोध से ही शत्रु को भस्म करने में समर्थ, वायु से भी वेग में आगे जाने वाले उस कुमार समूह की युद्धयात्रा से राज्य बढ़ेगा, यह सोचकर राजवाहन की सेवा में उन कुमारों को लगाकर उचित उपदेश देकर शुभ मुहूर्त में राजा राजहंस ने दिग्विजय करने को उन्हें भेज दिया।

ब्राह्मण मातंग का मिलना

मंगल शकुनों को देखता अनेक देशों को पार करता हुआ राजवाहन विंध्याटवी में घुसा। वहाँ उसे एक पुरुष मिला। उसके नेत्र भयंकर लगते थे। आयुधों की चोटों से उसके शरीर पर निशान पड़े थे। उसकी देह बड़ी कठोर थी। वैसे वह बिलकुल किरात-सा लगता था, मगर उसके कन्धे पर यज्ञोपवीत पड़ा था, जिसके कारण उसे ब्राह्मण समझना पड़ रहा था।

उस पुरुष ने राजवाहन का बड़ा सत्कार किया। कुछ समय बाद राजवाहन ने उससे कहाः 'हे अपरिचित! तुम इस निर्जन में मृगों और वनपशुओं के योग्य घने जंगल में विंध्याटवी के भीतर क्यों रहते हो? कन्धे पर पड़े जनेऊ को देखकर तो ब्राह्मण लगते हो, परन्तु आयुधों के आघात-चिह्नों के कारण तुम्हारा काम किरातों का सा मालूम देता है। यह क्या मामला है।

उस आदमी ने कुमार के मित्रों से पहले ही उसका नाम-जन्म आदि पूछ लिया था। उसने सोचा कि यह तेजस्वी पुरुष असाधारण ही है। उसने कहाः 'हे राजनन्दन! इस अटवी में बहुत-से कुत्सित ब्राह्मण रहते हैं। वे वेदाभ्यास, कुलाचार, सत्य, पवित्रता, धर्म, व्रत आदि सबको छोड़ चुके हैं। पाप करने में रत पुलिन्द उनके स्वामी है। उन्हींकी यह ब्राह्मण जूठन भी खा लेते हैं! उन्हीं में से एक कुत्सित ब्राह्मण का पुत्र मैं हूँ। मेरा नाम मातंग है। मैं निन्दित चरित्र हूँ। किरातों की सेना के साथ जनपदों में जाता था और बाल-बच्चों, औरतों के साथ अमीर आदमियों को पकड़ लाता था। उन्हें बन्धन में रखकर उनका सब धन छीन लेता था। यों मैं निर्दय-सा घूमा करता था। एक बार जब मेरे साथी एक ब्राह्मण को जान से मारने वाले थे, मुझे दया आ गई। मैंने कहा : अरे पापियो! ब्राह्मण की हत्या मत करो। यह सुनकर बहुत लाल-लाल आँखें करके वे मुझे डाँटने लगे। मैं उनकी डाँट नहीं झेल सका। ब्राह्मण के लिए मैं उनसे लड़ता-लड़ता मारा गया। मरकर मैं प्रेतपुरी पहुँचा। वहाँ यमराज देहधारी पुरुषों से घिरे सभा के बीच रत्नजटित सिंहासन पर बैठे थे। मैंने जाकर दण्डवत प्रणाम किया। यमराज ने मुझे देखकर अपने अमात्य चित्रगुप्त को बुलाकर कहा : देखो सचिव! यह इसके मरने का समय नहीं है। यद्यपि यह निन्दित चरित्र है, पर यह पृथ्वी के देवता ब्राह्मण के लिए मरा है। अब इसकी बुद्धि पुण्य में लगेगी। पापियों को जो यातनाएँ झेलनी पड़ती हैं, वे इसे दिखाकर, फिर इसको इसके पहले शरीर में ही भेज दो। चित्रगुप्त ने मुझे नरक-यातना दिखाई। कहीं पापी लोग गर्म लोहे के खंभों में बाँधे जा रहे थे, कहीं कड़ाहों के खौलते तेल में फेंके जा रहे थे, कहीं लट्ठों की मार से उनके अंजर-पंजर ढीले कर दिए गए थे, किसी पर आरा चल रहा था। उन्होंने पापियों को दिखाकर, पुण्य, बुद्धि का उपदेश देकर मुझे फिर अपने पुराने शरीर में छोड़ दिया। उस महाटवी में वही ब्राह्मण शीतोपचार आदि करता हुआ मेरी रक्षा कर रहा था। उसने मेरे शरीर को शिला पर लिटा रखा था। तब तक मेरे वंशबन्धु भी सब समाचार जानकर अचानक आ पहुँचे और घर ले जाकर उन्होंने मेरी मरहम-पट्टी की, मेरे घाव ठीक किए। वह ब्राह्मण बहुत कृतज्ञ हुआ। उसने मुझे पढ़ना-लिखना सिखाया। आगम के अनेक सिद्धान्त सिखाए। पापनाशक, सदाचार और ज्ञान से प्राप्त होने वाले चन्द्रशेखर महादेव की पूजा का विधान सिखाकर मेरी ओर से दी हुई भेंट लेकर चला गया।

उसी दिन से मैंने किरातों के साथ रहने वाले सारे बन्धुओं का त्याग कर दिया। सकल लोक के एकमात्र कारण चन्द्रशेखर महादेव का चित्त में स्मरण करता हुआ मैं सब कलंकों से दूर, इस जंगल में रहता हूँ, देव! आपसे मुझे एकान्त में कुछ रहस्यमय बात कहनी है। मेरे साथ आइए।'

मित्रों से अलग होकर राजवाहन से उसने एकान्त में कहा : 'हे राजन! ब्राह्मवेला में मैंने स्वप्न देखा है। प्रसन्नवदन गौरीपति ने मुझे सोते से जगाकर कहा कि मातंग! दण्डकारण्य के बीच बहती नदी के तट पर एक स्फटिक लिंग है, जिसकी सिद्ध और साध्य पूजा करते हैं। उसके पीछे भगवती के पाँवों के निशान से चिह्नित एक पाषाण है, उसके पास ब्रह्मा के मुख की तरह एक बिल है, उसमें घुसो और वहाँ तुम्हें एक ताम्रपत्र मिलेगा। उसमें जो लिखा हो उसे भाग्यलिपि मानकर काम करो। तुम पाताल लोक के स्वामी बन जाओगे। और इस काम में तुम्हारी मदद करने वाला राजकुमार आज या कल आ जाएगा। जैसा भगवान ने कहा, वही हुआ। अब आप मेरी सहायता करें।'

राजवाहन ने भी स्वीकार कर लिया।

राजवाहन का मित्रों को छोड़कर जाना और मित्र-कार्य करना

आधी रात के समय जब सब सो गए तो मातंग ने आकर प्रणाम किया। राजवाहन मित्रों को छोड़कर उसके साथ दूसरे वन में चला गया। प्रातः काल खोजने पर भी राजवाहन किसी को नहीं मिला। सब बड़े दुःखी हुए।

कुमारों का राजवाहन को खोजने निकलना

जब सारे वनों में ढूँढने पर भी राजवाहन किसी को नहीं मिला तो वे कुमार उसे ढूँढ़ने के लिए देशांतर जाने को उत्सुक हो उठे। उन्होंने फिर एक जगह मिलने का संकेतस्थल निश्चित कर लिया और एक-दूसरे से अलग होकर निकल पड़े।

राजवाहन और मातंग की यात्रा

राजवाहन जैसे महावीर से रक्षित मातंग ने शिव के बताए मार्ग को पकड़ा। उसी मार्ग से वे लोग रसातल में पहुँच गए और मातंग ने ताम्रपत्र प्राप्त कर लिया। वहाँ एक नगर के पास सारस पक्षी एक तालाब के किनारे क्रीड़ा कर रहे थे। मातंग ने शिव की आज्ञा के अनुकूल उस ताँबे के पत्र को पढ़ा और अनेक प्रकार के होम करके विघ्नहर राजवाहन के देखते-देखते, उसे आश्चर्य में डालकर, समिधा और घी से हरहराती होमाग्नि में अपनी पुण्यवान देह अर्पित कर दी। वह अग्नि में से बिजली की सी चमकती दिव्यदेह प्राप्त करके निकल आया।

उस समय हंस की गति से चलने वाली, उत्तम मणिभूषण पहने एक अनिंद्य सुन्दरी उस दिव्य देहधारी पुरुष के पास आई और उसे एक चमकती मणि भेंट देकर खड़ी हो गई। पुरुष ने पूछा : 'तुम कौन हो?'

वह स्त्री कोकिल कण्ठ से उत्कण्ठित स्वर में बोली : 'हे श्रेष्ठ ब्राह्मण! हे पृथ्वी के देवता! मैं असुरराज की नन्दिनी कालिन्दी हूँ। मेरे महानुभाव पिता उस लोक के शासक थे, परन्तु दूसरे के पराक्रम को न सहने वाले विष्णु ने युद्ध में उन्हें मार डाला। मेरे पिता ने देवताओं को भी परास्त कर दिया था। पिता के बिना मैं शोक-सिन्धु में डूब गई। मुझपर दया करके एक सिद्ध तापस ने कहा : बाले! तेरा पति कोई दिव्य देहधारी तरुण मानव होगा। वही इस रसातल की रक्षा करेगा। जैसे चातकी मेघ की प्रतीक्षा करती है, मैं तुम्हारे लिए बैठी थी। अपने अमात्यों की अनुमति से अपने मनोरथ पूर्ण करने, मैं इस समय काम-वासना से भरी हुई तुम्हारे पास आई हूँ। इस लोक की राज्यलक्ष्मी स्वीकार करके मुझे उसकी सपत्नी बना लो।'

मातंग ने राजवाहन की अनुमति पाकर उससे विवाह कर लिया और दिव्य स्त्री को पाकर प्रसन्न हो गया। रसातल के राज्य ने तो उसे बहुत ही सुख दिया।

राजवाहन का लौटकर मित्रों को न पाकर घूमना

राजवाहन अपने मित्रों से बिना कहे आया था। अब उसने भूमि पर लौटना चाहा। कालिंदी ने उसे भूख-प्यास मिटाने वाली एक मणि दी। मातंग उसे पहुँचाने कुछ दूर गया। राजवाहन उसे बीच ही से लौटाकर बिल के मार्ग से निकल आया। परन्तु उसे वहाँ कोई मित्र नहीं दिखाई दिया। तब वह उन्हें ढूँढ़ने को इधर-उधर घूमने लगा।

सोमदत्त का मिलना

एक दिन ऐसे ही घूमते हुए वह विशालापुरी में जा निकला। एक उपवन के पास पहुँचा और आराम करने की चेष्टा में लगा। उसने देखा कि पालकी में चढ़ा, स्त्री और सेवकों से घिरा हुआ, एक पुरुष आ रहा था। वह पुरुष राजवाहन को देखकर एकदम प्रसन्न हो उठा। उसके मुख से निकला : 'अरे! चन्द्रकुलभूषण, यश के उज्ज्वल समुद्र! मेरे स्वामी राजवाहन! बड़े भाग्य कि मैं इनके चरणों में अपने-आप पहुँच गया! कैसा आनन्द है!' यह कहकर वह पालकी से उतर आया और राजवाहन जब तक तीन-चार पग ही बढ़ पाया होगा कि वह जल्दी से आकर मस्ती से, अपने अंग-अंग से प्रसन्नता प्रकट करता हुआ झुका, और उसने अपने मस्तक से राजवाहन के कमल जैसे पाँवों को छुआ। उसके सिर से खिली हुई मल्लिका की मालाएँ झुकने से बिखर-सी गई।

राजवाहन ने भी स्नेहाश्रु भरकर उसका पुलकित होकर गाढ़ आलिंगन किया और कहा : 'अरे सोमदत्त!' फिर दोनों एक नागकेसर के पेड़ की शीतल छाया में बैठ गए। राजकुमार ने कहा : 'मित्र! इतने दिन तुम कहाँ और कैसे रहे? अब कहाँ जा रहे हो? यह तरुणी कौन है? यह परिजन तुम्हें कहाँ मिले?'

तब वह देखने की आतुरता के ज्वर से युक्त हुआ-सा हाथ जोड़कर बड़ी विनय से अपने भ्रमण वृत्तांत को सुनाने लगा—

3

सोमदत्त की कहानी

सोमदत्त की मुसीबतें और सुखमय जीवन

'देव! आपके चरण-कमलों की सेवा का इच्छुक मैं वन में प्यास से आकुल घूम रहा था कि मुझे एक उज्ज्वल रत्न दिखाई दिया। मैंने उसे उठा लिया। धूप तेज़ हो गई। मैं चलने में असमर्थ हो गया। अन्त में मुझे एक देवमन्दिर दिखाई दिया। मैं उसीमें घुस गया। वहाँ मैंने कई बालकों को अपने साथ लिए हुए एक बूढ़े ब्राह्मण को देखा। उसे देखकर मुझे दया आ गई। मैंने उससे कुशल-क्षेम पूछा। उस बिचारे का दीनता के कारण मुँह पीला पड़ गया था। बड़ी आशा मन में रखकर वह ब्राह्मण मुझसे कहने लगा : महाभाग! मैं इन मातृहीन बच्चों का इस कुदेश में भिक्षा माँगता हुआ पालन करता हूँ और इसी शिवालय में रहता हूँ।

'सामने एक सेना खड़ी थी। मैंने उससे पूछा : भूदेव! इस सेना का स्वामी किस देश का राजा है? इसका नाम क्या है? यहाँ क्यों आया है?

'ब्राह्मण ने कहा : सौम्य! इस देश का राजा वीरकेतु है। उसकी पुत्री स्त्रीरत्न अद्वितीय रूपसी है। लाट देश के राजा मत्तकाल ने उससे विवाह करने की इच्छा प्रकट की, किन्तु वीरकेतु ने इनकार कर दिया। इस पर मत्तकाल ने वीरकेतु का नगर घेर लिया। वीरकेतु ने डरकर उपहारस्वरूप अपनी बेटी उसे दे दी। लाटेश्वर मत्तकाल ने यह निश्चय किया कि अपने घर में ही ले जाकर इससे ब्याह कर लूँगा। वही लौटते में यहाँ शिकार खेलने को पड़ाव डाले पड़ा है। किन्तु वीरकेतु का मन्त्री मानपाल बड़ा चतुर है। उसने स्वामी का अपमान देखकर इसमें भेद डाल दिया है। वह भी वीरकेतु की आज्ञा से अपनी चतुरङ्गिणी सेना के साथ उधर टिका हुआ है।

'मैंने उस ब्राह्मण को बूढ़ा और असमर्थ जानकर दयावश वह रत्न उसे दे दिया। वह प्रसन्न हो उठा। अनेक आशीर्वाद देकर वह चला गया। थकान के मारे मैं गहरी नींद में सो गया। कुछ देर बाद देखता क्या हूँ कि ब्राह्मण के दोनों हाथ बँधे हैं, शरीर पर चाबुक की मार के निशान हैं और कई सिपाही साथ हैं। ब्राह्मण ने मेरी ओर दिखाकर सिपाहियों से कहा : ये हैं चोर!

'इसपर राजभटों ने उसे छोड़कर मुझे बाँध डाला। मैंने बिलकुल निर्भीकता से उन्हें रत्न पाने का हाल बहुतेरा बताया, पर उन्होंने कुछ भी नहीं सुना। ले जाकर कारागार में कुछ बन्दियों को दिखाकर कहा : ये हैं तुम्हारे मित्र! और मेरे पैरों में बेड़ी डाल मुझे भी बन्द कर गए। मैं अब करूँ भी क्या? सोचते हुए मेरी तो बुद्धि जड़ हो गई। वहाँ से छूटने का कोई उपाय न देखकर मैंने उस बन्दियों से कहा : तुम लोग इतने सबल होने पर भी इतना कठिन कारावास क्यों झेल रहे हो? इन सिपाहियों ने क्यों कहा कि ये हैं तुम्हारे मित्र!

'मैंने उन्हें ब्राह्मण से सुने लाटेश्वर का वृत्तांत भी सुनाया। तब वे वीर चोर कहने लगे : हे महाभाग! हम लोग राजा वीरकेतु के मन्त्री कामपाल के सेवक हैं। हमें मन्त्री ने आज्ञा दी कि हम मत्तकाल को मार डालें : हम सुरंग बनाकर उसके आगार में घुसे, पर वह हमें वहाँ नहीं मिला। हमें बहुत दुःख हुआ। अन्त में हम वहाँ से बहुत-सा धन लेकर एक बीहड़ वन में घुस गए। दूसरे दिन राजा के सिपाही हमारे पगचिह्न देख-देखकर वहीं जा पहुँचे जहाँ हम उस धन के साथ रुके हुए थे। उन्होंने हमें घेर के रस्सियों से कसकर बाँध लिया और राजा के पास ले गए। सब सामान इकट्ठा किया गया, तो एक रत्न नहीं मिला। इस पर हमें प्राणदण्ड मिला। वही रत्न वसूल करने को हमें बाँधकर रखा गया है।

'मैं समझ गया कि वह रत्न चोरी का ही था। तब मैंने अपना रत्न पाना, ब्राह्मण को देना, अपना कुल, नाम आदि बताया। बताया कि आपको मैं कहाँ-कहाँ ढूँढ़ता फिरा। यों मैंने उनसे मित्रता कर ली। उसी आधी रात को मैंने उनके बन्धन खोल दिए, उन्होंने मेरे। हम सब साथ-साथ निकल पड़े। फाटक के प्रहरी सो रहे थे। हमने उनके शस्त्र उठा लिए और आगे बढ़े। वहाँ कुछ नगररक्षक सिपाही मिल गए। हमने प्रबल पराक्रम से उन्हें मार भगाया और हम मानपाल के शिविर में घुस गए। मानपाल ने अपने सेवकों से जब मेरे कुल के बारे में और मेरी वीरता के सम्बन्ध में सुना तो मेरा बड़ा सम्मान किया।

'सवेरे ही मत्तकाल के भेजे हुए कुछ सेवकों ने वहाँ आकर बड़ी उद्दण्डता से कहा : हे मन्त्री! राजा ने कहा है कि बहुत-से चोर सेंध लगाकर मेरे राज-शिविर से बहुत धन चुरा लाए हैं और आपके शिविर में आ गए हैं। उन्हें आप हमें समर्पित कर दें, अन्यथा घोर अनर्थ हो जाएगा।

'यह सुनकर मन्त्री मानपाल की आँखें क्रोध से लाल हो गईं। उसने कहा : कौन है लाटेश्वर! मेरी उससे कब की मित्रता है? मुझे उस बेचारे की सेवा से मिलेगा भी क्या? उसने उन्हें डाँट दिया। सेवकों ने लौटकर सब ज्यों का त्यों मत्तकाल को जा सुनाया। वह बहुत क्रुद्ध हो उठा और अपने पौरुष के अभिमान में थोड़ी-सी ही सेना लेकर आक्रमण कर बैठा। मानपाल तो लड़ने को पहले ही तैयार बैठा था। उसने तुरन्त सैनिकों को उद्यत किया और निडर सामने आ डटा। मुझे भी बड़े सम्मान

से कई घोड़ों का रथ मिला। सारथी चतुर था। मैंने खूब दृढ़ कवच पहना। एक अच्छा धनुष और तरह तरह के बाणों से भरे दो तूणीर मैंने ले लिए और हर तरह से लैस होकर लड़ने को मन्त्री के साथ आ गया। मन्त्री को मेरी शक्ति पर विश्वास था कि यह शत्रु को मार लेगा। द्वेष और क्रोध से भरी दोनों सेनाओं को लांघकर मैं बीच में पहुँच गया और मैंने शत्रुओं पर भीषण बाण-वर्षा प्रारंभ कर दी। और शीघ्र ही अपने चंचल वेगवान घोड़ों को कुदाकर मैं अपने रथ को मत्तकाल के रथ के पास ले पहुँचा। वह रथ लेकर भागने ही वाला था कि मैंने उसका सिर काट लिया। उसके मरते ही उसके सैनिक भी भाग गए। मानपाल को शत्रुपक्ष के अनेक हाथी, घोड़े और विविध वस्तुएँ मिलीं। उसने मेरा बड़ा सम्मान किया। उसके सेवक ने जाकर जब वीरकेतु को मत्तकाल के वध का समाचार सुनाया तो वह बहुत प्रसन्न हुआ। उसे मेरी वीरता पर आश्चर्य हुआ और उसने अपने बाँधवों से राय ले-लिवाकर एक अच्छे दिन शुभ मुहूर्त में अपनी कन्या से मेरा विवाह कर दिया। कुछ दिन बाद राजा ने युवराजपद पर मेरा अभिषेक कर दिया। मैं भी कुछ समय तक इस वामलोचना के साथ सुखों का उपभोग करता रहा। परन्तु आप लोगों का वियोग मन में काँटे की तरह गड़ रहा था। मैंने एक सिद्ध पुरुष से पूछा। उसने कहा कि महाकाल निवासी महादेव की आराधना करो। तभी मैं पत्नी को लेकर आया हूँ। भक्त-वत्सल गौरीपति की करुणा से आपके चरणारविन्दों के दर्शन मुझे प्राप्त हो गए।'

यह सुकर राजवाहन ने उसके पराक्रम का अभिनन्दन किया और व्यर्थ ही निरपराधी होने पर भी, जो उसने दण्ड पाया था, उसके लिए दैव को कोसा। इसके बाद उसने अपना सारा वृत्तांत कह सुनाया।

पुष्पोद्भव का आ पहुँचना

उसी समय उसने देखा कि पुष्पोद्भव उसके चरणों पर माथा टेक रहा है। उसने शीघ्र उसे गले से लगाकर आनन्दाश्रु बहाते हुए कहा : 'सौम्य सोमदत्त! पुष्पोद्भव भी आ गया।'

तब वे दोनों भी आलिंगन में बँध गए। वियोग का दुःख कम होने पर उसी वृक्ष की छाया में वे फिर बैठ गए। राजा ने आदर से हंसकर कहा : 'मित्र! उस ब्राह्मण का कार्य आ पड़ा था। मेरे मित्र कहीं विघ्न न डाल दें इसलिए मैं सबको सोता छोड़कर चला गया था। मेरे जाने के बाद जब मित्रगण जागे, तब उन्होंने क्या निश्चय किया? मुझे ढूंढ़ने कहाँ गए? आप अकेले किधर चले गए थे?'

पुष्पोद्भव ने हाथ जोड़कर मस्तक पर लगाया और सविनय स्वर से कहने लगा—

4

पुष्पोद्भव की कहानी

'देव! हम समझ तो गए थे कि आप उसी ब्राह्मण के साथ गए होंगे, क्योंकि वह भी वहाँ नहीं था, फिर भी हम लोग तय नहीं कर सके कि आप किधर गए होंगे। अन्त में हम लोग अलग-अलग खोजने निकल पड़े।

विचित्र मिलन

'घूमते-घूमते एक दिन मैं धूप से म्लान होकर पर्वत के किनारे एक सघन छाया वाले पेड़ के नीचे थोड़ी देर आराम करने को बैठ गया। कुछ आहट-सी पाकर देखा कि कछुए की सी एक मनुष्य-छाया धूप में पड़ रही थी। दौड़कर मैं पास गया। देखता क्या हूँ कि बहुत ऊँचाई से एक आदमी नीचे गिर रहा है। मुझे दया आ गई। मैंने उसे बीच में ही सम्भाल लिया। फिर पानी के छींटे देकर उसे बिठाकर मैं होश में लाया। उसकी आँखों में दुःख के आँसू थे। मैंने पूछा : आप पर्वत से नीचे क्यों कूद पड़े?

'उसने आँखों को हथेलियों से पोंछकर कहा : सौम्य! मैं मगधेश्वर के अमात्य पद्मोद्भव का पुत्र रत्नोद्भव हूँ। वाणिज्य करने मैं कालयवन द्वीप गया था। वहीं एक वणिक्-कन्या से मेरा विवाह हो गया। कुछ दिनों के उपरान्त मैं अपनी स्त्री के साथ स्वेदश के लिए लौटा। मेरा जहाज़ किनारे से कुछ ही दूर बढ़ा था कि एक चट्टान से टकराकर छिन्न-भिन्न हो गया और उसके सभी यात्री डूब गए। मैं अकेला भाग्य से किनारे जा लगा। पत्नी के वियोग में समुद्र में बहता हुआ मैं एक सिद्ध तापस के पास जा पहुँचा। उसने कहा : सोलह वर्ष बाद मिलोगे। सोलह वर्ष भी बीत गए, पर मेरे दुःख का अन्त नहीं हुआ। इसीसे मैं पहाड़ से नीचे कूद पड़ा।

'अभी हम बातें कर ही रहे थे कि एक स्त्री के रोने की आवाज़ सुनाई देने लगी। वह कह रही थी : जब सिद्ध तापस ने कहा है कि तुम्हारे पति और पुत्र दोनों मिल जाएगे तो विरह को सहने में असमर्थ होकर तुम्हारा इस तरह जल मरना बिलकुल ठीक नहीं है।

'मैं समझ गया कि यह मेरे पिता ही हैं। मैंने कहा : तात! अभी मुझे आपको बहुत कुछ बताना है, पर पीछे कहूँगा। इस समय वह स्त्री रो रही है। मैं सह नहीं सकता। आप तनिक रुकिए।

'मैं शीघ्रता से आगे बढ़ गया। वहाँ देखा, एक स्त्री हाथ जोड़े बैठी है और अपने सामने सुलगती-धधकती भयानक आग में कूदने को तैयार है। मैं झपटकर पहुँचा और उसे मैंने आग से दूर कर दिया। पास ही रोती हुई बुढ़िया और उस स्त्री को साथ लेकर मैं पिता की तरफ चला। मैंने वृद्धा से कहा : वृद्धे! तुम दोनों कौन हो? कहाँ रहती हो? इस वन में अकेली क्यों दुःख पा रही हो?

'गद्गद होकर वृद्धा ने कहा : बेटा! कालयवन द्वीप में कालगुप्त नामक एक वैश्य था। यह उसकी सुवृत्ता नामक पुत्री है। यह अपने पति रत्नोद्भव के साथ जहाज़ पर आ रही थी कि अचानक जहाज़ डूब गया और मैं और ये दोनों एक पटरे के सहारे बहती सौभाग्य से किनारे आ लगीं। इसका प्रसवकाल था, सो पुत्र हुआ। दुर्भाग्य से बालक को एक जंगली हाथी उठा ले गया। तब से यह बेचारी मेरे साथ भटक रही है। एक सिद्ध ने कहा था कि सोलह वर्ष बाद तेरा पुत्र और पति मिलेगा। उसी पर भरोसा कर बेचारी ने आश्रम में रहकर सोलह वर्ष बिता दिए। समय पूरा होने पर जब वे न मिले तो दुःख न सह सकी, जलकर मरने को तैयार हो गई।

'मैं जान गया कि यह मेरी माँ है। मैंने उसे दण्डवत प्रणाम किया और अपनी सारी कहानी सुनाई। तब मैंने प्रसन्नवदन और अचरज से आँखें फाड़कर देखने वाले अपने पिता का परिचय कराया। तब माता-पिता ने एक-दूसरे को पहचान लिया और दोनों मुझे हृदय से लगाकर, माथा सूँघकर मुझे आँसुओं से भिगोने लगे।

'फिर हम लोग एक पेड़ की छाया में बैठ गए।

'पिता ने पूछा : महीवल्लभ राजहंस के क्या हाल हैं?

'तब मैंने राज खोला, आपका जन्म, सब कुमारों का मिलन, आपका दिग्विजय को प्रस्थान, आपका मातंग के साथ जाना और हमारा खोज में लग जाना, यह सब बातें कह सुनाईं। फिर उन दोनों को एक मुनि के आश्रम में ले जाकर टिका दिया और मैं आपकी खोज में लग गया।

'एक दिन मैंने सोचा कि सब काम धन से ही सधते हैं। आपके अनुग्रह से मुझे एक तरकीब सूझ गई। मैंने अपनी मदद करने लायक कुछ शिष्य तैयार किए और विंध्यावटी के एक पुराने खण्डहर नगर में जा पहुँचा। वहाँ मैंने अपनी आँखों में सिद्धांजन लगाया और मुझे पेड़ों के नीचे गड़े धन के कलश दिखाई देने लगे। मैंने उनपर रक्षक नियुक्त करके उन्हें खोदकर असंख्य दीनार निकाले। उसी समय वहीं वणिकों का एक सार्थवाह आकर टिका। मैंने उनसे कुछ बलवान बैल और गाड़ियाँ खरीदीं और अन्य कुछ वस्तु ढोने का बहाना कर दिया। फिर उनपर धन को ढो-ढोकर

उसी पड़ाव पर ले आया। उनका अधिकारी वणिक् चन्द्रपाल था। मैंने उससे मित्रता गाँठ ली और उसके सार्थ के साथ उज्जयिनी पहुँच गया। कुछ काल के उपरान्त मैं माता-पिता को भी अपने पास ले आया। सर्वगुणसम्पन्न चन्द्रपाल के पिता बन्धुपाल के साथ जाकर मैंने मालव-नरेश का दर्शन किया और उनकी आज्ञा लेकर मैं छिपकर उसी नगरी में रहने लग गया। मैं आपको ढूँढ़ रहा था। बन्धुपाल ने कहा : यों क्या आप सारे भूमण्डल में अपने मित्र को ढूँढ़ सकते हैं? आप चुप बैठिए। समय आने दें। मैं आपको शुभ शकुन बताऊँगा। अपने आप आपके स्वामी मिल जाएँगे।

'इन मीठे वचनों से मुझे धैर्य बँधा और मैं उसीके पास रहने लगा।

बालचन्द्रिका से प्रेम

'एक दिन की बात है कि मैंने साक्षात् लक्ष्मी की सी सुन्दरी बालचन्द्रिका नामक एक वणिक्-कन्या को देखा। वह चन्द्रवदनी थी। रूप और यौवन उसके शरीर से फूट रहे थे। नयनों में दीप्ति थी। मेरा तो धैर्य हाथ से निकल गया और मदनबाण से पीड़ित हो गया। चकित मृगशावक-नयना वह मदन-कुसुम-शर जैसे कटाक्ष मार-मारकर मलयकंपिता लता-सी काँप गई। प्रेम और लज्जा के प्रत्यक्ष हाव-भावों से बार-बार मुझे देख-देखकर ही वह मुझपर अपना मन उँडेल गई। अब मैं अपने चातुर्य और गुप्त प्रयत्नों से उसके मन का स्नेह जानकर उससे सुख-संगम का उपाय सोचने लगा। एक दिन बन्धुपाल मेरे साथ आपके बारे में पता चलाने को नगर के बाहर विहारवन में गया। निकट के एक वृक्ष पर बोलते पक्षी की बोली सुनने खड़ा हो गया।

बन्धुपाल का शकुन विचारना

'मैं अपने मन की उत्सुकता को बहलाने के लिए ऐसे ही टहलते-टहलते एक और उपवन में सरोवर के किनारे जा पहुँचा। वहाँ मेरी इच्छा हृदय में लिए चिन्तित, उदास-सी बालचन्द्रिका मुझे मिली।

'वह सुन्दरी संभ्रम, प्रेम और लज्जा से बहुत ही सुन्दर दिखने लगी। मैं उसका रूप देखकर आनन्द लेता रहा। किन्तु उसके मुख पर विषाद की छाया थी। मैंने समझा यह कामवासना से व्याकुलता बढ़ जाने के कारण था। मैंने उसके पास जाकर पूछा : हे सुन्दरी! तुम्हारे मुख पर यह दीन अवसाद क्यों है? मुझे बताओ।

'एकान्त था ही। वह मौका पा गई। लज्जा और भय छोड़कर वह मुझसे धीरे-धीरे कहने लगी : सौम्य! मालवराज मानसार ने बुढ़ापे के कारण राज्य चलाने में अशक्त होकर अपने पुत्र दर्पसार का उज्जयिनी में राज्याभिषेक कर दिया। वह सातों सागर वाली समस्त पृथ्वी का पालन करने के लिए तपस्या करने हिमालय पर्वत पर चला गया। अपना राज्य वह अपनी बुआ के दो दुष्कर्मी चण्डवर्मा और दारुवर्मा नामक लड़कों को सौंप गया। चण्डवर्मा तो शत्रुहीन राज्य का शासन करता है और दारुवर्मा

बड़े भाई की आज्ञा न मानकर परस्त्री-गमन, परधन हरण आदि पापकर्म करता हुआ उत्पात कर रहा है। मैं आपके मन्मथ जैसे रूप पर मोहित हूँ। एक दिन मुझे दारुवर्मा ने देख लिया और कन्याभोग के पाप की चिन्ता न करके उसने मुझसे बलात्कार करने की चेष्टा की। मैं इसी चिन्ता से व्याकुल और उदास हूँ।

'उसकी मनोव्यथा को जानकर मैंने दारुवर्मा को मारने का उपाय सोचकर, रोती हुई उस वल्लभा को आश्वासन दिया। कहा : तरुणी! तुम्हें चाहने वाले दुष्टहृदय दारुवर्मा की हत्या का सरल उपाय सोचता हूँ। अच्छा, तुम यह फैला दो कि बालचन्द्रिका के ऊपर यक्ष रहता है। जो भी साहसिक रतिमन्दिर में उस यक्ष को जीतेगा और सखी के साथ बैठी सुन्दरी बालचन्द्रिका से बातें करके सकुशल लौट आएगा, उसी का बालचन्द्रिका से विवाह होगा। इसे खूब फैला दो। यदि दारुवर्मा इसे सुनकर डर गया तो फिर बात ही क्या? और अगर फिर भी वह दुष्ट पीछा करे तो अपने घर वालों से कहकर उससे कहलवाना कि, हे सौम्य! आप वसुधापति दर्पसार के मन्त्री हैं। हमारे घर में आपका ऐसा साहस ठीक नहीं है। आप सब नगरवासियों के सामने इसे अपने घर ले जाकर आनन्द से रह सकें तो इससे विवाह करके अपने मनोरथ पूर्ण करें। वह इस बात को स्वीकार कर लेगा। तब मैं सखी बनकर तुम्हारे संग रहूँगा। तुम मेरे साथ उसके घर चली चलना। मैं मौका पाते ही उसे लात-घूँसों से मार डालूँगा और तुम्हारी सखी के रूप में बच निकलूँगा। तुम लज्जा न करना। भय, लज्जा छोड़कर अपने माता-पिता से हमारे प्रेम की बात कहकर प्रार्थना करना कि वे मुझसे तुम्हारा विवाह कर दें। मैं कुलीन हूँ, अतः उन्हें आपत्ति नहीं होगी।

दारुवर्मा को मारने का उपाय घर के लोगों को बताकर उनका निर्णय मुझे बताना।

'सुनकर वह खिल गई। बोलीः सुभग! तुम उस क्रूरकर्मा दारुवर्मा को अवश्य मारोगे। मेरी तो सब इच्छाएँ पूरी हो जाएँगी। ठीक है, मैं यही करूँगी।

'वह विशाल लोचनी यह कहकर मुझे बार-बार देखती हुई घर लौट गई। मैं लौटकर शकुन विद्या के ज्ञाता बन्धुपाल के पास आ गया। उसने शकुन देखकर कहा : तुम्हारी भेंट अपने साथियों से तीस दिन बाद होगी।

'फिर बन्धुपाल घर आ गया और मैं भी अपने घर चला आया।

'मेरे उपाय के बन्धन में दारुवर्मा फँस गया। उसने बालचन्द्रिका को विहार करने रतिमन्दिर में बुलाया। जब वह जाने को हुई तो उसने मेरे पास अपनी दासी भेज दी। मैंने भी मणिजटित नूपुर, मेखला, कङ्कण, कटक, ताटङ्क, हार, रेशमी कपड़े धारण करके स्त्रियों की भाँति आँखों में काजल लगाया और तब वल्लभा बालचन्द्रिका के साथ उस रतिमन्दिर के द्वार तक गया। द्वार से ही मैंने इंगित किया कि मैं उपस्थित हूँ। दारुवर्मा यह जानकर उठ खड़ा हुआ और उसने आसपास, भीतर-बाहर से लोगों को हटाकर प्रकोष्ठ में एकान्त कर दिया और हम दोनों को वहाँ ले गया। यक्षकथा

नगर में फैल ही गई थी। कौतूहलवश अनेक नागरिक दारुवर्मा की ड्योढ़ी में आकर परिणाम देखने को इकट्ठे हो गए थे।

'दारुवर्मा बिवेक खो चुका था। उसमें वासना घुमड़ रही थी। हँस पँखों से भरे मुलायम गद्दों वाले रत्न जड़े सोने के पलंग पर उसने बालचन्द्रिका तथा मुझे बिठाया और हमें अनेक रत्नजटित आभूषण, सूक्ष्म वस्त्र, कस्तूरी-मिला चन्दन, कपूर-डाले पान और सुगन्धित फूल जैसी वस्तुएँ भेंट कीं। मैं सुन्दर स्त्री के वेश में था। अन्धेरे में वह मुझे पहचान ही नहीं सका। फिर वह कुछ देर हँसी-मज़ाक करता रहा।

दारुवर्मा का वध और मिलन

'उसके बाद वह मदांध हो गया और उसने मेरी प्रिया पर हाथ बढ़ाया। क्रोध से मैं लाल हो गया। मैंने उसे निःशक होकर पलंग से उठाकर नीचे दे मारा और छाती पर चढ़कर उसे लात-घूँसों से मार-मारकर बिछा दिया। हाथापाई में मेरे कुछ गहने बिखर गए थे। उन्हें मैंने ठीक किया और उस भयभीत प्रिया को ढाढ़स देकर मैं आँगन में आकर चिल्लाने लगा। मेरा स्वर काँप रहा था। मैं चिल्लाया : हाय! हाय! बालचन्द्रिका के सिर चढ़ा यक्ष दारुवर्मा को मारे डाल रहा है। दौड़ो-दौड़ो! बचाओ-बचाओ...!

'मेरी आवाज़ सुनकर सबकी आँखों में आँसू आ गए। दिशाएँ हाहाकार से बहरी हो गईं। वे कहने लगेः इस मदांध ने पहले ही सुन रखा था कि बालचन्द्रिका पर बलवान यक्ष आता है, फिर भी नहीं माना। अपनी करतूत से मरा है, इसके लिए रोना-धोना भी क्या। वे भीतर आए। उस कोलाहल में मैं चुपचाप बालचन्द्रिका के साथ खिसक गया और अपने घर आ गया।'

'कुछ दिन बाद उसी सिद्ध की बताई तरकीब से मैंने उस चन्द्रवदनी बालचन्द्रिका से विवाह कर लिया और आनन्द से रहने लगा। आज बन्धुपाल के शकुन का दिन था। मैं नगर के बाहर आ गया और आँखें भी ठण्डी हो गईं।'

राजवाहन बहुत प्रसन्न हुआ। उसने अपना और सोमदत्त का भी हाल उसे सुनाया। फिर सोमदत्त से कहा : 'महाकालेश्वर की पूजा करके अपनी स्त्री और परिवार को अपने डेरे पर पहुँचाकर मेरे पास आ जाना।'

और राजवाहन पुष्पोद्भवन के साथ पृथ्वी पर स्वर्ग जैसी अनूठी अवंतिकापुरी में गया। वहाँ पहुँचकर पुष्पोद्भव ने अपने बन्धुपाल आदि साथियों से कहा कि ये हमारे प्रभु के पुत्र हैं। उन्होंने अनेक प्रकार की सामग्रियों से राजवाहन का सत्कार किया। नगर में जब पुष्पोद्भव ने राजवाहन का परिचय कराया तब कहा कि "यह समस्त कलाकुशल एक ब्राह्मण है।'

इसके उपरान्त उसने उसे अपने विशाल भवन में स्नान-भोजन कराया।

5

राजवाहन का विवाह

वसन्त का आना और राजवाहन को अवन्तिसुन्दरी का दर्शन होना

वसन्तकाल आ गया। कामदेव ही इसका सेनापति था। मलय पर्वत के सर्पों से श्वास भर-भरकर आपीत चन्दनगंधिता वायु मन्थर गति से चल पड़ी। वियोगियों के हृदय सुलग उठे। मन्मथ ने आम्रबौरों के मधु का स्वाद ले-लेकर लाल कण्ठ हो गए कोकिल की मधुर ध्वनि और भ्रमर-गुञ्जार ने दसों दिशाएँ प्रतिध्वनि कर दीं। मानिनी युवतियाँ भी चपल हो उठीं। आम्र, निर्गुण्डी, रक्ताशोक, पलाश और तिलक में नई कोंपलें फूट आईं और रसिकों के हृदय में मदनमहोत्सव मनाने का उल्लास भर गया।

ऐसे रमणीय काल में मानसार की पुत्री अवन्तिसुन्दरी अपनी प्यारी सहेली बालचन्द्रिका के साथ विहार की उत्कण्ठा से नगर के पास के उद्यान में गई। उसके साथ नगर की अनेक सुन्दरियाँ भी थीं। अवन्तिसुन्दरी ने वहाँ जाकर एक छोटे-से आम के पेड़ के नीचे बैठकर चन्दन, पुष्प, हल्दी, अक्षत, चीन देश के बने रेशमी कपड़ों और अनेक सामग्रियों से कामदेव की पूजा की।

कामपत्नी रति की सी सुन्दरी अवन्तिसुन्दरी को देखने के लिए राजवाहन पुष्पोद्भव के साथ ऐसे ही आ पहुँचा जैसे कामदेव अपने साथ वसन्त ले आया हो। मलयानिल की मन्द झकोरों में नई कोंपलों, कुसुम और बौरों से झुके आम के पेड़ पर कोयल बोल रही थी। तोतों के झुण्ड और भौंरे मीठी तान छेड़ रहे थे। नीले और श्वेत कमल कुछ-कुछ खिल गए थे। कुमुदिनी और लाल कमलों की भीड़ पर चंचल कलहंस, सारस और चक्रवाकों के झुण्ड कलरव क्रेंकार कर रहे थे। निर्मल शीतल जल से सरोवर भरे हुए थे। दोनों ही इस शोभा को देखते हुए अवन्तिसुन्दरी के समीप पहुँच गए।

बालचन्द्रिका ने दूर ही से राजवाहन को हाथ का इशारा किया जैसे चले आइए, कोई डर नहीं। इन्द्र को भी अपने तेज से पराजित करने वाला राजवाहन कृशोदरी अवन्तिसुन्दरी के पास पहुँच गया।

वह ऐसी लगती थी जैसे कामदेव ने रति का मन बहलाने को स्त्री जाति की

एक शालभञ्जिका (पुतली) बना दी हो। क्रीड़ा सरोवर के शरद ऋतु के कमलों की शोभा से मानो मदन से उसके चरण बनाए थे। उद्यान की बावड़ी में मस्ती से घूमने वाली हंसिनी की गति लेकर ही इस अलसगमना की चाल बनाई गई थी। अपने तरकश की शोभा से दोनों जाँघें, अपने लीलामन्दिर के द्वार पर लगे कदली की शोभा से घुटने, जैत्ररथ की शोभा से सघन जघन, पीली कमल कलियों से कर्णाभूषण तथा गंगा के भंवर जैसी नाभि बनाई थी। प्रासाद के सोपानों-सी त्रिवली थी। धनुष के आगे लगे फूलों पर मँडराते भौंरों की भाँति उसकी रोमावलि थी। पूर्ण स्वर्ण कुम्भ-से स्तन थे। लतामण्डप की कोमलता से उसके हाथ, जयशंख की सुन्दरता से कण्ठ, कर्णफूल की जगह लटकी आम्रमंजरी की ललाई से वर्ण, बिंबाफल से रक्त वर्ण होंठ, बाणाकार कुसुमों से मन्द मुस्कान, प्रथम कामदूती और कोकिला की वाणी से उसकी बोली, अपनी समस्त सेना के सेनापति मलयपवन की सुगंधि से उसका श्वास, जयध्वज की मछलियों से नयन, धनुषयष्टि से भ्रूलताएँ, अपने प्रथम मित्र चन्द्रमा की कलंकहीन छवि से उसका मुख और लीला मयूर के पँखों से केश बनाए थे। ऐसा लगता था जैसे कामदेव ने ही उसको सकल गन्ध-सामग्रियों, कस्तूरी, चन्दन आदि के जल से नहलाया था और शरीर-भर में कर्पूर का चूर्ण मलकर उपस्थित कर दिया था। वह मूर्तिमती लक्ष्मी-सी सुन्दरी थीं जब उस मालवकन्या ने कामदेव की पूजा कर ली तब देखा कि उसके ही पूजा किए हुए देवता का सा सुन्दर राजवाहन सामने था। वह काम के बस में हो गई। मन्द-मन्द बहती वायु में काँपती लता की भाँति वह हिल उठी। फिर लज्जा से उसने खेल बन्द कर दिया और एक ओर बैठकर न जाने क्या-क्या सोचने में लग गई।

जैसे घुन चलते समय अनजाने में ही अक्षर की आकृति बना जाता है, शायद ब्रह्मा के हाथों यह सुन्दरी भी अचानक ही बन गई थी। अन्यथा संसार की सभी स्त्रियाँ ऐसी क्यों नहीं होतीं? राजवाहन यही सोच रहा था। अवन्तिसुन्दरी लज्जा से उसके सामने न बैठकर सखियों की आड़ में बैठ गई और उसे तिरछी भौंहों से कटाक्ष करती हुई-सी ऐसे देखने लगी जैसे मृग पर कोई जाल फेंका जा रहा था। और राजवाहन का मन तो इन इशारों से काम के बाणों से बिंध-बिंध गया। अवन्तिसुन्दरी मन ही मन सोचने लगी। न जाने यह असाधारण सुन्दर कुमार किस पुरी के होंगे, जहाँ की भाग्यशाली तरुणियाँ इन्हें देख-देखकर अपनी आँखें सफल करती होंगी। इन्हें पुत्र कहकर प्रसन्न होने वाली स्त्री तो सब स्त्रियों में श्रेष्ठ कही जाती होगी! इनकी पत्नी कौन होगी? जाने! ये यहाँ कैसे आए हैं? कामदेव इनसे तो हार गया है पर मैं इन्हें देखती हूँ तो ईर्ष्या से मेरे मन को मथकर अपना मन्मथ नाम सार्थक कर रहा है। मैं कैसे पता चलाऊँ?

बालचन्द्रिका इन दोनों की भावभंगिमा से ही इनके मन की बात समझ गई। उसने सब स्त्रियों के सामने यह कहना तो ठीक नहीं समझा कि वह एक राजकुमार

था। केवल योंही बातों के सिलसिले में कह दिया : 'भर्तृदारिके![1] यह सकल कलाकुशल, देवताओं को प्रसन्न करने में चतुर, युद्धविद्या में निपुण, मणि, मन्त्र और औषधियों के विशेषज्ञ एक ब्राह्मण कुमार हैं। आपका आदर पाने के योग्य हैं। आप इनकी पूजा करें।[2]

बालचन्द्रिका ने मन की बात कह दी। राजकन्या प्रसन्न होकर उसके साथ उठ खड़ी हुई और मन्दमलयानिल से कंपित तरंगमाला की भाँति कामपीड़िता-सी वह आगे आई। उसने कामपराभवकारी अत्यन्त सुन्दर राजवाहन को एक उचित आसन पर बिठाकर, सखियों के हाथों जुटाई गंध, कुसुम, अक्षत, कपूर, पान आदि अनेक वस्तुओं से उसकी पूजा कराई।

राजवाहन सोचने लगा—यह यज्ञवती[3] अवश्य ही मेरी पूर्वजन्म की पत्नी है। अन्यथा मेरे मन में इसके लिए इतना प्रेम कैसे पैदा हो सकता था? शाप समाप्त होने के समय उस तपस्वी ने पूर्वजन्म की बातें याद रह जाने का जो आशीर्वाद दिया था, वह मुझमें और इसमें एक-सा लग रहा है। फिर भी काल का बहुत अन्तर पड़ जाने से मैं इसे पुरानी बातें याद दिलाऊँगा।

राजवाहन का पूर्वजन्म की कथा सुनाना

अभी यह सोच ही रहा था कि एक राजहंस केलिक्रीड़ा करने अवन्तिसुन्दरी के पास आ गया। राजकन्या उसे देखकर उत्सुक हो उठी। उसने बालचन्द्रिका को उसे पकड़ने भेजा। मौका पाकर वाक्चतुर राजवाहन कहने लगा : 'सखि! पहले कभी शाम्ब नामक राजा अपनी प्रिया के साथ विहार की इच्छा से एक सुन्दर सरोवर के पास गया। वहाँ कमलवन में एक राजहंस ऊँघ रहा था। उसे शाम्ब ने धीरे से पकड़कर उसके पाँवों को मृणाल से बाँध दिया। फिर प्रेम से प्रिया की ओर देखकर मुस्कराकर वह बोला : हे इन्दुवदनी! मैंने राजहंस को बाँध दिया। अब यह मुनि की तरह शान्त होकर बैठा है। अच्छा अब इसे छोड़ दूँ। यह चला जाएगा।

उस राजहंस ने शाम्ब को शाप दिया : हे महीपाल! मैं कमल में अनुष्ठानपरायण होकर परमानन्द से बैठा था। मुझ ब्रह्मचारी को अकारण ही राज्यगर्व से तुमने अपमानित किया है, तो मैं भी तुम्हें शाप देता हूँ कि तुम्हें स्त्री-विरह सताएगा।

शाम्ब का मुख उदास हो गया और जीवन का आधार प्रिया से बिछुड़ना दुर्वह समझता हुआ वह उसके चरणों पर गिरकर विनम्रता से बोला : महाभाग! मैंने अज्ञान में भूल कर दी है। क्षमा करें। तापस के मन में करुणा जगी। उसने कहा : राजन्! इस जन्म में तो मेरा शाप तुमपर प्रभाव नहीं डालेगा, परन्तु अगले जन्म जब तुम

---

1. स्वामी की पुत्री।
2. आजकल पूजा करने का अर्थ पिटाई करना होता है। पुराने समय में देवता की पूजा को आराधना कहते थे, मनुष्य के सत्कार को पूजा। यह भेद स्पष्ट करने को ही हमने मूल का ही शब्द यहां लिखा है।
3. पवित्र स्त्री।

दूसरा शरीर धारण करोगे तब यही कमलनयनी तुम्हारी पत्नी बनेगी और तुम इसके पति। तुमने दो मुहूर्त को जो मेरे पाँव बाँधे हैं, इसलिए दो महीने तक तुम्हारे पाँवों में बेड़ियाँ पड़ी रहेंगी और तुम्हें स्त्री-वियोग का दुःख होगा। इसके उपरान्त तुम बहुत दिनों तक राज्यसुख प्राप्त करोगे।

इसके बाद तपस्वी ने उसको जातिस्मर[1] होने का भी वर दिया। इसलिए कहता हूँ कि इस हंस को आप अब बाँधें नहीं।

भर्तृदारिका को भी राजकुमार की बातें सुनते ही पहले जन्म की बातें याद आ गईं। और उसे विश्वास हो गया कि यही मेरा प्राणप्रिय है। यही मेरा पति है। यह मन में निश्चय होने पर उसका हृदय खिल उठा और मन्दहास करती हुई वह बोली : 'सौम्य! पहले शाम्ब ने यज्ञवती पत्नी की आज्ञा से ही राजहंस बाँधा था। पता चलता है, इससे संसार में समझदार लोग भी अनजाने में भूल कर जाते हैं।'

इस तरह पूर्वजन्म की बातें याद करके दोनों काम के वश में हो गए।

रानी का आना और विरह में कष्ट होना

उसी अवसर पर मालवराज की पटरानी सेवकों के साथ पुत्री का खेल देखने को आ पहुँचीं। बालचन्द्रिका ने उन्हें दूर ही से देखा और घबराकर कि इनका प्रेम रानी को पता न चल जाए, राजवाहन को हाथ के इशारे से पुष्पोद्भव के वृक्षों की आड़ में भेज दिया। मानसार की पटरानी कुछ देर वहाँ ठहरी और सखियों से खेलती राजकन्या को देखती रही। फिर वह राजकन्या को लेकर महल में जाने को तैयार हुई। माता के पीछे जाती हुई अवन्तिसुन्दरी ने कहा : 'हे राजहंस-कुल-तिलक! तुम इस विहारवाटिका में मेरे साथ केलि करने आए थे। लेकिन मैं अचानक ही तुम्हें छोड़कर जा रही हूँ क्योंकि मुझे माता के साथ जाना है। तुम मेरे प्रेम को इससे कम न समझना',

यों हंस के बहाने से उसने राजवाहन को यह सन्देश सुना दिया। और दीन नयनों से बार-बार मुड़-मुड़कर देखती हुई वह अपने महल को चली गई।

वहाँ प्रियतम की बातें करने में उसे बालचन्द्रिका से राजवाहन के वंश और नाम का पता चला तो मदनबाणों से मन घायल हो गया। कृष्णपक्ष के चन्द्रमा की भाँति वह विरह से क्षीण हो चली। खाना-पीना-सोना छूट-सा गया। वह एक प्रकोष्ठ में चन्दन के जल से भीगे फूलों और पत्तों के बिछौने पर लेटे-लेटकर समय काटने लगी।

जब सखियों ने यह हाल देखा तो दुःख से व्याकुल हो गईं। उन्होंने उसे नहलाने को एक सोने के घड़े में मलयगिरि चन्दन, खस, कपूर इत्यादि मिलाकर जल तैयार किया। कमलनाल के वस्त्र, कमल के पत्तों के पँखे और सन्ताप मिटाने वाली अनेक वस्तुएँ एकत्र कीं कि उसके शरीर को शीतलता प्रदान की जाए। परन्तु इन सबसे उसका सन्ताप ऐसे ही बढ़ा जैसे खौलते तेल में पानी के छींटों से होता है। 'क्या किया जाए?' यही सोचते हुए उसने आँसू-भरी आँखों से बालचन्द्रिका की ओर देखा। उस प्रदीप्त विरह

1. पूर्वजन्म की बात याद रहना।

की अग्नि से उसके उच्छ्‌वास ऊष्ण हो उठे थे, मुख मलिन था और अंग-प्रत्यंग शिथिल हो गए थे। वह गद्‌गद स्वर से धीरे-धीरे विलाप-सा करने लगी : 'हे प्रिय सखि! कुसुमायुध के पंचबाण फूलों के होते हैं, यह जो लोग कहते हैं, मुझे झूठ-सा लगता है। वह तो मुझे लोहे के असंख्य बाणों से मार रहा है। सखि! यह हिमराशि कहलाने वाला चन्द्रमा तो बड़वानल से भी धधकता हुआ लगता है। मेरी बात सच है कि यह चन्द्रमा समुद्र में डूब जाता है तब समुद्र सूख जाता है, पर शुक्ल पक्ष में यह जब आकाश में चला जाता है, तब दहन से बच जाने के कारण समुद्र भी बढ़ने लगता है। इस चन्द्रमा के दुष्कर्मों का मैं कहाँ तक वर्णन करूँ? यह तो अपनी सगी बहन लक्ष्मी के निवासस्थान कमल को भी खिलने नहीं देता[1]। मेरे हृदय में ऐसी विरह की आग जल रही है कि जब मलयानिल छूता है तो वह भी गरम हो जाता है। नई कोंपलों का यह नर्म बिछौना भी ऐसा लाल-लाल है कि वह अग्नि की लपटों-सा मेरी देह को झुलसाए देता है। मलयगिर चन्दन लगाती हूँ तो शरीर जल उठता है, जैसे चन्दन के पेड़ों पर लिपटे साँपों ने जो अपने ज़हरीले दाँत उनके तनों में गड़ाए थे, वह सारा विष इकट्ठा होकर उसमें रह गया था और अब वही मुझे सता रहा है। इन शीतल उपचारों का प्रयोग तो व्यर्थ है। वह कामदेव को भी लावण्य में हराने वाले कुमार ही मुझे मेरे कामज्वर से ठीक कर सकते हैं। पर वे मिल भी कैसे सकते हैं? हाय मैं क्या करूँ?'

कामज्वर की चरम सीमा पर पहुँची सखि की यह हालत देखकर बालचन्द्रिका समझ गई कि यह तो राजवाहन पर रीझ गई है। उसने सोचा कि अब तो इसका कामज्वर चरम सीमा पर पहुँच गया है।

बड़ी असहाय दशा थी। वह सोचने लगी। मुझे कुमार को जल्दी ले आना चाहिए, नहीं तो कामदेव इसकी हालत नाजुक कर देगा। बाग में जब ये एक-दूसरे को देख रहे थे कामदेव ने दोनों को ही बींधा था। इसलिए उसे लाना कठिन नहीं होगा।

अवन्तिसुन्दरी की रक्षा में निपुण सखियाँ लगाकर वह राजकुमार के महल में गई। वहाँ क्या देखती है कि कामदेव के तरकस-सा मन हो रहा था कुमार का; इतने बाण भरे थे उसमें। कामज्वर से पत्तों का वह बिछौना कुम्हला गया था जिसपर वह बैठा था। वह जैसे प्रिया को देखता हुआ कुछ बातें कर रहा था कामदेव से। जब उसने बालचन्द्रिका जैसी प्रिया की सखी को देखा तो लगा उसे कि जिस जड़ी-बूटी को ढूँढ़ रहा था, वह पैरों तले ही पड़ी मिल गई थी।

कुमार प्रसन्न हो उठा। कहा : 'आओ, यहाँ बैठो।' माथे पर लगाए जाने वाले शृंगार कमल की तरह बालचन्द्रिका ने हाथ जोड़े और बैठकर उसने अत्यन्त स्नेह से अवन्तिसुन्दरी का भिजवाया कपूर-मिला पान का बीड़ा विनम्रता से कुमार के आगे कर दिया। कुमार ने पूछा : 'कैसी है?'

---

1. कमलालया—लक्ष्मी कमल पर रहती है। लक्ष्मी और चन्द्रमा दोनों ही समुद्र-मन्थन में समुद्र से बाहर निकले थे, अतः वे भाई-बहिन हुए। पुराने लोग यह भी सोचते थे कि चन्द्रमा अँधेरे पाख में समुद्र में डूब जाता है। कामदेव के बाण फूलों के माने जाते थे।

बालचन्द्रिका ने कहा : 'कुमार! जब से देखा है तब से काम बुरी तरह सता रहा है। न फूलों की सेज पर चैन पड़ता है, न कहीं। जैसे बौने के सामने हाथ की पहुँच से ऊँचा फल आ जाए तो बौना दुःखी हो जाता है, वैसी ही उसकी हालत है। आपसे आलिंगन हो जाए, जो अलभ है, यही सोच कामांध हो गई है। बड़ी चाहना से यह चिट्ठी लिखकर भेजी है उसने। कहा था मुझसे कि इसे ले जाकर मेरे प्रियतम तक पहुँचा दे।'

राजकुमार ने चिट्ठी खोली और पढ़ा–

हे कुसुम-सुकुमार! तेरा सुघर सुन्दर
रूप जिस क्षण से निहारा
खो गया है मन विकल यह
ढूँढ़ता तेरा किनारा!
ओ सलज कोमल सलोने
दीखता तू हाय मृदु-कल!
क्यों न मन अपना बनाता
अङ्ग-अङ्गों-सा सुकोमल!

यह पढ़कर कुमार ने आदर से कहा : 'सखि! पुष्पोद्भव छाया की तरह मेरे साथ ही रहता है। तुम पुष्पोद्भव की प्रेयसी हो। उस मृगनयनी की प्रिय सखी के रूप में जो बाहर घूमती-फिरती हो, सो तुम उसका प्राण बन गई हो। जैसे बिरवे का थामला होता है, इस कार्य में तुम्हारी चतुराई है। जिससे उनकी इच्छा पूरी हो और जो तुम चाहो, सौ मैं करूँगा। उस मृदुलांगी ने मेरे हृदय को कठोर बताया है, पर वह तो क्रीड़ावन से ही मेरे मन को चुरा ले गई है। वह तो मेरे मन की कठोरता और कोमलता स्वयं जानती है। किसी कुमारी के अन्तःपुर में घुसना साधारण बात नहीं है। मैं कोई तरकीब सोचकर कल या परसों उससे मिलूँगा। मेरा हाल कहना। कोई तरकीब करना कि सिरस फूल-से कोमल अंगों वाली वह अवन्तिसुन्दरी कोई कष्ट न पाए।

बालचन्द्रिका राजकुमार के प्रेम-भरे वचन सुनकर प्रसन्न होकर राजकन्याओं के अन्तःपुर में चली गई। राजवाहन अपनी विरह-वेदना को दूर करने वहीं उद्यान में गया जहाँ प्रिया का पहला दरस मिला था। संग था पुष्पोद्भव। चकोरनयनी प्रिया ने जो जहाँ फूल इकट्ठे किए थे, पत्ते छुए थे, वृक्षों में घूमी थी, जहाँ उस चन्द्रवदनी ने मन्मथपूजन किया था, जहाँ कोमलांगी के चरणों के चिह्न बालू में पड़ गए थे, जहाँ सुंदती माधवीलता मण्डप में पत्तों की शय्या पर लेटी थी, सब को देखने लगा। पहली नज़र से बाद तक कैसे-कैसे उसके हाव-भाव बदले थे याद आने लगा। मन्द-मन्द मलयानिल से हिलते आम के बिरवों के पत्ते काम-ज्वाला की लपटों-से काँप रहे थे। और कामदेव के गुप्तचर कोयल, तोते, भौंरे उड़ते हुए कलरव और गुँजन भर रहे थे। राजकुमार की आग भड़क उठी। व्याकुल हो उठा। चैन नहीं पड़ा कहीं। लगा इधर-उधर घूमने।

ऐन्द्रजालिक विद्येश्वर का आकर वचन देना

तभी महीन रंगीन वस्त्र पहने एक ब्राह्मण वहाँ आ गया। उसके कानों में रत्नजटित कुण्डल थे। उसके साथ एक आदमी था जिसका सिर मुंडा हुआ था। वह वेश-भूषा से बड़ा चतुर और सज्जन लगता था। तेजस्वी था। राजवाहन के पास आकर उसने आशीर्वाद दिया। राजवाहन ने नम्रता ने पूछा : 'आप कौन हैं? किस विद्या में निपुण हैं?'

उसने कहा : 'मेरा नाम विद्येश्वर है। मैं इन्द्रजाल विद्या का पण्डित हूँ। अनेक देशों के राजाओं को अपने जादू से प्रसन्न करता मैं आज आपकी उज्जयिनी नगरी में आ पहुँचा हूँ।'

फिर उसने राजवाहन को गौर से देखकर हँसकर पूछा : 'आप इस लीलावन में भी इतने पीले-से क्यों दीख पड़ते हैं?'

पुष्पोद्भव को लगा कि यह काम में मदद दे सकता है। आशा बँधी तो आगे बढ़ा। आदर से बोला : 'अच्छे लोग तो आगे बढ़कर बातें करने लगते हैं। और ऐसी प्रिय बातें करके आप हमारे मित्र ही हो गए। अब आपसे छिपाएँ, ऐसी क्या बात रह गई? सुनिए। सुबह इसी क्रीड़ा वन में वसन्त महोत्सव में मालवराज की कुमारी अवन्तिसुन्दरी आई थी। इन दोनों ने एक-दूसरे को देखा तो मन हार बैठा। पर सिद्धि नहीं लगती, मिलें कैसे? और फिर बिछोह न हो। सम्भोग-सुख कैसे प्राप्त हो? तभी इनका यह हाल है।'

राजकुमार का मुँह लाज से लाल हो गया।

विद्येश्वर ने मन्द-मन्द मुस्कराते हुए कहा : 'देव! मैं आपका सेवक मौजूद हूँ, फिर भला संसार में कौन-सा ऐसा काम है जो नहीं हो सकता? आप राजकन्या से किसी सखि के द्वारा कहलवा दें कि मैं इन्द्रजाल विद्या से मालवराज देव मानसार को मोहित करके नगरवासियों के सामने तुमसे विवाह कर तुम्हें तुम्हारे राजमहल में ले जाऊँगा।'

राजवाहन तो सुनते ही प्रसन्न हो उठा। उस अचानक बने साथी, ठग, असली और नकली प्रेम का भेद जानने वाले विद्येश्वर को उन्होंने आदर से विदा किया।

राजवाहन को लगा कि विद्येश्वर के कौशल से काम पूरा होकर ही रहेगा। वह पुष्पोद्भव के साथ घर लौट गया। बालचन्द्रिका को सादर बुलवाकर ब्राह्मण की बताई मिलन की तरकीब समझा दी और रात कैसे बिताऊँ इस चिन्ता में पड़ गया।

विद्येश्वर का खेल-खेल में राजवाहन और अवन्तिसुन्दरी का विवाह करा देना

दूसरे दिन प्रातःकाल रस-भाव-रीति-चतुर विद्येश्वर अपने अनेक साथियों के साथ राजद्वार पर पहुँचा। दौवारिक को भेजकर उसने देव मानसार के पास अपना सन्देश पहुँचाया कि जादूगर आया है। महाराज और रानियों ने उसे बड़े कौतूहल से बुलवाया।

वह भीतर चला और दूसरी ड्योढ़ी लाँघकर बड़े विनीत भाव से महाराज को आशीष दिया। फिर उसकी आज्ञा से उसके साथी अनेक प्रकार के बाजे बजाने लगे। गायिकाएँ मदन-कल-कोकिला-मञ्जुल-ध्वनि से गाने लगीं। वह मोर के पँखों का मोरछल मन्त्र पढ़-पढ़कर घुमाने लगा कि सबकी दृष्टि उसी पर जम जाए। उसके सब साथी उसके चारों ओर घूमने लगे। और वह आँखें मूँदकर क्षण-भर चुप हो गया। इसके बाद अनेक बड़े-बड़े फन फैलाए सर्प निकल पड़े। वे मुखों से भयंकर विष उगल रहे थे और उनके सिर की मणि उस राजमन्दिर के प्रांगण को चौंध से भरने लगी। सभी वहाँ उन्हें देखकर डर गए। फिर बड़े-बड़े गृद्ध आ गए और उन बड़े-बड़े साँपों को पकड़कर आकाश में उड़ने लगे। उसके बाद उस ब्राह्मण ने नृसिंह अवतार द्वारा हिरण्यकशिपु दैत्य की छाती फाड़े जाने का अद्‌भुत दृश्य दिखाया और तब उसने राजा से कहा : 'राजन! अब खेल के अंत में एक शुभसूचक दृश्य देखना ठीक है। इसलिए कल्याण-परम्परा की प्राप्ति करने को आपकी कन्या के आकार की एक तरुणी का सर्व लक्षणयुक्त एक राजकुमार से विवाह कराऊँगा।'

यह खेल देखने को तो राजा बड़ा ही उत्सुक हुआ। उसने तुरन्त आज्ञा दी कि खेल प्रारम्भ करो। विद्येश्वर का चेहरा अपनी कामना पूर्ण होते देख खिल उठा। उसने तुरन्त सबको मोहित करने वाला एक अञ्जन निकाला और अपनी आँखों में लगाया और चारों ओर देखने लगा। वहाँ तो सब लोग समझ रहे थे कि यह बात कोई खेल है, सो चमत्कृत-से उसे देखने लगे। विद्येश्वर ने विवाह के मन्त्रों का उच्चारण करके अग्नि को साक्षी करके पहले से तैयार होकर अच्छे वस्त्राभूषण पहनकर आई हुई अवन्तिसुन्दरी से राजवाहन का विवाह करा दिया। कार्य समाप्त होने पर ब्राह्मण विद्येश्वर ने कहा : 'अब सारे इन्द्रजाल पुरुष चले जाएँ।'

सभी मायामानव धीरे-धीरे गायब हो गए। राजवाहन भी राजकन्या के साथ पहले से निश्चित ढंग से गुप्तरूप से बड़े कौशल से उसी के अन्तःपुर में जा घुसा।

मालवराज ने ब्राह्मण के कार्यों को अद्‌भुत समझकर उसे प्रचुर धन दिया और कहा : 'अब जाकर चैन करो।' फिर अपने महलों को चला गया।

राजवाहन और अवन्तिसुन्दरी का प्रेम बढ़ना

अवन्तिसुन्दरी अपनी प्रिय सखियों और प्राणवल्लभ के साथ अपने सुन्दर प्रासाद में गई। भाग्य और मनुष्यबल से अपना मनोरथ सिद्ध करके अपनी सरल और ललित चेष्टाओं से राजवाहन उस मृगलोचनी का संकोच दूर करके एकान्त में सुख भोगने लगा। बातों से वह मन में विश्वास पैदा करता और वह बैठी उसकी विचित्र-विचित्र मधुर बातों को सुना करती। इस तरह राजवाहन ने उसे चौदहों भुवनों का वृत्तांत कह सुनाया जिससे वह मुग्ध हो गई।

उत्तरपीठिका

1

राजवाहन की मुसीबत और मित्रमिलन

राजवाहन और अवन्तिसुन्दरी का सुखभोग करना

भवनों का वृत्तांत सुन-सुनकर उस सुन्दरी के नयन विस्मय से फैल गए। वह मुस्कराकर बोली : 'प्रिय! तुम्हारी कृपा से मैंने यह सब बातें सुनीं। आज तुमने मेरे अन्धकार-भरे हृदय में ज्ञानप्रदीप जला दिया। तुम्हारे चरणकमलों का फल अब पक गया। तुमने जो मुझपर कृपा की है, उसके लिए मैं क्या करूँ जो तुम्हारा उपकार चुक जाए; मेरे पास ऐसा क्या है जो तुम्हारा नहीं है। फिर भी कुछ है जिसपर मेरा ही स्वामित्व है। तुम्हारा यह जो सरस्वती से जूठा किया होंठ है वह मेरी इच्छा के अतिरिक्त और कोई स्त्री नहीं चूम सकती। लक्ष्मी के वक्षस्थल से छुए हुए तुम्हारे वक्ष का भी आलिंगन मेरे अतिरिक्त और कोई नहीं कर सकती।' यह कहकर उसने पावस ऋतु के मेघों जैसे अपने पीन कुच उसके वक्ष से सटा दिए और कन्दली कुसुम की ललाई वाले लोचनों से उसे प्यार से आँखें मिलाकर देखने लगी। उसके काले केश में गुंथे फूल मारेपँख के चमकीले चन्दे-से ऐसे लगते थे जैसे भौंरे उनपर गूँजते हुए मण्डरा रहे थे। वासना के आवेग में अवन्तिसुन्दरी ने अपने प्राणप्रिय के कदम्ब की कोंपल जैसे गुलाबी होंठों को चूम लिया।

एकदम स्फुरण-सा हो गया और फिर वे विलास करने लगे। बहुत समय बीत जाने पर जब वे थक गए तो दोनों सो गए। स्वप्न में उन्होंने एक वृद्ध हंस देखा जिसके पाँव मृणाल से बँधे हुए थे। दोनों जाग गए।

राजवाहन का बन्दी होना

राजकुमार ने देखा कि कमल का भ्रम करके चाँदनी की किरणें जैसे आ पड़ी हों, उसके चरणों को वैसे ही चाँदी की ज़जीर जकड़े हुए थी। 'यह क्या हुआ?' कहती हुई राजकन्या बड़ी जोर से चिल्ला उठी! उसका चिल्लाना सुनकर सारा अन्तःपुर व्याकुल हो गया जैसे आग लग गई हो या पिशाचों की विशाल सेना ने आक्रमण कर दिया हो। सब लोग भय से काँपने लगे। सब किंकर्तव्यविमूढ़-से हो गए। वे आगे की न

सोच सके। समझ में नहीं आता था कि इस लांछन से राजकन्या को कैसे बचाया जाए। सब ज़ोर-ज़ोर से चिल्ला रहे थे और रो-रोकर उनके गाल भीग गए थे।

जब तुमुल क्रन्दन हो उठा तो रनिवास के पुरुषरक्षक भी बेरोक-टोक भीतर घुसकर पूछने लगे : 'क्या बात है? क्यों शोर हो रहा है?' और वहाँ क्या देखते हैं कि राजकुमार मौजूद था। उनकी हिम्मत तो नहीं पड़ी कि उसे गिरफ्तार कर लेते पर वे तुरन्त चण्डवर्मा के पास दौड़े गए और सब हाल सुना दिया।

चण्डवर्मा का क्रुद्ध होना

उसने ज्योंहि सुना, क्रोध से आगबबूला होकर अन्तःपुर में जा पहुँचा और चिनगारियाँ उसकी आँखों से निकलने लगीं। वह देखते ही समझ गया। उसने गुस्से से कहा : 'अरे यह तो वही दुष्ट है। जिस बालचन्द्रिका के कारण मेरा छोटा भाई मारा गया था, उसी के पति वणिक् पुष्पोद्भव का यह मित्र है न? उस वाणिक् को अपने धन का बड़ा गर्व है। और वह बड़ा रूपमत्त, कलाभिमानी बनता है! इसी ने मूर्ख नगरवासियों को ठगकर अपने को देवता बना दिया है। कपट धर्माचरण करने वाला यह, रहस्य-भरे पापों का कर्ता, चपल, अपने को ब्राह्मण कहता है? पता नहीं यह हम जैसे पुरुषसिंहों के मुँह पर कालिख लगाकर इससे क्यों प्रेम करती है? अच्छी बात है। यह कुलकलंकिनी, अनार्य आचरण करने वाली आज ही इसे सूली पर टँगा हुआ देख लेगी।'

धमकी देकर, अपनी भीषण भृकुटियों को कँपाता हुआ वह साक्षात् काल की तरह बढ़ा और काल के लौहदण्ड जैसे कर्कश बाहुदण्ड से उसने राजकुमार का रथ की रेखा से चिह्नित करकमल[1] पकड़कर झटका देकर अपनी ओर खींच लिया।

स्वभाव से धीर, पौरुष से पूर्ण राजकुमार के पास उस समय सहनशीलता के अलावा कोई चारा नहीं था। यह तो दैवी आपत्ति था। राजकन्या प्राण त्यागने को उद्यत हो गई थी। तब राजकुमार ने उसे धैर्य से समझाया : 'उस हंस की बात याद करो हंसगामिनी! दो महीने धैर्य धारण करो।' राजकन्या को ढारस बँधा। तब राजकुमार ने अपने-आपको समर्पित कर दिया।

मालवपति मानसार और पट्टमहादेवी[2] को यह किस्सा मालूम पड़ा तो वे बड़े दुःखी हुए। उन्होंने तो राजकुमार को देखकर ही जान लिया था कि यही हमारा आगे चलकर जमाई होगा। उन्होंने जान की बाजी लगा दी। बोले : 'तुम इसे मार डालोगे तो हम भी मर जाएँगे। इससे राजकुमार जान से मरने से बच गया; पर न उनके पास अधिकार था, न शक्ति ही। वे राजकुमार को पूरी तरह से बचाने में समर्थ नहीं हो सके। उधर चण्डवर्मा ने सारी बात हिमालय में तपस्या में लगे दर्पसार के पास कहला भेजी और पुष्पोद्भव के सर्वस्व को छीनकर उसे सारे कुटुम्ब के साथ

1. रथ की रेखा–त्रिशूल इत्यादि की रेखाएं हाथ में होती हैं।
2. पटरानी।

कारागार में डाल दिया और शेर के बच्चे की तरह लकड़ी के पिंजड़े में उसने राजवाहन को बन्द कर दिया। राजकुमार के सिर में अभी तक मातंग की पत्नी की दी हुई मणि थी, इसलिए उसे भूख-प्यास से नहीं सताया। राजकन्या की दीन प्रार्थना का तिरस्कार कर दिया गया।

चण्डवर्मा का लड़ाई को कूच करना और शत्रु को हराना

इसी समय चण्डवर्मा ने अंगदेश के राजा सिंह जैसे असह्य विक्रम वाले सिंहवर्मा को उखाड़ फेंकने को बड़ी फौज सजाकर चढ़ाई कर दी। उसे किसी-पर भी विश्वास नहीं था, अतः वह राजवाहन को साथ ले चला। चम्पा राजधानी थी। उसे उसने घेर लिया। असाधारण वीर सिंहवर्मा भी बड़ी सेना लेकर आया, और उसने प्रचण्ड आक्रमण करके उसका व्यूह पराक्रम से भेद डाला और घोर संग्राम किया। दूतों के द्वारा जो पड़ोस के राजा बुला लिए थे, वे भी सहायता देने आ गए। परन्तु वह पहले ही अहंकार के कारण शत्रु से टकरा गया और देर तक लड़ता रहा। चण्डवर्मा भारी पड़ा। उसके पास शस्त्रबल अधिक था। जैसे एक हाथी दूसरे को दबा लेता है, वैसे ही विनष्ट सैन्य सिंहवर्मा को चण्डवर्मा ने सब ओर से घेर लिया। चण्डवर्मा सिंहवर्मा की अनिंद्य सुन्दरी स्त्रियों में रत्न कही जाने वाली कन्या को चाहता था। इसीसे उसने सिंहवर्मा के प्राण नहीं लिए, उसे शिविर में ले जाकर उसके पट्टी-वट्टी बँधवाई। ज्योतिषियों को वहीं बुलाकर—आज ही रात मेरा इस राजकन्या से परिणय हो—कहकर उनसे मुहूर्त भी निकलवा ही लिया।

राजवाहन को मृत्युदण्ड मिलना

विवाह का निश्चय करने का मंगलकार्य समाप्त हो गया। तभी पिंगाचल[1] से ऐणजंघ नामक वेगगामी दूत प्रभु दर्पसार का जवाब ले आया कि—अरे मूढ़ चण्डवर्मा! कन्या को अन्तःपुर में घुसकर जो दूषित करे, उस पर भी क्या कृपा का कोई अवसर है? वह राजा तो बहुत बुड्ढा होकर सठिया गया है, तभी उसमें मानापमान का भाव भी नहीं रह गया है। वह यदि दुराचारिणी लड़की की तरफदारी में बकवास करता है तो क्या तू भी उसे ही मानेगा? बिना विलम्ब के उस कामोन्मत्त का ऐसा वध कर जो एक उदाहरण बन जाए और मेरे पास मेरी आत्मा को प्रसन्न करने को यह शुभ समाचार भेज। उस दुष्ट कन्या और उसके भाई कीर्तिसार को पाँवों में बेड़ी डालकर बंदीगृह में डाल दे।

यह सुनकर चण्डवर्मा ने आज्ञा दी—'प्रातःकाल ही दुष्ट को राजद्वार पर लाया जाए। हाथियों में श्रेष्ठ उन्नत भीमाकार चण्डपोत हाथी भी सजा हुआ आ जाए। विवाह-कार्य पूरा होते ही मैं आ जाऊँगा और अपने सामने उस दुरात्मा अनार्यशील

1. एक पर्वत—हिमालय में।

को हाथी से कुचलवाकर मार डालूँगा। फिर मैं उसी हाथी पर चढ़कर उन दुष्ट शत्रु-सहायकों पर आक्रमण करूँगा। उनकी सेना और कोष जीत लूँगा।'

राजवाहन और अप्सरा की बातचीत, कैद से छूटना

प्रभात हो गया। प्रहरी राजवाहन को राजद्वार पर ले आए। गजराज चण्डोपात भी ले आया गया, जिसके गण्डस्थल से मद बह रहा था।

उसी समय राजवाहन के पाँवों की चाँदी की बेड़ी खुल गई और चन्द्रलेखा की छवि जैसी अप्सरा बनकर वह बेड़ी प्रदक्षिणा करके राजवाहन से हाथ जोड़कर बोली : 'देव! मुझपर दया करें। मैं चन्द्रकिरण से उत्पन्न सुरतमंजरी नामक सुरसुन्दरी हूँ। एक बार मैं आकाश में उड़ रही थी कि एक कलहंस ने मेरे मुख को कमल के भ्रम में आकर ढंक लिया। जिससे मैं घबरा गई और उसे हटाते समय अनजाने ही मेरे गले का हार गिर गया, जो हिमवान् पर्वत के एक सरोवर में डुबकी लगा-लगाकर स्नान करते महर्षि मार्कण्डेय के सिर पर जा गिरा। उनके सफेद बाल मणि-किरणों से और भी श्वेत दीख पड़ने लगे।

'हार के गिरते ही वे क्रुद्ध हो गए और उन्होंने कोप से मुझे शाप दे दिया—पापिनी! तू चेतनाहीन लौह जाति की हो जा। जब मैंने उनसे बहुत प्रार्थना की तब उन्होंने मुझे आपके चरणकमलों का बन्धन बनाकर दो महीने के लिए मेरे शाप की अवधि बाँध दी। चाँदी की शृङ्खला बनने के बाद भी मुझे इन्द्रिय-ज्ञान रहे, मुझमें शक्ति बनी रहे, यह भी उन्होंने वर दे दिया। जब मैं ऐसी हो गई, उसी समय इक्ष्वाकु वंश के राजा वेगवान का पौत्र, मानसवेग का पुत्र वीर शेखर नामक विद्याधर कौशल पर्वत पर आया। उसने मुझे देखा तो अपने पास रख लिया।

'कुछ दिन बाद वीर शेखर का वत्स राजवंशी विद्याधरों के चक्रवर्ती नर वाहनदत्त से झगड़ा हो गया, तब वह शत्रुदलन-समर्थ समझकर तपस्यालीन दर्पसार के निकट गया। दर्पसार ने सहायता का वचन दिया और कहा कि अपनी बहिन अवन्तिसुन्दरी को भी तुम्हें ही ब्याह दूँगा।

'एक रोज़ ऐसा हुआ कि जब चन्द्रमा की ज्योत्स्ना छा गई, वीर शेखर मनोरथ-प्रिया अवन्तिसुन्दरी को वासना से अवश होकर देखने कुमारी के नगर में उसके मन्दिर में गया। उसने अपने को तिरस्करिणी (अदृश्य होने की) विद्या से छिपा लिया। जाकर देखा कि उसकी प्रिया सुरत-श्रान्त तुम्हारी गोद में पड़ी है। तुमसे त्रिभुवन की कथाएँ सुनकर उसका प्रेम जो उमड़ पड़ा था!

'वीर शेखर को तुम्हें जानकर तुमपर बड़ा क्रोध आया। कर तो कुछ न सका, पर जब दुर्भाग्य से तुम चिपटे पड़े थे, उसने मुझे तुम्हारे पाँवों में कस दिया और क्रोध के आवेश में जल्दी से भाग गया। आज मेरा शाप भी समाप्त हो गया। दो महीने मैं परतन्त्र रह चुकी। मुझपर कृपा करो और बताओ मैं क्या करूँ? यह कहकर

वह झुकी और तब राजवाहन ने उससे कहा : 'यही सब जाकर मेरी प्रिया को सुनाकर उसे आश्वासन दो।

राजवाहन ने अप्सरा को विदा कर दिया पर तभी 'चण्डवर्मा मारा गया' का घोर नाद उठा। कोलाहल में सुनाई दिया : 'जभी उसने सिंहवर्मा की पुत्री अम्बालिका का हाथ पाणिग्रहण के लिए पकड़ने को बढ़ाया, किसीने ज़बर्दस्ती उसका हाथ खींचकर उसे मार डाला। उस दुष्करकर्म चोर ने नख मारकर राजमन्दिर में सैकड़ों लाशें बिछा दी हैं और मारता चला जा रहा है।'

चण्डवर्मा का मारा जाना

यह सुनकर राजवाहन ने महावत को हटाकर स्वयं हाथी पर चढ़कर उसे वेग से राजभवन की ओर दौड़ा दिया। हाथी की वेगवान गति से पैदल फटते चले गए और वह शीघ्र ही राजद्वार पर जा पहुँचा। वहाँ उसने भीतर पहुँचकर वज्र का सा गम्भीर गर्जन किया : 'कौन है वह महापुरुष जिसने मनुष्य के लिए दुष्कर कार्य भी योंही कर डाला है? आए वह और मेरे ही साथ इस महागज पर बैठे। देवताओं और दानवों का शत्रु भी मेरे पास अभय को प्राप्त करता है।'

अपहारवर्मा का मिलना

वह पुरुष यह स्वर सुनकर प्रसन्न हो गया। वह हाथ जोड़कर विनम्रता से हाथी के सामने आ गया। राजवाहन के इशारे पर हाथी पर चढ़ गया और राजवाहन ने देखा तो हर्ष से मुख से निकला : 'अरे! मेरे प्रिय मित्र अपहारवर्मा!' राजवाहन ने उसे अपनी भुजाओं में भरकर आलिंगन किया। फिर सामने बिठा लिया। वह पीछे सरका और उससे गले लग गया।

क्षण-भर में मिलन हो गया और तब धनुष, चक्र, कणप (लोहे का डन्डा), कर्पण, प्रास, पट्टिका, मूसल और तोमर आदि शस्त्र उसने गर्वीले शत्रुओं को फेंककर मारे, जो मित्र-मिलन में बाधा डाल रहे थे। क्षण-भर बाद ही उस आक्रमणकारी सेना को किसी और सेना ने आकर चारों ओर से घेर लिया।

कनेर के फूल के रंग जैसा गोरा एक आदमी, जिसके नीले केश कुरुविन्द फूल जैसे थे, और देखने में ही जिसके हाथ-पाँव बहुत कोमल और सुन्दर थे, अपनी कानों तक फैली दूध की सी पलकों वाली काली आँखों से देखता, बाण-वर्षा करता आ गया। उसके कर में रत्नजटित बघनखा लगा था, सभी वस्त्र रेशमी थे और पतली कमर पर विशाल वक्ष सुशोभित हो रहा था। वह निर्दयता से अपने हाथी को अपने पाँव के अंगूठे की रगड़ से बढ़ाता तेज़ी से आया और बोला : 'अरे! स्वामी राजवाहन देव!' फिर प्रणाम करके उसने सम्मानपूर्वक देखकर कहाः 'आपके आदिष्ट मार्ग से मैं अंगराज की सहायतार्थ राजाओं की यह विशाल सेना ले आया हूँ। शत्रु सैन्य

छिन्न-भिन्न हो गया है। अब शत्रु इतने निर्वीर्य हैं कि स्त्रियाँ और बालक भी उनके शस्त्र छीन सकते हैं। आज्ञा दें, अब मैं क्या सेवा करूँ?'

अपहारवर्मा उसे देखकर प्रसन्न होकर राजवाहन से बोला : 'देव! इस आज्ञाकारी सेवक पर भी कृपा-दृष्टि फेरें। यही इस वेश में धनमित्र नाम से छिपा-छिपा फिरता था। इस धनमित्र ने ही अंगराज को बन्धन से छुड़ाकर विध्वस्त कोष और वाहनों को फिर जुटाया है। हमारे पक्ष के राजा चैन से उनके साथ बैठे हैं। आप भी चलें, यदि कोई दोष न हो!'

राजवाहन ने कहा : 'जैसी तुम्हारी इच्छा हो वही करो।'

दोनों हाथी पर सवार हो अपहारवर्मा के बताए मार्ग से नगर के बाहर थोड़ी दूर पर एक विशाल वटवृक्ष के नीचे जाकर रुके। वहाँ की बालू रेशम सी साफ थी। गंगा की लहरों को छूकर आती हवा ने उसे ठण्डा कर दिया था। दोनों उतर पड़े। अपहारवर्मा ने पहले ही उतरकर जल्दी-जल्दी हाथों से बालू का एक ढेर लगा दिया, जिसपर राजवाहन सुख से बैठ गया।

बहुतों का राजवाहन से आकर मिलना

वहाँ बैठे देर न हुई कि उपहारवर्मा, अर्थपाल, प्रमति, मित्रगुप्त, मैथिल, प्रहारवर्मा काशीपति कामपाल और चंपेश्वर सिंहवर्मा ने आकर राजवाहन को प्रणाम किया।

राजवाहन ने प्रसन्नता से उठकर उनका स्वागत किया और कहा : 'एक-साथ सब मित्र मिले भी अचानक ही! आज हमारा अभ्युदय हुआ।'

यथोचित रूप से वे सबसे गले मिले और उनका आदर किया। अपहारवर्मा ने काशीपति, मिथिलेश, और अंगराज का परिचय कराया। राजवाहन ने उनका पिता-समान आदर किया। उन वृद्धों ने गद्गद होकर उसे गले लगा लिया। राजवाहन प्रसन्न हो गया।

जब मेल-मिलाप हो चुका, वे आनन्द से बैठ गए। और तब उनमें आपस में प्रेमालाप होने लगा। पहले राजवाहन ने अपनी और सोमदत्त तथा पुष्पोद्भव की कहानी सुनाई और फिर उन मित्रों से कहा कि वे भी अपनी-अपनी आपबीती सुनाएँ।

सबसे पहले अपहारवर्मा अपनी कहानी सुनाने लगा—

2

अपहारवर्मा की कहानी

'हे देव! जब आप उस ब्राह्मण का उपकार करने के लिए पाताल में उतरे और आपके सब मित्र भी आपको ढूँढ़ने को चारों ओर फैल गए तब मैं अंगदेश में गंगातीर पर चम्पा नगरी के बाहर घूमने लगा। वहाँ मैंने लोगों की बातचीत से जाना कि महर्षि मारीचि कोई हैं जिनको तप से दिव्य दृष्टि मिल गई है। मैं उनसे आपका पता पूछने चल दिया।

महर्षि मारीचि की कहानी सुनना

'उसी आश्रम में जाकर मैंने देखा कि आम के बिरवे के नीचे एक तपस्वी घबराए बैठे हैं। उन्होंने मेरा अतिथि-सत्कार किया। मैंने क्षण भर विश्राम करके पूछा : हे भगवन! महर्षि मारीचि कहाँ हैं? मेरा दोस्त बिछुड़ गया है। मैं उसको ढूँढ़ना चाहता हूँ। मैंने उनकी अद्भुत शक्तियों के बारे में सुना है।

काममंजरी का आना और आश्रम में रहना

'मेरी बात सुनकर एक गर्म लम्बी साँस लेकर वे बोले : 'हाँ, एक ऐसा मुनि इस आश्रम में था अवश्य। एक बार चम्पा नगरी की शोभा काममंजरी नामक वारवनिता (वेश्या) उसके पास आई और धरती पर अपने बाल बिखेरकर उसने प्रणाम किया। मुनि ने देखा कि उसके आँसुओं से उसका वक्षस्थल तक भीग गया था। तभी काममंजरी के घरवाले अत्यन्त दुःखकातर-से पीछे-पीछे दौड़ते आ गए और उसी महर्षि के सामने लोटने लगे। ऋषि का दयालु चित्त पिघला। उसने दया से भरे वचन कहे और धैर्य बँधाकर उससे पीड़ा का कारण जानने के लिए प्रश्न किया। उस वारवनिता ने लज्जा, दुःख से तो कहा किन्तु उसके स्वर में अभिमान भी था। उसने कहा : हे भगवन! मैंने कभी संसार में सुख नहीं पाया। सुना है आप दुखियों का दुःख दूर करते हैं। दयालु हैं। अब मेरा तो परलोक बना दीजिए। मैं तो इसीलिए आपके चरणों में आ पड़ी हूँ।

वेश्या और उसकी माता के धर्म

'सफेद और काले बालों का जूड़ा बाँधे उसकी माता हाथ जोड़कर धरती पर सिर टेककर बोली : भगवन! यह आपकी दासी काममंजरी मुझे दोषी ठहराती है। पर मेरा एक ही दोष है कि मैंने इसे वेश्या बनाने का यत्न किया है। किन्तु प्रत्येक वेश्या की माता का यह अधिकार है कि वह पैदा होने से ही अपनी बेटी के उबटन आदि से बल, रूप और तेज ही नहीं बुद्धि भी बढ़ावे, परिमित आहार देकर उसे दर्शनीय बने रहने वाले शरीर वाली बनाए। पाँच वर्ष की होने पर पिता तक से अलग रखे, जन्मदिन और पर्वों को, उत्सवों को मंगल कार्य करे। सर्वांग काम विद्या पढ़ाए, नृत्य, गीत, वाद्य, नाट्य, चित्रकला, पकवान आदि, गन्ध, पुष्प आदि की कलाएँ सिखाए। लिपिज्ञान, वचन-कौशल, और वाग्चातुरी की शिक्षा दे। व्याकरण, तर्क और ज्योतिष का थोड़ा ज्ञान करा दे। जूआ, मुर्गे आदि की लड़ाई, चौपड़ और रतिक्रिया का मर्म सिखा दे। कभी कोई यात्रा या उत्सव का अवसर हो तो कन्या का शृंगार करके उसे लोगों को दिखा डाले, उसके चमकीले काले केशों की झलक दिखाए। उन्हें खुला रहने दे। मौका आ पड़े तो पहले से धन दे-दिवाकर अपने विश्वासपात्र गुणियों से उस कन्या की प्रशंसा करवाए। जो लक्षण जानने वाले हैं, उनसे कन्या के शुभ लक्षण प्रकट करवाए। कन्या के प्रेमी के प्रिय सखा, विट, विदूषक और भिक्षु की चर्चा चलवाए, किसी तरह भी युवकों में उसके लिए होड़ पैदा कर उसकी अधिक से अधिक कीमत लगवा दे। यदि अपने-आप ही ऐसा प्रेमी मिल जाए तो अच्छी जाति, रूप, आयु, धन, शक्ति, सफाई, त्याग, दक्षता, दाक्षिण्य, शिल्प-ज्ञान और माधुर्य वाला हो, स्वयं ही स्वतन्त्र हो तो कन्या को उसको दे दे। प्रेमी गुणी तो बहुत हो, पर स्वतन्त्र न हो, ऐसे को कन्या काफी बहानों के बाद दे। जो किसी पराधीन से कन्या का सम्बन्ध बैठे तो प्रेमी के बड़ों से उसका शुल्क (फीस) ले ले। यदि धन भी न मिले और कन्या भी प्रेमी की हो जाए तो गुरुजनों और अधिकारियों (अफसरों) से शिकायत (नालिश) करके धन ले। ऐसे प्रेमी से कन्या का पतिव्रत धर्म पालन करावे। जो नित्य का आता धन है, उसके अलावा भी धन कौशल से ही प्रेमी से निकालती रहे। प्रेमी लोभी होकर धन न दे, तो उससे लड़ाई करके उसे दूर कर दे। कन्या के जो चाहने वाले पड़ौसी हों, उन्हें ऐसा भर दे कि वे भी यही कोशिश करें कि प्रेमी का कन्या से मन फिर जाए। जब उस प्रेमी को गरीबी घेर ले तो उसे जली-कटी कहे, उसे कोसे और अपनी कन्या से उसे मिलने भी न दे। उसको लज्जित करे, उस पर दोष लगाए और फिर अपमान करके निकाल दे। जो अधिक धन दे, और बाधा भी न लावे, यही बातें सोचना उसका काम है, ध्येय एक ही है कि धनी ही फँसे। और ऐसा धनी कि धन भी सहज मिलता चले। प्रेमी का आडम्बर न मोह ले, उसकी असलियत पता चला ले। प्रीति हो जाने पर भी वेश्या को प्रेमी के लिए

अपनी माता का अपमान नहीं करना चाहिए, न उसकी बात ही टालनी चाहिए। परन्तु इसने ब्रह्मा के बनाए इन नियमों को ठुकरा दिया और धर्मविरुद्ध होकर एक धनी विदेशी युवक पर रीझ गई। इसने अपना धन खर्च करके एक महीना बिताया, जिस बीच कितने ही धनी-मानी आए, जो सुख दे सकते थे। लेकिन इसने सबका अपमान करके उन्हें गुस्सा कर दिया, घरवालों को खूब तकलीफें दीं। जब मैंने रोका तो गुस्से से वनवास करने निकल आई है। अब अगर यही इसका पक्का निश्चय है तो यह कुटुम्ब अब बेसहारा है और हम यहीं अनशन करके मर जाएँगे।

'तपस्वी ने वेश्या से कहा : 'भद्रे! वनवास बड़ा दुःख देने वाला है। इसका फल मोक्ष या स्वर्ग ही हो सकता है। मोक्ष की तो बड़ी ही प्रकृष्ट ज्ञान की साधना से बहुत क्लेश के बाद मिलने की सम्भावना होती है। हाँ, दूसरा जो है स्वर्ग, वह सबको ही अपने कुल का धर्म पालन करते हुए सुलभ होता है। तुम यह सब न करनेवाली बातें छोड़कर अपनी माँ का कहना मानो।

तपस्वी के दयामय वचन सुनकर वेश्या ने कहा : यदि मुझे आपके चरणों में शरण नहीं मिलेगी तो फिर मुझ अभागिन के लिए अग्निदेवता की शरण ही रह जाएगी।

'वह यह कहकर रोने लगी। तपस्वी ने कुछ देर सोचकर गणिका की माँ से कहा : अब तुम लौट जाओ और घर प्रतीक्षा करो। यह सुकुमारी सुखों में पलने की आदी है। जंगल के कष्टों से ऊब जाएगी और हम भी समझाएँगे, तो आप ही आ जाएगी तुम्हारे पास।

''अच्छी बात है।—कहकर उस वेश्या के घर के लोग लौट गए और तब वह बड़ी श्रद्धा से उस ऋषि की सेवा में लग गई। वह स्वयं धोकर एक जोड़ा कपड़ा पहनने लगी। कभी शरीर का साज-सिंगार नहीं करती थी। आश्रम के पौधों को सींचती, देवतार्चन के लिए फूल चुनती, यों हर तरह के काम करती। कामशासक महादेव की पूजा को गन्ध, माला, धूप, दीप, नृत्य, गीत, वाद्य आदि सबका ही प्रयोग करती। एकान्त में धर्म, अर्थ, काम के बारे में अथवा अध्यात्म के बारे में बातें करती। इस तरह उसने शीघ्र की ऋषि को प्रसन्न कर लिया।

वेश्या पर महर्षि का प्रेम बढ़ना

''एक रोज़ एकान्त देखकर वह मुनि को कुछ अनुरक्त देखकर उससे बोलीः यह संसार मूर्ख है जो धर्म के साथ ही अर्थ और काम को भी गिनता है— और उसने आश्चर्य दिखाया।

''मारीचि ने पूछा : क्यों बाले! धर्म को अर्थ और काम से तुमने ऊँचा क्यों माना?

''वह लज्जा से धीर-धीरे बोली : आप इस त्रिवर्ग के बल और अबल का मुझसे कहीं अधिक ज्ञान रखते हैं। चलिए दासी पर दया का एक और तरीका आपने

अपनाया। सुनिए! धर्म बिना अर्थ और काम की उत्पत्ति नहीं होती। धर्म वास्तव में अर्थ और काम की अपेक्षा ही कहाँ करता है। धर्म निवृत्ति सुख की उत्पत्ति का मूल कारण है। यह तो चित्त की एकाग्रता से सिद्ध होता है, यह अर्थ काम की तरह बाहर के साधनों पर निर्भर करता, न उनसे बाधा ही पाता है। और बाधा हो भी तो ज़रा प्रयास करके वह उस दोष को मिटाकर फिर अनेकान्त श्रेय को प्राप्त कर लेता है। देखिए! ब्रह्मा तिलोत्तमा पर मोहित हो गए थे। भवानी-पति शिव ने सहस्रों मुनिपत्नियों को दूषित किया। पद्मनाभ विष्णु ने कृष्णरूप से अन्तःपुर में 16000 रानियाँ रखीं। ब्रह्मा ने अपनी ही कन्या सरस्वती से प्रेम किया। इन्द्र ने अहल्या से व्यभिचार किया। चन्द्रमा ने गुरुपत्नी से ही। सूर्य ने घोड़ी से, वायु ने केसरी वानर की पत्नी, बृहस्पति जो देवताओं के गुरु हैं उन्हेंने अपने भाई उतथ्य की स्त्री ममता से, पराशर ने धीवर कन्या मत्स्यगन्धा से और पराशर के पुत्र व्यास ने भाइयों की पत्नियों—अम्बिका-अम्बालिका—से सहवास कर डाला था। अत्रि ने तो मृगी तक से किया। किन्तु देवताओं के ऐसे-ऐसे काम भी उनके ज्ञानबल को नहीं घटाते। वे धर्म से पवित्र मन वाले थे। रजोगुण उनमें नहीं घुसा, जैसे विशाल आकाश में धूलि नहीं रुक पाती। मेरा तो यही विचार है कि अर्थ और काम तो धर्म की सौवीं कला को भी नहीं छू पाते।

"मुनि की वासना इससे बढ़ गई और वह बोला : अरे विलासिनी! ठीक कहती हो। विषय-भोग से धर्म का तत्त्व नहीं बिगड़ता। पर हम अब तक अर्थ और काम की बात से अनजान रहे हैं। क्या रूप है, क्या परिवार है और क्या फल है, हम तो इनके बारे में यह सब कुछ भी नहीं जानते।

"वह बोली : अर्थ में तो कमाना, धन बढ़ाना और उसकी रक्षा करना ही है। खेती, पशु पालन, व्यापार, सन्धि और विग्रह, अर्थ के परिवार हैं। और अच्छे लोगों को दान देना ही अर्थ का फल है। काम जो है, वह है स्त्री-पुरुष का अत्यन्त वासना-भरे चित्त से एक-दूसरे को छूकर स्पर्श सुख पाना। इसका परिवार है आनन्द और सुन्दरता। इसका फल परमानन्द है। वह परस्पर रगड़ से जन्मता है, उसकी याद भी मीठी होती है, यह अभिमन को बढ़ाने में उत्तम है और सुख से बढ़कर है ही क्या? इसके लिए लोग बड़े-बड़े कष्ट सहते हैं, तप करते हैं, महान दान, दारुण युद्ध करते हैं और भीम समुद्र को लाँघ जाते हैं।

मुनि की बुद्धि का बिगड़ना

"यह सुनकर दैवबल से, उस वेश्या का कौशल चला गया या मुनि की बुद्धि भ्रष्ट हो गई कि मुनि ने अपने नियम त्याग दिए और उसी में आसक्त हो गया। एक दिन उसने उस मूर्ख मुनि को कर्णीरथ पर बिठाया और सुन्दर राजमार्ग पर होकर उसे अपने नगर के भवन में वह ले गई। उसी दिन घोषणा हो गई कि—कल कामोत्सव होगा।

राजा के यहाँ काममंजरी की जीत और महर्षि का लौटना

"ऋषि ने नहा-धोकर सुगन्धित तेल लगा, सुन्दर माला पहन, कामी पुरुषों का सा वेश धर लिया। भूल गया सब पहले की बातें। ज़रा सा भी तो वह कममंजरी का वियोग नहीं सह पाता था। वेश्या तब समृद्ध राजमार्ग पर होकर उसे राजसभा में ले गई, जहाँ एक उद्यान में सैकड़ों स्त्रियों से घिरा राजा मौजूद था। राजा काममंजरी को देखकर मुस्करा दिया और बोला : भद्रे! भगवान मारीचि के साथ बैठो।

"काममंजरी ने आदर और नखरे से प्रणाम किया और मन्द-मन्द मुस्कराती-सी बैठ गई।

"एक सुन्दर स्त्री उठी, उसने हाथ जोड़े और बोली : देव! मैं हार गई। आज से मैं इसकी दासी हो गई।

"यह कह उसने प्रभु को प्रणाम किया। लोगों में विस्मय-भरे हर्ष से कोलाहल होने लगा। राजा ने प्रसन्न होकर बहुत मूल्यवान रत्नालंकार और सुन्दर वस्त्र देकर काममंजरी को विदा किया। वेश्या और पुरवासी उसकी ढेर-ढेर प्रशंसा करने लगे। घर पहुँचने से पहले ही उसने मारीचि से कहाः भगवन्! मैं हाथ जोड़ती हूँ। आपने दासी पर बड़ा अनुग्रह किया, अब आप अपना काम करें।

"राग दशा से ऋषि कटकर रह गया; बोलाः प्रिये! यह क्या? यह उदासीनता क्यों? मुझपर तो तुम्हारा असाधारण प्रेम था। वह कहाँ गया?

"काममंजरी ने मुस्कराकर कहा : भगवन्! जिस स्त्री ने राजकुल में आज मुझसे हार मानी है, उससे मेरा एक बार झगड़ा हो गया था। उसने मुझे ताना मारकर कहा : अरी! तू तो ऐसी हेकड़ी जताती है जैसे तूने मारीचि को ही जीत लिया हो! तब दासी होने की शर्त रखी गई और मैंने इस काम का बीड़ा उठाया। आपकी दया से काम सिद्ध हो गया।

"इस अपमान से मूर्ख मारीचि बहुत दुःखी हुआ। सूने मन से आश्रम लौट आया और वह मूर्ख मैं ही हूँ। हे महाभाग! उसने जो अनुराग दूर किया है तो मुझे घोर वैराग्य दे गई है। मेरी आत्मा शीघ्र ही फिर साधनक्षम हो जाएगी। तब तक आप इसी अंग देश की चंपापुरी में निवास करें।'

'उसी समय सूर्य अस्त हो गया, जैसे वह तपस्वी के मन से निकलते अज्ञान के अन्धकार को छू जाने से डरकर भाग गया हो। उसके मन से फूटा हुआ अनुराग ही सन्ध्या बनकर लाल-लाल-सा फैल गया। उसकी बातों से विरागी होकर कमल-वन अब झुक गया।

'मैंने भी उसी की आज्ञा से सन्ध्या की। रात को उसके साथ ही सोया और बातों में रात बिता दी। सुबह दावानल जैसा, कल्पवृक्ष के कोंपलों की ललाई को भी तिरस्कृत करता, अरुण किरण सूर्य उदित हुआ। तब मैं उसे प्रणाम करके, नगर की ओर चल पड़ा।

अपहारवर्मा को एक जैन मिलना

'एक जगह रास्ते में मैंने एक जैन-विहार देखा। बाहर रक्ताशोक वृक्षों के वन में एक नियमहीन, मन की पीड़ा से दुर्बल, अत्यन्त कुरूप, काला-सा एक क्षपणक बैठा-बैठा रो रहा था। आँसू उसके गालों की मैल से गन्दे हो रहे थे। मैंने उसके पास बैठकर पूछा : तपस्या करते हैं तो फिर रोना कैसा? कोई गुप्त बात न हो तो अपने शोक का कारण बताओ।

जैन की कहानी

'उसने कहा : 'सौम्य! सुनो, मैं इसी चम्पा नगरी के श्रेष्ठि निधिपालित का बड़ा लड़का वसुपालित हूँ। अपनी कुरूपता के कारण ही मैं 'विरूपक' कहलाया। मेरा भाई सुन्दर था, अतः वह सुन्दरक कहलाया। वह कला-गुणसम्पन्न था। पर उसके पास इतना धन नहीं था। नगर के वैरोपजीवी[1] धूर्तों ने उसके रूप और मेरे धन की आड़ में शत्रुता पैदा कर दी। एक बार एक उत्सव में मानापमान हो गया, तब उन्हीं लोगों ने बीच-बचाव कराके कहा कि न केवल रूप, न धन; दोनों में से एक ही पुरुषत्व का पूरा लक्षण नहीं होता। पुरुष वही है जिसे कोई ऊँचे दर्जे की वेश्या पसन्द करे। युवतियों के मुकुट का मणि इस समय काममंजरी है। वह जिसे पसन्द करेगी, वही श्रेष्ठ माना जाएगा।

''हम दोनों ने इसे मान लिया और वेश्या के पास दूत भेजे। अंत में काममंजरी ने मुझे ही चुना। हम दोनों साथ-साथ बैठे थे कि वह आई और मुझ पर उसने अपने नील कमल जैसे नयनों से वो कटाक्ष किया कि सुन्दरक का शर्म से सिर झुक गया। अब मैं अपने को सुन्दर मान बैठा और मैंने काममंजरी को अपने धन, परिजन, शरीर, घर, सब; यहाँ तक कि अपने जीवन की भी मालकिन बना डाला। उसने मेरा सर्वस्व हड़पकर मुझे कौपीन लगवाकर कुछ बाकी न रहने पर घर से निकाल दिया। लोग मुझपर हँसने लगे और नगर के बड़े-बूढ़े धिक्कारने लगे। तब मेरे लिए यह सब असह्म हो गया। मैं इस जैन मठ में भाग आया। एक मुनि ने मुझे मोक्ष मार्ग का उपदेश दिया। मैंने उस अपमानित अवस्था में सोचा कि अब कौपीन[2] भी क्या पहनूँ? वेश्या के अपमान से ग्रस्त को तो यह भी छोड़ देना चाहिए। सो मैं दिगम्बर[3] हो गया। कुछ दिन में मेरे शरीर में खूब मैल जम गया। केशों को उखाड़ने के कारण दर्द होने लगा। भूख-प्यास की असह्य वेदना सताने लगी और मैं खड़े होने, बैठने, सोने, खाने में नए पकड़े हाथी-सा ऊब गया जैसे वह तकलीफों से घबरा जाता है। मैं द्विजाति[4]

1. दूसरों में लड़ाई कराके खाने-कमाने वाले।
2. मलमल्लक—कौपीन। मूल में मलमल्लक आया है।
3. नंगा। जैनों में दो सम्प्रदाय होते हैं—दिगम्बर और श्वेताम्बर।
4. दो बार जन्म लेनेवाला; एक बार माता के गर्भ से, एक बार जनेऊ होने पर। द्विज लोग ब्राह्मण, क्षत्रिय, वैश्य होते हैं, शूद्र नहीं। द्विज श्रेष्ठ माने जाते थे।

हूँ। इस पाखण्ड के रास्ते पर चलना मेरे लिए तो अपने धर्म को छोड़ना ही है। मेरे पूर्वज तो श्रुति-स्मृति वाले (वेद में कहे) मार्ग पर चले थे। मैं अभागा सब छोड़कर इस निन्दनीय वेश पर आ गया हूँ। मैंने ऐसा घोर दुखदायी रास्ता अपनाया है! हरि, हर, हिरण्यगर्भ (ब्रह्मा) आदि देवताओं की यहाँ बराबर बुराइयाँ सुननी पड़ती हैं। नरक फल मिला है मुझे, फिर मैंने व्यर्थ, अफल, असार मार्ग को धर्म समझकर पकड़ रखा है। यही सोचता हुआ मैं अपने अनाचार पर ग्लानि करता हुआ अशोक वन में एकान्त में आकर जी भरकर रो रहा हूँ।'

'मुझे यह कथा सुनकर दया आई; मैंने कहा : भद्र! क्षमा करो। कुछ दिन और यहीं रहो कोई ऐसी तरकीब करूँगा कि वेश्या तुम्हें सब धन लौटा दे। ऐसे बहुत तरीके हैं।

अपहारवर्मा का नगर पहुँचकर जुआ सीखना

'यह कह मैंने उसे ढारस बँधाया और चल पड़ा। नगर में घुसते ही पता चला कि नगर लोभियों के अपार धन से ठसा पड़ा है। बस तब धन की नश्वरता सोचते हुए मैंने उन कंजूसों को ठीक करने के लिए चौरशास्त्र के प्रवर्तक कर्णीसुत[1] के मार्ग पर चलना निश्चित किया। यह सोचकर मैं एक जुआरियों की सभा में गया, जहाँ पासे का खेल खेलने में कुशल धूर्त थे। वहाँ तरह-तरह के जुए होते थे। मैंने गोटियाँ रखने की जगह देखी, कमाल की हाथ की सफाई और चालबाजियाँ सीखीं। हेकड़ी और बढ़ के बोलनेवाले, जीवन की चिन्ता न करके बड़ी हिम्मत के काम करनेवाले वहाँ मौजूद थे। मैंने नाल रखनेवाले से जानकारी ली। न्यायालय में जाकर हारे जुआरी से धन वसूल करना, सब तरह के दबाव डलवाकर काम साधने के तरीके जान लिए। ऊँची-नीची बातें करके अपने पक्ष को मजबूत करना, रिश्वत देना, लोभ देना, दाँव के भेद बताना, जुए में जीते धन का बँटवारा करना भी मैं जान गया। वहाँ बीच-बीच में गाली-गलौज होता, शोर होता था। इन सबका मैंने अनुभव किया, फिर भी मैं तृप्त नहीं हुआ। एक दिन एक जुआरी ने दूसरे के रौब में आकर गाली दे दी तो मैं हंस पड़ा। दूसरा धूर्त तो आँखें लाल-लाल करके ऐसे गुस्से से मुझे घूरने लगा जैसे मुझे जलाकर ही रहेगा। बोला : अरे तू हँसने के बहाने से चाल सिखाता है जुए की? अच्छा! हटा दो इस अनाड़ी को। अपने को बड़ा उस्ताद मानता है तो तू ही सामने आ जा।

'जुए के अध्यक्ष की अनुमति मिल गई। हम खेलने लगे। मैंने देखते ही देखते उससे 16000 दीनार जीत लिए। आधी राशि मैंने द्यूत के अध्यक्ष को दे दी और

1. चौरशास्त्र–चोरी। पुराने समय में चोरी को भी बड़ी भारी कला माना गया है। इस विषय पर बड़े-बड़े आचार्यों ने किताबें लिखी थी।

यहाँ दण्डी उस समय के समाज की कई पोलें लिखता है। इन दिनों जुआ बुरा तो समझा जाता था, पर कानून जीते जुआरी की तरफ बोलता था।

आधी की आधी यहीं सभा के सदस्यों को बाँट दीं। बाकी की मैंने रख ली और उठ खड़ा हुआ। मेरे उठते ही वे लोग मेरी ऐसी प्रशंसा करने लगे कि कोलाहल सा मच गया। द्यूताध्यक्ष मेरी खुशामद करके मुझे अपने घर खाना खिलाने ले गया।

'विमर्दक एक व्यक्ति था। उसी ने मुझे इस जुए में लगाया था। वह मेरा बड़ा पक्का और विश्वासी मित्र बन गया था, बिल्कुल एकदिल। उसकी ज़बानी मैंने अपनी चर्चा नगर में फैला दी और लोग मुझे बड़ा बलवान, कर्मोद्यत शीलवान समझने लगे।

अपहारवर्मा का चोरी करना

'एक रात जब भगवान नीलकण्ठ महादेव के कण्ठ से भी गहरा अन्धेरा उतर आया तब मैंने नीले रंग का अर्द्धोरुक[1] पहना। कमर में बड़ी पैनी तलवार बाँधी और सेंध मारने की शबरी, कैंची, सण्डासी, लकड़ी का बना आदमी का सिर, योग की बत्ती[2], योग का चूरन, नापने का फीता, रस्सी, दीपपात्र, भ्रमरकरण्डक[3] आदि कई चीज़ें ले लीं और मैंने एक लोभी धनी के घर सेंध लगाई। पहले मैंने एक झरोखे की पत्थर की जाली की छोटी-सी सेंध से घर के भीतर की सब हालत समझ ली और तब बिना किसी बाधा के ऐसे घुस गया जैसे मेरा ही घर हो और मैं एक बहुत ही कीमती करधनी चुराकर बाहर निकल आया।

घर से भागती लड़की का मिलना

'गहरे काले बादलों से घनघोर अन्धेरा छाया हुआ था। अचानक राजमार्ग पर बिजली की कौंध में मैंने एक चमकती-सी वस्तु चलती देखी। वह नगर में हुई चोरी से रोषित नगर-देवी-सी इस सुनसान में घर से निकलकर मेरे पास आ गई। तब मैंने देखा कि वह एक युवती थी, जिसके शरीर पर अनेक आभूषण थे।

'मैंने दया भरे स्वर से पूछा : बाले! तुम कौन हो? कहाँ जा रही हो?

'भय से भरे हुए कण्ठ से वह बोली : आर्य! इस नगर में वैश्य-श्रेष्ठ कुबेरदत्त रहते हैं। मैं उनकी कन्या हूँ। मेरे जन्म के समय ही मेरे पिता ने यहीं के निवासी एक धनी वैश्य पुत्र से मेरे विवाह का सम्बन्ध जोड़ना तय किया था। माता-पिता के मर जाने से उस वैश्यकुमार ने दान में सब कुछ देकर दरिद्रता मोल ले ली और अब दारिद्र्य में ही दिन काट रहा है, किन्तु वह 'उदारक' कहलाता है। ऐसा प्रशंसनीय वैश्य मुझसे विवाह करना चाहता है। किन्तु मेरे पिता उसे धनहीन जानकर उसे छोड़कर मेरा विवाह अर्थपति नाम के एक धनी वैश्य से करना चाहते हैं। यह बुरी बात कल सबेरे ही होने वाली है, यह जानकर मैं प्रियतम से तय करके, सबकी आँख बचाकर, अभी निकल

1. लबादा।
2. जिसके जलाने पर साँप दीखता है।
3. दीप बुझानेवाले कीड़ों की पेटी।

पड़ी हूँ, बचपन से रास्ते पर चली हूँ, सो जानती ही हूँ। अब उसी के पास जा रही हूँ। आप दया करके मुझे छोड़ दें। हाँ, मेरे पास जो आभूषण हैं उन्हें ले लें।

'यह कहकर उसने मुझे आभूषण दे दिए।

'मुझे उस पर बड़ी दया आई। मैंने कहाः साध्वी! चलो, मैं तुम्हें तुम्हारे प्रिय के घर पहुँचा दूँ।

साँप के विष का बहाना करके नगररक्षकों से बचना

'हम तीन-चार कदम ही चले होंगे कि दीपक के प्रकाश में अन्धकार को मिटाता हुआ नगररक्षक दल आ पहुँचा। वह भय से काँपने लगी। मैंने कहा : डरो मत! मेरे भी भुजदण्ड हैं, और हाथों में खड्ग है पर मैंने एक तरकीब सोच ली है। मैं ज़हर का मारा हुआ-सा झूठ-मूठ को लेट जाता हूँ। ये आएँ तो कहना कि हम परदेशी हैं, आज ही रात इस नगरी में आए हैं। इस सभागृह के कोने में मेरे पति को साँप ने डस लिया है। आपमें से कोई दयालु यदि मन्त्र जानता हो, तो इसे जीवित करके मुझ अनाथिनी के प्राण बचा दे।

'और कोई रास्ता ही नहीं था। स्त्री भय के काँपते कण्ठ से, जैसा मैंने कहा था, उनके आने पर वैसा ही कह गई। मैं तो विष के विकार से व्याकुल-सा लेट गया। उनमें से एक अपने को वैद्य समझता था। उसने मेरी जाँच की। मुद्रा, तन्त्र और ध्यान आदि सब करके हार गया तो बोला : इसे सर्प ने नहीं, काल ने काटा है। यह तो मर गया। सारा शरीर शिथिल है, काला पड़ रहा है। आँखें पथरा गई हैं, शरीर ठण्डा है। शोक मत करो साध्वी! सवेरे हम लोग आकर इसे जला देंगे। सब दैव करता है। उसे कौन टाल सकता है।

'यह कहकर वह अपने साथियों के साथ चला गया।

उदारक से मिलना

'मैं उठ बैठा और उदारक के पास उसकी स्त्री पहुँचाकर मैंने कहा : मैं एक चोर हूँ। तुमसे इसका मन लगा था, इसीसे उस मन की मैंने सहायता की। मुझे यह मार्ग में मिली थी, मैंने घर पहुँचा दी है। ये इसके गहने हैं।

'मैंने मानो अन्धेरे में उजाला कर दिया। आभूषण दे दिए। उदारक ने उन्हें लेकर लज्जा, हर्ष और घबराहट से कहा : आर्य! इस रात तुमने ही मेरी प्रिया मुझे दी है। मेरी तो तुमने वाणी ही छीन ली। समझ में नहीं आता कि तुम्हारी प्रशंसा में मैं क्या कहूँ। तुम्हारा स्वभाव अद्भुत है। यह निश्चित है कि आज तक किसी चोर ने ऐसा नहीं किया। न तुममें औरों की तरह लोभ आदि दुर्गुण ही हैं। तुम कहते हो तुम चोर हो, पर उससे तुम्हारी भलमनसाहत की कोई पटरी नहीं बैठी। यदि मैं कहूँ कि तुम्हारी सज्जनता ने मुझ दास को खरीद लिया है तो यह तुम्हारी प्रज्ञा का अपमान है। तुमने जो यह प्रिया मुझे दी है, उसके लिए मेरी देह तुम्हें अर्पित है।

प्रिया न मिलती तो क्या यह देह रह जाती? यह तुम्हारा ही दिया शरीर है। आज से आप स्वामी हैं, मैं दास हूँ।

'वह मेरे पाँवों पर गिर पड़ा। मैंने उसे उठाकर छाती से लगाकर कहा : भद्र! अब क्या करोगे?

'उसने कहा : इसके माता-पिता की स्वीकृति पाए बिना इससे विवाह कर लूँ तो जीवित रहना कठिन हो जाएगा। मैं तो देश छोड़कर जाना चाहता हूँ, पर अब आप बताएँ। जो कहेंगे, वही करूँगा, मुझपर मेरा नहीं, आपका अधिकार है।

'मैंने कहा : ठीक है। बुद्धिमान तो स्वदेश और विदेश को बराबर समझते हैं। परन्तु यह तो बड़ी सुकुमार है। वनमार्ग बड़े दुःखदायी और भयानक बाधाओं से घिरे रहते हैं। फिर देश छोड़ देंगे तो लोग समझेंगे कि वह बल-बुद्धिहीन था। तुम चैन से यहीं रहो। चलो, इसे इसके घर छोड़ आएँ।

लड़की को फिर घर पहुँचाकर हाथी पर चढ़कर विनाश करना

'उसने बिना सोचे ही मेरी बात को तुरन्त मान लिया और हमने उस स्त्री को उसके घर पहुँचाया, फिर उसकी मदद से उसके यहाँ जो मिट्टी के बर्तन में बाकी धन था चुरा लिया। फिर चोरी करने के सब सामान एक जगह रखकर हम आगे बढ़े। एक जगह लोगों की बड़ी भीड़ खड़ी थी। पास ही एक मतवाला हाथी पड़ा सो रहा था। हम उसके फीलवान को हटाकर ऊपर चढ़ गए। ज्योंहि मैंने हाथी के गले में लिपटी रस्सी पाँवों से दबाई कि उसे उठाऊ, फीलवान को हाथी ने नीचे गिराकर उसकी छाती में दाँत घुसेड़ दिया। घाव से पेट चिरा और अन्तड़ियाँ निकल पड़ीं जो हाथी के दाँत में उलझ गईं। हाथी उस भीड़ की तरफ दौड़ा। रक्षक भाग गए। हमने उसी हाथी को अर्थपति के घर की तरफ मोड़ दिया। हाथी ने वहाँ जाकर उसका भवन ढहा दिया। फिर वह हमें एक पुराने उजाड़ बाग में ले भागा। हमने वहाँ मौका देखकर पेड़ की एक लटकती डाल पकड़ ली और लटक गए। हाथी नीचे से निकल गया। घर जाकर हम नहाए और सो गए।

'उदयाचल के पद्मरागमणि शिखर-सा रक्तवर्ण सूर्य कल्पवृक्ष से सुनहले पल्लवों-सा निकल आया। हमने उठकर हाथ-मुँह धोया और सुबह के काम करके घूमने निकले। वर-वधू के घर में कोलाहल हो रहा था। अर्थपति ने कुबेरदत्त को खूब धन दिया और रात के विनाश के कारण एक महीने बाद कुलपालिका, उदारक की प्रिया, से उसका विवाह तय हुआ।

अपहारवर्मा का उदारक धनमित्र को तरकीब बताना

'मैंने उदारक धनमित्र से एकान्त में कहा : मित्र! तुम अच्छे चमड़े की भाथी

ले लो और अंगराज से अकेले में मिलो। उनसे कहना : आप तो जानते ही हैं कि मैं अनेक करोड़ धन के स्वामी वसुमित्र का एकमात्र पुत्र धनमित्र हूँ। मेरा सारा धन अब बीत गया है। अब तो भिखारी भी मेरा अपमान करते हैं। कुबेरदत्त ने पहले मुझसे अपनी बेटी ब्याहने का वचन दिया था। अब मुझे गरीब देखकर वह अर्थपति को उसे दे डालना चाहता है। मैंने जब यह बात जानी तो मर जाना बेहतर समझा और मैं नगर के पास ही निर्जन वन में जाकर ज्योंहि अपने गले पर तलवार चलाना चाहता था कि एक जटाधारी साधु ने मुझे रोककर कहा : ऐसा साहस क्यों करता है? मैंने कहा : अपमान और गरीबी ने ही मुझे ऐसा दुस्साहस दिया है। साधु को दया आ गई। बोले : तात! तू मूर्ख है। आत्महत्या से बढ़कर कोई पाप नहीं। सन्त तो बिना आत्मा को कष्ट दिए ही अपना उद्धार करते हैं। धन पैदा करने के हजार तरीके हैं, पर कटा गला जोड़ने का एक भी नहीं है। इसीसे, ऐसा क्यों करता है? मैं एक मन्त्रसिद्ध व्यक्ति हूँ। मैंने लाखों की साधनेवाली यह चमड़े की भाथी ली है। इसकी दया से मैं कामरूप देश में सबकी इच्छा पूरी करता बहुत दिनों तक रहा हूँ। अब बुढ़ापा ईर्ष्या पैदा करता है न? सो मैं इस देश की भूमि को स्वर्ग जानकर लौट आया हूँ। तू इसे ले ले। यह मेरी ही नहीं, यह तो वैश्यों और वेश्याओं की इच्छा भी पूरी करती है। सब जानते हैं। पर याद रखने की बात यह है कि इसे प्रयोग में लाने से पहले ही, यदि अन्याय से किसी का अपहरण किया धन हो तो लौटा देना चाहिए। हाँ, न्याय से जो पैदा किया गया हो, वह देवताओं और ब्राह्मणों के काम में लगा सकते हो। यदि किसी पवित्र जगह यह रख दी जाए और देवता की तरह इसकी प्रार्थना की जाए तो रोज़ यह सोने से भरी हुई मिलेगी। यही इसका विधान है।

'मैं तो हाथ जोड़े ही खड़ा रहा, और यह कह वह साधु पर्वत की किसी गुफा में घुस गया। अब मैं इस रत्न जैसी भाथी को आपके पास ले आया हूँ। बिना इसके मैंने इसे काम में लाना ठीक नहीं समझा, क्योंकि रत्न का प्रयोग राजाज्ञा से ही होता है। अब आप जैसी आज्ञा दें।

'राजा निश्चय ही सुन-सुनाकर कहेगा कि भद्र! हम तुमसे प्रसन्न हैं। तुम जाओ और मन भरके इसका प्रयोग करो। तब तुम कहना कि ऐसी दया कर दें कि कोई इसे चुरा न ले। वह तुम्हारी बात मान ही जाएगा। तब उसी तरीके से यह चोरी का धन दान करके भाथी की रोज पूजा किया करना और रात को चोरी करके इसे भर दिया करना। सवेरे लोग देखेंगे तो चर्चा फैलेगी। वह धनलोभी कुबेरदत्त तो फिर अपनी लड़की को तिनके की तरह तुम्हें देने को उठा लाएगा। अर्थपति इससे क्रूद्ध हो जाएगा और धन की गर्मी के घमण्ड से तुमसे जलने लगेगा। हम उसे हर तरीके से ऐसा कर देंगे कि बस उस पर कौपीन बच जाए। चोरी की बुराई भी इसी तरीके से छिपी रहेगी, लोग समझेंगे, भाथी धन खींच लेती है।

तरकीब की सफलता

'धनमित्र प्रसन्न हो उठा। उसने मेरे कहे मुताबिक सब काम किए। उसी दिन मैंने विमर्दक को भेजकर उसे अर्थपति के यहाँ नौकर करवा दिया और वह उसे धनमित्र के विरुद्ध भड़काने लगा। कुबेरदत्त का मन तो इससे अर्थपति की तरफ से फिरता चला ही गया और अर्थपति के यथासम्भव विघ्न डालने पर भी, उसने धनमित्र को अपनी कन्या देने का वचन दे ही दिया।

रागमंजरी के दर्शन और अपहारवर्मा का कामाधीन होना

'इन्हीं दिनों बहुत-से नागरिक बड़े आदर से एकत्र हुए। काममंजरी की छोटी बहिन रागमंजरी की नाच-गाने की सभा हो रही थी। मैं भी अपने मित्र धनमित्र के साथ वहाँ गया। जब वह नाचने लगी तो मेरा मन दूसरा रंगमंच (रंगपीठ) बन गया। उसके नयनों के कटाक्ष कमलों के वन-से थे। उनमें कामदेव बसता था। उसने तो सारे भावों, रसों से सम्पन्न और बलवान होने के कारण मुझे बहुत सताया। जैसे नगर में होनेवाली चोरियों से नगरदेवी रुष्ट हो गई थी वैसे ही उसने अपने नील कमल के पत्तों की आभा जैसे श्यामल कटाक्षों की शृंखला से मुझे बाँध डाला और नृत्य को छोड़कर वह मनचाहा प्राप्त करने वाली रागमंजरी विलास से, या इच्छा से, या अचानक ही, पता नहीं क्यों, सखियों से भी आँख बचाकर मुझे आँखों के कोनों से बार-बार देखतीं, विलास के बहाने अपनी भौंहें नचाती, छत से दाँत दिखलाती हुई मुस्काती-सी, लोगों के मन और आँखें अपने साथ लेकर ही घर चली गई।

'मैं भी घर आया तो ऐसी मिलने की चाहना घुमड़कर मन में उठी कि न मुझे खाना भाया, न कुछ। सिरदर्द का बहाना लेकर एकान्त में हाथ-पाँव फैला के बिस्तर पर जा लेटा। धनमित्र बड़ा अनुभवी ठहरा। जहाँ मुझे काम के जाल में फँसा देखा तुरन्त समझ गया और मुझसे एकान्त में बोला : मित्र! जय हो उस गणिका पुत्री की जो तुम्हारे चित्त में आ रमी। मैंने भी उसके स्नेह को ताड़ लिया है। कामदेव उसे अपनी बाणशैय्या पर जल्दी ही सुलाएगा। क्या मुश्किल है मिलना जब दोनों तरफ हो आग बराबर लगी हुई! पर उस गणिकापुत्री ने एक बड़ी कल्याणकारिणी प्रतिज्ञा कर रखी है, कहूँ कि बहुत ऊँची बिलकुल गणिका धर्म के विरुद्ध! जानते हो? कहती है—मेरा शुल्क (फीस) धन नहीं, गुण है। और बिना विवाह किए यौवन भी किसी को अर्पित नहीं करूँगी। उसकी इस प्रतिज्ञा को सुनकर उसकी बहिन काममंजरी और माता माधवसेना उसे खूब समझा चुकी हैं, पर वह न मानी। तब हारकर उन्होंने राजा से कहा : देव! आपकी दासी रागमंजरी जैसी सुन्दरी है, वैसी ही कलानिपुण है। हमें तो बड़ी आशा थी कि हमारे मन की इच्छा पूरी करेगी, पर वह आशा ही विनष्ट हो गई। यह तो वेश्या धर्म को नहीं मानती। धन की चाह नहीं इसे। कहती है, किसी गुणी को यौवन बेचूंगी यह तो कुलनारियों जैसे आचरण

करना चाहती है। आप ही आज्ञा दें तो यह वेश्या धर्म को माने। बड़ी कृपा होगी। कल्याण होगा—राजा ने उनके बार-बार कहने पर रागमंजरी को बुलवाकर, वही कहा, पर रागमंजरी थी कि टस से मस न हुई। राजा से तब माँ-बहिन ने रोते हुए कहा : तो यही आज्ञा दे दीजिए कि 'जो कोई विट, हमारी इच्छा के विरुद्ध इस लड़की को बहकाकर धोखा देगा, वह चोर का सा दण्ड पाएगा।' बिना पैसे के किसी के भी माँ-बाप और घरवाले इसे स्वीकार करने को तैयार ही न रहेंगे। पैसे वाले को रागमंजरी-मंजूर नहीं करेगी। अब तुम ही सोचो कि ऐसी हालत में क्या किया जाए!

'मैंने सब सुन-सुनाकर कहा : इसमें सोचने को है ही क्या? गुणों से रागमंजरी को बस में करूँगा और छिपाकर धन दूँगा उसके घरवालों को। दोनों प्रसन्न होंगे!

रागमंजरी को पाने की तरकीबें करना और उससे ब्याह करना

'काममंजरी की मुख्य दूती एक बौद्ध भिक्षुणी धर्मरक्षिता थी। उसे कपड़े, अन्न देकर काममंजरी से कहलवाया कि पणबन्ध[1] यों होगा कि मैं धनमित्र की चमड़े की भाथी चुराकर दे दूँगा, बदले में रागमंजरी मुझे दे दो। काममंजरी ने कुबूल कर लिया तो मैंने भाथी दे दी और अपने गुणों पर रागमंजरी को मोहित करके उससे ब्याह कर लिया।

'जिस रात चमड़े की भाथी की चोरी प्रकट होने वाली थी, उसी रोज़ दिन के समय दूसरे ही काम के बहाने से नगर के प्रधान पुरुषों को एकत्र किया गया। मेरा मित्र विमर्दक अब अर्थपति का प्रकटरूप से पक्षपाती हो गया था। उसने धनमित्र का वहाँ अनादर किया और उसे अनेक तरह से डराकर सबके सामने पूर्व आयोजित योजना के अनुसार, पकड़ लिया।

'धनमित्र ने कहा : आपका क्या फायदा, क्या नुकसान। आप क्यों दूसरे की वजह से मुझे गाली देते हैं? मेरे कारण आपका कभी भी कोई नुकसान हुआ हो, ऐसा मुझे तो याद भी नहीं आता।

'विमर्दक ने फिर धनमित्र को डराते हुए कहा : अरे यही तो धन का मद है कि तुम दूसरे की स्त्री को, जो धन के द्वारा खरीदी गई थी, फिर से अब उसे अपनी बनाना चाहते हो और धन के बल पर उसके माता-पिता को तुमने लोभ में फँसा लिया है। और कहते हो मैंने तुम्हारा क्या बिगाड़ा है? कौन नहीं जानता मैं सार्थवाह अर्थपति का परम मित्र हूँ। मैं उसके लिए जान भी दे सकता हूँ। मैं ब्रह्महत्या को भी कुछ नहीं गिनता। मेरे लिए एक रात जगना ही तुम्हारी चमड़े की भाथी वाले घमण्ड के बुखार से पैदा हुए वैर को साफ कर देने के लिए काफी है।

'उसे गुस्से से बोलते देख प्रधान नगरवासियों ने उसे मना-मनूकर हटा दिया। झूठे ही डरते हुए धनमित्र ने राजा को चोरी के पहले की यह बातचीत भी सुना दी।

1. फीस का भुगतान

'राजा ने अर्थपति को अकेले में बुलाकर पूछा : मित्र! क्या तुम्हारे यहाँ विमर्दक नाम का कोई आदमी है?

'उस मूर्ख ने कहा : हाँ देव है, मेरा परममित्र है। उससे आपको कोई काम है?

'राजा ने पूछा : क्या उसे बुला सकते हो?

'अवश्य—कहकर अर्थपति लौट आया। उसने विमर्दक को घर, वेश्याओं के घरों, रास्तों, जुएखानों और बाज़ारों में हर जगह ढुँढ़वाया, पर उसे सावधान विमर्दक नहीं मिला।

'वह तुच्छ यहाँ है नहीं, अन्यथा आपको भी उस विमर्दक को दिखा देता। उसे मैंने पहले ही परिचय-चिह्न बता दिए थे और वह आपको ढूँढ़ने मेरी आज्ञा से पहले ही उज्जयिनी की ओर जा चुका था।

'अर्थपति जब राजा के पास गया तो उत्तर नहीं दे सका। बोलाः मैं उसे जानता ही नहीं। राजा ने कहा : जब तक धनमित्र की भाथी न मिले, तब तक को अर्थपति बन्दीगृह में रहे।

'वह राजा के क्रोध से बेड़ी पहनाकर बन्द कर दिया गया।

क्षपणक का धन वापस मिलना

'उधर भाथी पाकर काममंजरी उसकी पूजा करके उससे धन लेना चाहती थी पर वह क्षपणक विरूपक का धन अन्याय से ले चुकी थी। उसने उसे एकान्त में बुलाया और उसका धन उसे बड़ी विनय से लौटाकर उसका बड़ा सम्मान करके घर आ गई। क्षपणक भी इस तरह अर्हत सिद्धान्त की मुसीबतों से बच कर मेरी आज्ञा से प्रसन्न होकर फिर अपने (वैदिक) धर्म में लौट आया। और काममंजरी ने भाथी का अच्छा फल पाने को सब दान कर दिया, इतना कि बस घर में चूल्हा रह गया।

काममंजरी को सज़ा मिलना, जैसे को तैसा

'मैंने धनमित्र को फिरा समझाया। वह एकान्त में राजा से जाकर बोला : देव! यह काममंजरी वेश्या पहले तो लोभमंजरी कहलाती थी, पर अब तो वह मूसल और ओखली भी बिना चिन्ता के बाँटे जा रही है। भाथी का धन लेने को भी यही तरीका अपनाना पड़ता है। वेश्या और बनिए ही इसे दुह सकते हैं। अन्य लोगों को वह बेकार है। मुझे लगता है, कहीं उसीने तो नहीं उड़वा ली है।

'राजा ने तुरन्त काममंजरी की माँ को बुलवाया।

'इधर मैंने बड़े ही दुःख प्रदर्शन करके काममंजरी से एकान्त में कहा : आर्ये! आपने सब दान करके सबका सन्देह अपने पर लिया है कि भाथी आप ही के पास है। राजा ने इसीलिए आपको इसके बारे में पूछताछ करने को बुलावाया है। राजा बार-बार पूछेगा कि कैसे मिली, कहाँ से मिली, तो आप मेरा नाम अवश्य बताएँगी

और मैं बुरी तरह मारा जाऊँगा। मैं ऐसे मर गया तो आपकी बहिन रागमंजरी भी ज़िन्दा नहीं रहेगी। आप अब गरीब तो हैं ही। जिससे धन मिलने की आशा है। वह भाथी पहुँच जाएगी धनमित्र के पास। सब तरफ से बड़ी मुसीबत है। अब कोई रास्ता निकालिए।

'काममंजरी और माधवसेना ने रोते हुए कहा : हाय, यह सच है कि हमारी मूर्खता से रहस्य इतना प्रकट हो गया। राजा के बार-बार पूछने पर दो बार, तीन बार, चार बार, हम अस्वीकार करके जो कहीं एक बार भी चोरी का माल लेना स्वीकार कर लें तो चोरी का सन्देह आप पर ही जाएगा और हमारा तो परिवार ही नष्ट हो जाएगा। उस भाथी की चोरी की बदनामी वैसे अर्थपति पर लग चुकी है। अंग पुर में सब समझते हैं कि क्षुद्र अर्थपति से हमारी मित्रता है। हम यों रक्षा करेंगी अपनी कि राजा से साफ कह देंगी कि यह भाथी हमें अर्थपति ने दी है।

'वे मुझे यह समझाकर राजा के यहाँ चली गई। राजा ने पूछा तो उन्होंने कह दिया : राजन्! यह वेश्याधर्म नहीं है कि दाता का नाम हम बता दें। यह कौन नहीं जानता कि वेश्या के पास आने वाला धन अन्याय से कमाया हुआ भी हो सकता है। प्रायः अन्याय का धन कमानेवाले पुरुष ही वेश्याओं पर रीझते हैं। वहाँ भले आदमी आते ही कब हैं!

'इन इधर-उधर की बातों से भी काम न चला। राजा ने उनके नाक-कान काटने की धमकी दी। डर के मारे उन्होंने अर्थपति को चोर बताया। राजा ने क्रुद्ध होकर उसे प्राणदण्ड की आज्ञा दे दी। पर धनमित्र ने हाथ जोड़कर कहा : हे राजन्! हे आर्य! चन्द्रगुप्त मौर्य का ही यह नियम है कि अपराधों के लिए वैश्य को प्राणदण्ड न दिया जाए। उसका सर्वस्व छीनकर राज्य से निकाल देना चाहिए। आप उससे क्रुद्ध हैं तो यही करिए। यह पाप का काफी बुरा परिणाम है।

अर्थपति का निर्वासित किया जाना

'अर्थपति की जान बचाने से धनमित्र की बड़ी वाहवाही हुई। राजा भी धनमित्र पर बहुत प्रसन्न हो गया, कौपीन पहनाकर, सारे नगरवासियों के सामने ही अर्थपति को राज्य से निकाल दिया गया। उसी अर्थपति के धन का कुछ हिस्सा उस तुच्छ काममंजरी को भी दिलवा दिया, जो भाथी के लालच में सब कुछ दान कर चुकी थी। धनमित्र की प्रेरणा से राजा प्रसन्न हुआ और एक शुभ दिन धनमित्र ने कुलपालिका से विवाह कर लिया। मैंने भी सब काम सिद्ध होने पर रागमंजरी के घर को सोने और रत्नों से भर दिया। इस तरीके से मैंने कंजूस और धूर्त धनवानों का सारा माल उड़ाकर यह हालत कर दी कि उनके पास एक-एक खप्पर हाथ में बाकी रह गया। अपने ही धन को, मेरे द्वारा वह जिनके घर बाँट दिया गया था, वे उनके यहाँ माँगते हुए डोलने लगे। अत्यन्त चतुर लोग भी ब्रह्मा की खिंची रेखा को नहीं मिटा सकते। यही हुआ।

'एक रात मैं मस्ती से मदिरा पान कर रहा था कि पीते-पीते बहुत पीकर नशे में हो गया। मद, और उन्माद इन दोनों में एक ही बात है कि जब आदमी उनके वश में आ जाता है तब वह अपनी पुरानी प्रवृत्ति की ओर ही लगता है। उन दिनों मैं मदोन्मत्त तो था ही।

'मैं बकने लगा : एक ही रात में इस नगरी को निर्धन करके मैं तुम्हारे घर को भर दूँगा।

'रागमंजरी बार-बार दुःख से व्याकुल-सी हाथ जोड़कर कभी मेरे पाँवों से लिपट जाती, कभी कसम दिलाती, परन्तु मैं मदमत्त हाथी-सा उसे धकेलकर बड़े वेग से निकल पड़ा, जैसे लोहे की शृंखला तोड़कर आया होऊँ। मैंने उसकी एक न मानी।

'शृगालिका नामक एक दूती मेरे पीछे लग चली। मैं प्रायः अकेला हाथ में तलवार लिए मार्ग पर आ पहुँचा। नगररक्षक मुझे चोर समझकर पकड़ने आए। मैं नशे में था सो जूझ पड़ा। मैंने दो-तीन को घायल करके मार डाला और अन्त में जब तलवार मेरे हाथ से छिन गई, तब शिथिल होकर लाल-लाल आँखें लिए जोश से बेकल-सा धरती पर गिर पड़ा। दुःख से चिल्लाती शृगालिका मेरे पास आ गई। मुझे नगररक्षकों ने बाँध लिया। ज्योंही आपत्ति आई, मेरा उन्माद उतरने लगा और अक्ल फिर जोर करने लगी और तब मैंने सोचा : धिक्कार है। मेरी मूर्खता से यह भारी मुसीबत आ गई। धनमित्र मेरा गहरा दोस्त है और रागमंजरी पत्नी है, यह सब जानते हैं; मेरे इस पाप से उनपर अपराध लगेंगे। कल वे भी पकड़े जाएँगे। भाथी का धन अब रंग लाएगा। अब कोई ऐसा काम करना चाहिए कि ये दोनों बचे रह जाएँ। तभी शायद वे भी मुझे बचा सकेंगे।

'तुरन्त ही मैंने सोच लिया और शृगालिका से कहा : ओ बुढ़िया! जा भाग जा! उस धनलोभिनी अभागिनी वेश्या रागमंजरी और चमड़े की भाथी से मदमत्त मेरे शत्रु धनमित्र की मित्रता कराने को ही तूने उनका छल से समागम कराया है। पर अब तू मारी गई। उस नीच धनमित्र की चमड़े की भाथी चुराने और तेरी कन्या रागमंजरी के गहने छीनने के दोष को मैं अब अपनी जान देकर दूर कर दूँगा।

'बुढ़िया बड़ी चलती हुई, पहुँची हुई थी। फौरन आँखों में आँसू भर लाई और हाथ जोड़कर, प्रणाम करती हुई उन नगररक्षकों से मेरे सामने ही बड़े गद्गद स्वर में बोली : भद्रको! जरा ठहर जाएँ। मैं इस चोर से अपने चोरी गए धन का, तो पता लगा लूँ!,

'तथास्तु!—कहकर रक्षकों ने मान लिया।

'वह मेरे पास आ गई और बोली : सौम्य! इस दूती का एक बार अपराध क्षमा कर दो। तुम्हारी पत्नी रागमंजरी की इज्ज़त लेनेवाला धनमित्र भले ही तुम्हारा

शत्रु बना रहे, पर बहुत दिनों से तुम्हें सुख दिया है, इसलिए अपनी उस दासी रागमंजरी पर तो दया करो। वह तो रूपाजीवी[1] ठहरी। उसके लिए अलंकारों की ही मुख्यता है। वर्ना वेश्या करेगी भी क्या? बता दो! उसके गहने कहाँ हैं?

'इतना कह वह मेरे पाँवों में गिर पड़ी।

'मैं तब कुछ दया दिखलाता हुआ बोला : होगा! मुझे क्या? मैं तो मौत के हाथों में पड़ा हूँ। अब मुझे रागमंजरी से शत्रुता रखकर भी क्या लाभ?

'यह कहकर मैंने उसके कान में फुसफुसाकर उसे तरकीब बता दी। और कहा : ऐसा करना।

'वह सब समझ गई। और कहने लगी : बहुत दिन जिओ! देवता तुमपर प्रसन्न हों। अंगराज भी तुम्हारे पौरुष से प्रसन्न होकर तुमको छोड़ दें। ये भद्रपुरुष रक्षकगण भी तुमपर दया करें!

वह चली गई और मुझे नगरपालाध्यक्ष की आज्ञा से बन्दीगृह में ले आया गया।

कान्तक का आना और मारा जाना

'दूसरे दिन नागरिक[2] कान्तक आया। हाल में ही बाप के मरने पर वह काराध्यक्ष हुआ था। अपने को बड़ा सुन्दर समझता था और बड़ा गर्वीला था। उसका ख्याल था कि उनका यौवन बड़ा ही मोहक था। अनुभवहीन वह न जाने अपने को क्या समझता था। आकर मुझसे तिरस्कार से बोला : धनमित्र की भाथी न दोगे, नगरवासियों का चोरी किया धन न लौटाओगे तो कारागार में मिलनेवाली अठारहों तरह की यातनाएँ भोगते हुए मौत के मुँह में चले जाओगे।

'मैंने मुस्कराकर कहा : उस कपटी मित्र धनमित्र की भाथी से होने वाली धन की आशा तो अब पूरी नहीं होने दूँगा, चाहे मुझे दस हज़ार यातनाएँ भी क्यों न झेलनी पड़ें। यह मेरी दृढ़ प्रतिज्ञा है।

'इस तरह कभी मुझे डराया जाता, कभी भेद जानने को फुसलाया जाता। कुछ ही दिन का समय मिल जाने से मैंने अच्छा भोजन भी पाया और आराम भी। मेरे शरीर के घाव भी ठीक हो गए, जो नगररक्षकों से लड़ते वक्त लग गए थे। मैं स्वस्थ हो गया।

'कृष्ण के पीताम्बर की भाँति जब सूर्य की धूप पीली पड़ चली, एक दिन संध्या समय श्रृगालिका प्रसन्न-सी साफ कपड़े पहने मेरे पास आई। बन्दीगृह के रक्षक कुछ दूर पर थे। वह मुझसे बोली : आर्य! आपकी आज्ञा सिद्ध हो गई। जैसे आपने कहा था, मैंने धनमित्र को समझा दिया। मैंने उनसे कहा : आर्य! आपके मित्र ने मुसीबत में फँसकर आपसे कहलवाया है कि वे वेश्या के संपर्क के दोष से सहजसाध्य

---

1. रूप के बल पर जीने वाली।
2. नागरिक–जेलर, काराध्यक्ष।

मदिरापान के अपराध में बाँध लिए गए हैं। आप निडर होकर आज ही राजा से कह दें कि–देव! महाराज की कृपा से पहले अर्थपति द्वारा चुराई गई भाथी तो मिल गई थी, पर अब जुए में उस्ताद, रागमंजरी के पति, ने चुरा ली है। वह आदमी नाचने-गाने में कुशल है, उसमें कवित्वशक्ति है, दुनियादारी के कामों में बड़ा प्रवीण है। इसी प्रवीणता से उसने मुझसे मित्रता जोड़ ली। मैं मित्रता के ही नाते उसकी स्त्री के पास कपड़े, गहने आदि रोज़ भेजता था। पर जुआरी नीच ठहरा, उसने समझा, मैंने उसकी पत्नी को फँसा लिया है। गुस्से में भरकर उसने मेरी भाथी ही नहीं, रागमंजरी के गहनों की पिटारी भी चुरा ली है। वह नगर में और भी चोरी करने को डोल रहा था कि नगररक्षकों ने उसे पकड़ लिया। रागमंजरी की दूती शृंगालिका उस जुआरी को ढूँढ़ते हुए घूम रही थी, वह अचानक वहीं पहुँच गई। पुराने प्रेम की याद करके उस नीच जुआरी ने रागमंजरी के गहने तो बता दिए, पर मेरी भाथी उससे मिल जाए, यह आपकी प्रसन्नता पर ही निर्भर है।–क्योंकि इसी तरकीब से आशा की जाती है कि अंगराज भाथी माँगने का आग्रह करेंगे, जान से नहीं मार डालेंगे। आपकी मित्रता का अभिमान करनेवाले धनमित्र ने जैसा आपने कहा वैसा ही किया। तब मैंने रागमंजरी को वे सब चिह्न दिखाए, जो आपने कहे थे। उसे विश्वास हो गया और मैंने उससे धन भी ले लिया। तब मैंने अंगराज की राजकुमारी अम्बालिका की मांगलिका नाम की दासी से आपकी बताई तरकीबों से काफी मित्रता कर ली। उसी के द्वारा मैंने रागमंजरी और अम्बालिका में काफी मित्रता करा दी। अब मैं राजकुमारी को नित्य नई भेंट देती हूँ और अच्छी-अच्छी कथाएँ सुना-सुनाकर मैंने उसे प्रसन्न कर लिया है; मैं उसकी कृपापात्री बन गई हूँ। एक दिन राजकुमारी प्रासाद में बैठी थी कि मैंने झट कहा कि कर्णफूल गिरनेवाला है आपका। यह कह ठीक करने के बहाने से मैंने उसे गिरा दिया। फिर धरती से उठाकर, वहीं अन्तःपुर के आँगन में सुख भोगते कबूतरों के जोड़े को डराकर उड़ाने के बहाने उन पर फेंका और इस चालाकी से फेंका कि उसी समय आँगन में घुसते हुए काराध्यक्ष कान्तक पर जा गिरा। कान के कमल की मार से कान्तक तो कृतकृत्य हो गया। उसने ऊपर देखा। मेरी इस कारगुजारी से राजकुमारी हँस पड़ी। कान्तक ने उसका यह रूप देखा तो उसके तो मन में भंवर पड़ गए। वह समझा, यह मुझे देखकर हँसी है। मैंने भी उसे राजकुमारी की आँख बचाकर ऐसे ही इशारे कर दिए। कामदेव के ज़हरीले बाणों ने उस मोहित कान्तक को ऐसा बींध डाला कि वह बड़ी मुश्किल में वहाँ से हटा। साँझ हो गई। मैं एक बेंत की पिटारी में राजकुमारी की मुद्रा, सुगन्धित पान, रेशमी वस्त्र और उत्तरीय, और गहने रखकर एक लड़की से उठवाकर कान्तक के घर ले गई। वह तो डूबा हुआ ही था। मुझे देखा तो ऐसा खुश हो गया जैसे नाव मिल गई। मैंने भी ऐसा वर्णन किया राजकुमारी बहुत ही कामपीड़ित हो गई है। वह मूर्ख तो यह सुनकर उन्मत्त-सा हो गया। तब उसने मुझसे आने का कारण पूछा। मैंने

कहा कि आपकी चाहनेवाली राजकुमारी ने यह चबाया हुआ पान, देह में लगाया हुआ लेप, बाग में लाए फूल और पहने हुए वस्त्र भेजे हैं। वैसे उस सबको तो मैं अपने पास से ले गई थी। कान्तक ने मुझे राजकुमारी के लिए उपहार दिए। वह मैं ले आई और मैंने छिपाकर फेंक दिए। इस तरह कान्तक के दिल की आग को भड़काकर मैंने उससे एक दिन एकान्त में कहा कि—आर्य! अपने हाथ-पाँवों की निशानियाँ तो देखिए। रेखाएँ कैसे अनुकूल पड़ी हैं। मेरे पास ही एक ज्योतिषी रहता है। उसने मुझसे कहा भी था कि यह राज्य तो कान्तक को मिलेगा, क्योंकि उसके हाथ में हैं ही ऐसी रेखाएँ। वह ज्योतिषी कहता है कि राजकुमारी आपको चाहती है। राजा के एक ही सन्तान है। अगर उन्होंने आपका-उसका सम्बन्ध जान भी लिया तो आपको मारेंगे नहीं, क्योंकि आपके मरने से तो लड़की भी मरी जैसी हो जाएगी। आपको तो वे उल्टे युवराजपद दे देंगे, राज भी ऐसे ही मिल सकता है। इसलिए आप प्रयत्न आरम्भ कर दें, अगर आपको राजकुमारी के अन्तःपुर में घुंसने का रास्ता न मालूम हो तो मैं बताऊँ कि रनिवास के बाग की चहारदीवारी आपके बन्दीगृह की दीवार से सिर्फ तीन हाथ की दूरी पर है। किसी ऐसे चोर से उस जगह धरती में ऐसी सुरंग बनवाओ जो सेंध लगाने में बहुत चतुर हो। और फिर मज़े से घुस जाओ। भीतर तो अन्तःपुर में हम आपकी देख-रेख कर ही लेंगी। राजकुमारी की सेविकाएं तो चुप रहेंगी। कोई भी रहस्य नहीं खुलेगा।—जब यह मैंने कहा तो कान्तक ने कहाः हाँ भद्रे! ठीक कहती हो। मेरी जानकारी में एक चोर है, जो सुरंग बनाने में राजा सगर के बेटों की तरह कमाल करता है। अगर वह मान गया तो सब पौ बारह हो जाएगा।

''मैं बोली : तो उसे आप तैयार क्यों नहीं करते? वह है कहाँ?

''कान्तक ने कहा : वही है जिसने धनमित्र की चमड़े की भाथी चुराई है।

''उसने आपकी ओर इशारा किया।

''मैं बोली : अगर यही बात है तो उससे आप कहिए कि तुझे कैद से छोड़ दूँगा, जो तू मेरा काम कर देगा। पहले उससे प्रतिज्ञा करा लो, कसम दिलाकर कहला लो, फिर राजा से कहना कि देव! वह बन्दीगृह में बंद चोर बार-बार कहने पर भी अपने हठ पर अड़ा है, धनमित्र का गहरा दुश्मन है। और भाथी के बारे में कुछ भी नहीं बताता। इसे विचित्र ढंग से प्राणदण्ड देना चाहिए। राजा मान जाएंगे तो हम उसे मरवा देंगे, सुरंग भी बन जाएगी और रहस्य भी नहीं खुलेगा।

''मैं ऐसा कह चुकी तो मेरी बात सुनकर कान्तक बहुत ही प्रसन्न हो गया और उसने आपको बस में लाने के लिए मुझे ही भेजा है। वह स्वयं बाहर बैठा है। अब आप जो ठीक समझें, बताएँ।'

'शृगालिका की बात सुनकर मैं अत्यन्त प्रसन्न हो उठा। मैंने कहा : शृगालिका!

मैंने तो थोड़ा-सा कहा था, तुमने तो अपनी नीति से इसे इतना बढ़ा दिया! कान्तक को बुला लाओ!

'कान्तक आया। उसने मुझे छोड़ने की शर्त बताई। मैंने रहस्य प्रकट न करने की कसम खाई। फिर उसने मेरी बेड़ी खोल दी। स्नान, भोजन, तैल, इत्र से मेरा स्वागत-सम्मान किया। मैंने भी हमेशा अन्धेरी रहनेवाली दीवार के कोने में साँप के मुँह की शकल वाली कुदाली से सेंध लगाना शुरू कर दिया। मैंने सोचा : यह कान्तक मुझे सेंध लगाने पर मार ही डालेगा। क्यों न मैं ही इसे मार डालूँ। फिर मुझपर झूठ का दोष ही नहीं लगेगा।

'सुरंग बन चुकने पर जब कान्तक ने मुझे बाँधने को हाथ बढ़ाया, मैंने उसके सीने मे लात मारी और पटक के उसीकी छुरी से उनका सिर काट दिया।

'फिर मैंने शृगालिका से कहा : भद्र! अब बताओ! राजकुमारी का अन्तःपुर कैसा स्थान है? कहीं ऐसा न हो कि यह सब मेहनत बेकार हो जाए। वहाँ से कुछ चोरी करके लौट आऊँगा।

राजकन्या अम्बालिका का मिलना, अपहारवर्मा का प्रेम में पड़ना

'उसने रास्ता बता दिया। वहाँ पहुँचकर मैंने देखा कि रत्नदीप जल रहा है। तरह-तरह के खेलों से थककर सेविकाएँ सोई हुई हैं। बहुमूल्य, रत्नजटित, सिंहाकार, गजदन्त से मढ़े पायों वाले पलंग पर, हँस जैसी सफेद चादर पर, फूलों और किसलयों की सुगन्ध के बीच, दाएँ पाँव पर बाएँ पाँव की एड़ी रखे, राजकुमारी सो रही थी। उसकी जँघाएँ सघन थीं और घुटने बड़े सुन्दर थे। नितम्ब पर एक हाथ पड़ा हुआ था। पलंग के सिहराने की तरफ दूसरा लता जैसा हाथ था, सिमटा हुआ जैसे कोमल कोंपलों-सा लग रहा था। उसके शरीर पर चीन देश का बारीक रेशमी वस्त्र था। साँसों से छोटा-सा पेट काँपता था, और छाती उठती-गिरती थी। सोने के तारों में गुँथी पद्मराग मणि की माला इधर-उधर तिरछी-सी हो गई थी। कानों के आधे हिस्से दिखते थे, जिनमें कुण्डल थे। कानों के ऊपर के हिस्से में रत्नों से बने कर्णिका भूषण थे, उनमें से दीपक की ज्योति में किरणें-सी फूट रही थीं। कान पर कसकर बँधे केश आगे ढीले पड़ गए थे, और उनका कालापन भी उन किरणों के कारण कुछ सुनहला-सा लगने लगा था। होंठ क्या थे, गुलाब को फीका कर रहे थे। गाल पर रखा हाथ ऐसा लगता था जैसे कान में झूलता कमल आ लगा हो। कपोलों के अन्दर चित्र-वितान की पत्रलेखा बड़ी सुन्दर थी। नील कमलों-सी आँखें बन्द थीं, अडिग पताकाओं-सी थीं वे भौहें। तिलक का चन्दन रोमांच के पसीने से कुछ बह-सा गया था। मुखचन्द्र पर केश लताओं की तरह थे। वह एक करवट से गहरी नींद में सोई थी। खेलने से थक गई थी। ऐसे लगती थी वह, जैसी शरद्-ऋतु के उजले बादल की गोद में बिजली आकर सो गई हो! मैंने देखा तो देखते ही कामदेव के बस में

हो गया। चोरी की तो बात ही भूल गया और किंकर्तव्यविमूढ़-सा बैठ गया, जैसे चोर स्वयं लुट गया था। मैं सोचने लगा : यदि यह सुन्दर लोचनी नहीं मिलेगी, तो कामदेव मुझे मार ही डालेगा। और मैं बिना बताए छू भी लूँगा तो यह चिल्ला उठेगी और फिर तो सारे ही मनोरथ नष्ट हो जाएँगे। हो सकता है कि मैं ही पकड़ा जाऊँ और मार डाला जाऊँ। अच्छा! एक ही तरकीब लगती हैं।

'खूँटी पर लाख से चिकनाई हुई एक रंगीन लकड़ी की पट्टी टँगी थी। मैंने उसे उतार लिया और रत्नजटित कलम निकालकर उस सोती हुई का ज्यों का त्यों चित्र खींचा। अपने को मैंने उसके पैरों के पास हाथ जोड़े हुए चित्रित किया और वहीं एक श्लोक लिखा–

अंजलि बाँधे एक आपसे करता हूँ मैं विनय प्रार्थना,–
सुरत खेद से खिन्न आप सोएँ सच मेरे पास,–याचना–
यही एक है, और न कोई, सोएँ नहीं अन्यथा वैसे!
अपने मन की सुलगन को मैं कहूँ आपसे बाकी कैसे?

'और तब सोने के पानदान से मैंने पान, कपूर का चूर्ण और सुगन्धित कत्था निकालकर मुख में रखा। और आलक्तक जैसे रंग की पीक को इस ढँग से सफेदी पुती भीत पर थूका कि उस पर चकवा-चकवी का जोड़ा बन गया। फिर मैंने उससे अपनी अँगूठी धीरे से बदल ली और किसी तरह महल से लौट आया।

अपहारवर्मा का आज़ाद होना

'सुरंग से जब बन्दीगृह लौट आया तो मैंने सिंहघोष को बुलाया। वह एक कैदी था। मैंने उसे बताया कि मैंने ऐसे-ऐसे कान्तक को मार डाला है और तुम ऐसी-ऐसी चाल पर चलना कि राजा तुमसे प्रसन्न होकर तुम्हें मुक्त कर देगा। मैं यह कहकर शृगालिका के साथ बाहर निकला। राजमार्ग पर नगररक्षकों का फिर सामना हो गया। मैंने सोचा कि मैं तो इन लोगों में से लड़-झगड़कर भाग जाऊँगा, पर यह निर्दोष शृगालिका पकड़ी जाएगी अतः कोई तरकीब करनी चाहिए।

'बस! मैंने अपने दोनों हाथ पीठ की तरफ किए और उनकी तरफ पीठ करके खड़ा हो गया और मैंने कहा : भद्रो! यदि मैं चोर हूँ तो बाँध लो। यह आपका अधिकार तो है, इस बुढ़िया का कभी नहीं है।

'शृगालिका तुरंत मेरा इशारा समझ गई। वह उन रक्षकों के पास जाकर प्रणाम करके बोली : भद्रो! मेरा यह बेटा पागल हो गया था। मैंने इसका बहुत दिनों तक इलाज भी करवाया। कल यह ठीक हो गया था और बिल्कुल स्वस्थ दीखता था। मैंने यह समझकर इसे खुलवा दिया और नहला-धुलाकर तैल, चन्दन आदि लगाए। नए कपड़े पहनाकर खीर खिलाई और पलंग पर सोने को छोड़ दिया। पर आधी

रात में फिर कुछ पागल-सा हो गया। 'कान्तक को मारकर राजकुमारी से ब्याह करूँगा।' बकता हुआ यह राजमार्ग में आ गया। क्या करूँ। बेटे की यह हालत देखकर मैं भी इस आधी रात में इसके पीछे भागती फिर रही हूँ। आप लोग कृपया इसे बाँधकर मेरे हवाले कर दें।

'जब वह कह रही थी कि मैंने कहा : अरी बुढ़िया! पहले भी किसी ने पवन को पकड़ा है? ये कौए क्या मुझ जैसे बाज़ को पकड़ सकते हैं? बकबक मत कर।—और यह कहकर मैं भाग गया।

'शृगालिका को वे रक्षक डाँटने लगे—चल-चल। तू ही पगली है। पहले तो पागल को खोल दिया और कहती है पकड़ो! इसे कौन बाँध सकता है?

'शृगालिका यह सुनकर रोती हुई मेरे पीछे दौड़ी।

'मैं रागमंजरी के घर पहुँचा। वह बहुत दिनों से विरह के दुःख से व्याकुल थी। मैंने ढारस दिया और बाकी रात वहीं बिताई। फिर सवेरे मैं धनमित्र के पास चला गया।

मारीचि से राजवाहन का पता चलना

'फिर मैं भगवान मारीचि से पास गया। वे अब काममंजरी के व्यसन से बिल्कुल छूट गए थे और तप करके उन्होंने फिर दिव्य दृष्टि प्राप्त कर ली थी। उनसे मैंने आपके बारे में पूछा। उन्होंने मुझे बताया।

राजकन्या से अपहारवर्मा का प्रेम बढ़ना

'उधर सिंहघोष ने राजा से कहा कि मैंने ही कान्तक को इस कारण से मार डाला। राजा ने प्रसन्न होकर उसे ही उसका पद देकर उसे काराध्यक्ष बना दिया। तब तो मैं सुरंग के रास्ते राजकन्या के अन्तःपुर में आने-जाने लगा। वह भी शृगालिका के उपदेश के कारण मुझपर स्नेह दिखाने लगी।

चण्डवर्मा का हमला और उसकी मौत

'इन्हीं दिनों चण्डवर्मा ने अंगराज सिंहवर्मा पर क्रुद्ध होकर चम्पा नगरी को घेर लिया। अंगराज सिंहवर्मा उसकी शर्त को नहीं मान सके थे। चण्डवर्मा पराए राज्य को हड़पने की चाल ही सोच रहा था कि सिंहवर्मा ने स्वयं ही प्राचीर तोड़ दी और सिर पर आए शत्रु से युद्ध ठान दिया। उनके इतने मित्र राजा मदद को नगर के समीप तक आ गए थे, परन्तु उनकी उन्होंने प्रतीक्षा तक नहीं की। युद्ध में सिंहवर्मा का कवच टूट गया और चण्डवर्मा ने उन्हें पकड़ लिया। चण्डवर्मा ने ज़बर्दस्ती ही राजकन्या अम्बालिका को भी पकड़ लिया और अपने विवाह के लिए भवन में उठा ले गया। उसने हाथ में मंगल-सूत्र पहन लिया कि सवेरे ही ब्याह कर डालेगा।

'मैंने धनमित्र के घर में ही हाथ में मंगल-सूत्र पहन लिया कि मैं ही कल अम्बालिका से विवाह करूँगा। और मैंने कहा : सखा धनमित्र! अंगराज के सहायक राजा सेनाओं के साथ आ गए हैं। तुम नगर के वृद्धों को साथ लेकर जाओ और गुप्त रीति से उन्हें रोककर समझा दो कि वे ज़रा देर से आएँ, तब तक शत्रु का सिर कट जाएगा।

'धनमित्र ने स्वीकार कर लिया।

'तब मैं मौत के पास पहुँचे चण्डवर्मा के अन्तःपुर में चला गया। वहाँ मैंने देखा कि राजभवन शादी के लायक तमाम सामानों से भरा हुआ है। पर लोगों के आने-जाने पर कड़ी पाबन्दी और निगरानी रखी जा रही है। मैंने अपनी छुरी छिपा ली और मंगलाचरण करने को जानेवाले ब्राह्मणों के झुण्ड में छिपकर राजभवन में घुस गया। वहाँ क्या देखता हूँ कि अथर्ववेद की रीति से अग्नि देवता के सामने साक्षी की जा रही है। ज्योंहि चण्डवर्मा ने अपना विशाल हाथ राजकन्या अम्बालिका के कोमल हाथ की तरफ पाणिग्रहण के लिए बढ़ाया, मैंने उसी क्षण उसे अपनी तरफ खींचकर उसके हृदय में छुरी भोंक दी। वहीं मैंने कुछ और लोगों को भी जान से मार डाला। उसी मारकाट के हो-हल्ले वाले महल में मैंने काँपती हुई सुन्दरी, दीर्घलोचना, राजकन्या को अपना परिचय दिया और उससे आलिंगन सुख पाने को मैं उसे घर के भीतर रति-गृह में लेकर घुसा। बस उसी समय आपका मेघगम्भीर गर्जन सुनाई दिया, जिसने मुझे हिला दिया। आगे तो आपने देखा ही है।'

मित्रों का मिलना

अपहारवर्मा चुप हो गया। देव राजवाहन ने मुस्कराकर कहा : 'इस कर्कशता में तो तुमने चौरशास्त्र के गुरु कर्णीसुत को भी हरा दिया!'

फिर राजवाहन ने अपहारवर्मा से कहा, 'अब तुम्हारी बारी है।'

अपहार मुस्कराया और उसने प्रणाम करके कहना शुरू किया—

3

उपहारवर्मा की आपबीती

'एक बार मैं घूमते हुए विदेहपुरी पहुँचा। वहीं नगर के बाहर के एक मठ में मैं विश्राम करने रुक गया। वहाँ पर एक वृद्धा ने मुझे पाँव धोने को पानी दिया। पाँव धोकर मैं दरवाजे के पास के प्रकोष्ठ (कमरे) में बैठ गया। वह मुझे देखते ही फूट-फूटकर रोने लगी। मैंने कहा : अम्ब! रोती क्यों हो?

बूढ़ी धाय का मिलना

'उसने करुणा-भरे स्वर में कहा : हे आयुष्मान! कहते हैं कि पहले यहाँ प्रहारवर्मा नामक राजा थे। वे मगधराज राजहंस के गहरे मित्र थे। उनकी प्रियम्वदा नामक पत्नी की मगधेश्वरी वसुमति से बड़ी मित्रता हो गई जैसे बल और शम्बल में थी। कुछ दिन बाद वसुमति ने पहला गर्भ धारण किया, तब प्रियम्वदा अपने पति के साथ मगध में पुष्पपुर गई। उसी समय मालवेश्वर मानसार ने मगधराज राजहंस पर आक्रमण कर दिया। राजहंस की स्थिति बहुत ही बिगड़ गई कि कोई क्या कहे। प्रहारवर्मा ने बहुत मदद की पर हार गए। अन्त में मानसार ने न जाने किस-किस सेवा से किस तरह उन्हें अपने देश को जीवित लौट जाने को छोड़ दिया। पर जब प्रहारवर्मा लौटे तो देखा कि उनके बड़े भाई संहारवर्मा के पुत्र विकटवर्मा ने देश को अपने कब्ज़े में कर लिया है। तब प्रहारवर्मा ने अपने भानजे सुह्मपति से सेना की सहायता लेनी चाही और जंगल में होकर जा रहे थे कि शबरों ने उन्हें लूट लिया। मेरी गोद में प्रहारवर्मा का छोटा लड़का था। उसे मैं शबरों के बाणों से बचाने को, लेकर जंगल में भाग गई। वहाँ एक सिंह झपट पड़ा, मैं भूमि पर गिरी और बच्चा मेरे हाथ से छूटकर एक मरी हुई कपिला गाय की गोद में जा गिरा। जब सिंह उस तरफ बढ़ा कि किसी ने उसे अपने बाण से मार डाला और तब भीलों के लड़के उस बच्चे को उठा ले गए।

''जब मैं बेहोश थी, एक चरवाहा मुझे अपनी कुटी में ले गया। उसने दया से मेरा इलाज किया। मैं स्वस्थ हो गई। तब मैं बेचैन थी कि किसी तरह अपने स्वामी के पास पहुँचूँ कि मेरी लड़की एक युवक के साथ वहीं आ पहुँची। वह आकर

बहुत रोने लगी। रोने के बाद मेरी बेटी ने बताया कि राजा का दूसरा पुत्र किरात-अधपति के हाथों में पड़ गया। फिर किसी जंगली ने बेटी का इलाज किया और शेर के हमले से आई चोंटे ठीक होने पर उससे विवाह का प्रस्ताव किया। किन्तु वह नीच जाति के युवक से विवाह करने को तैयार नहीं हुई। उसने विरोध किया और उसे डाँटा-फटकारा। वह उसे निर्जन जंगल में ले गया और उसका गला काटने ही वाला था कि यह युवक वहाँ आ गया। इसने उस जंगली को मार डाला। तब मेरी बेटी ने इस रक्षा करने वाले युवक से विवाह कर लिया। अनन्तर जब मैंने पूछा तो इस युवक ने बताया कि वह भी मिथिलाधिपति प्रहारवर्मा का ही सेवक था, जो किसी कारण से देर करके उनके पास जा रहा था।

"हम दोनों उसी के साथ स्वामी प्रहारवर्मा के पास गईं। हमने प्रियम्वदा देवी और राजा प्रहारवर्मा को उनके पुत्रों की बुरी खबर सुनाई। वह भी बहुत दिनों तक लड़कर भी बड़े भाई के बेटे से नहीं जीत सके। अन्त में उन्होंने भयानक हमला किया, क्योंकि वे सह नहीं सके, और उस युद्ध में रानी के साथ ही पकड़े गए। मैं बुढ़िया, लाचार, अभागिन मर नहीं सकी तब संन्यासिनी हो गई। किसी तरह जीवन तो बिताना ही है, इसी विचार से मेरी बेटी अब प्रहारवर्मा के बड़े भाई के बेटे विकटवर्मा की पटरानी कल्पसुन्दरी की सेवा में पड़ी है। अगर वे राजकुमार बिना बाधा के पल जाते, तो तुम्हारी अवस्था के होते। और वे होते तो राजा प्रहारवर्मा का कोई दामाद ऐसे बलात्कार से राज्य छीनकर जीवित भी नहीं रहता।'

'बुढ़िया यह कहकर ज़ोर-ज़ोर से बड़े भारी दुःख से रोने लगी।

'मैंने अपने आँसू मुश्किल से रोके और कहा : 'अम्ब! धीरज धरो। एक ऋषि है, जिससे तुमने मुसीबत में बच्चों को पालने-पोसने की प्रार्थना की थी। उसी ने उन्हें पाला है, यह किस्सा बहुत लम्बा है। इससे फायदा! वह बच्चा मैं ही हूँ। मुझमें इतनी शक्ति है कि मैं बिकटवर्मा के पास जाकर उसे मार सकता हूँ। पर उस विकटवर्मा के कई छोटे भाई हैं। वे पौरजनपद (पंचायतों के मुखियों और सामन्तों) की सहायता से राज करना शुरू कर देंगे। मैं मारूंगा भी तो कार्य व्यर्थ हो जाएगा। मुझे तो कोई जानता नहीं कि वास्तव में मैं हूँ कौन। माता-पिता तक नहीं जानते। फिर औरों की तो बात ही छोड़ दो। इसी से सोचता हूँ कि कोई तरकीब करूँ।'

'वृद्धा ने रोते हुए बार-बार मुझे छाती से लगाकर मेरा माथा सूँघा। स्नेह के कारण उसकी छाती में दूध आ गया। बोली : वत्स! दीर्घायु हो! तेरा कल्याण हो। भगवान प्रसन्न हुए। आज ही से प्रहारवर्मा का राज्य हो गया और तेरे यह लम्बे, दीर्घ और मांसल भुज अवश्य ही प्रहारवर्मा को इस दुःख के समूह से उबार लेंगे! ओहो! देवी प्रियम्वदा भी कैसी भाग्यशालिनी हैं।

'हर्ष के आवेश से ही उसने मुझे स्नान कराके भोजन आदि कराया। मैं रात को उसी तट में घास-फूँस का बिस्तर एक कोने में लगाकर सोया। मैंने सोचा कि

यह काम बिना छल के नहीं सिद्ध होगा। छल की जड़ स्त्रियों में होती है। इस बुढ़िया से अन्तःपुर की बातें पता चलवाऊँ और तब कोई जाल फैलाऊंगा।

'सोचते-सोचते रात बीत गई। महासमुद्र में से निकलते हुए भगवान सूर्य के घोड़ों के निःश्वासों से रात काँपती-डरती हुई चली गई। देर तक जल में रहने से उस समय सूर्य का ताप भी जैसे शीतल हो गया था। भोर की बेला में मैं उठा और नित्यक्रिया करके अपनी धाय से कहा : अम्ब! क्या तू इस मूर्ख विकटवर्मा के अन्तःपुर का भी कुछ हाल जानती है?

वृद्धा की बेटी पुष्परिका का आना

'मैं अभी अपनी बात पूरी भी न कर पाया था कि एक स्त्री मुझे वहाँ दिखाई दी। उसे देखते ही वृद्धा आँसुओं से रुंधे गले से कहने लगी : हे पुत्री! पुष्परिके! मेरे स्वामी के पुत्र को देखा! इसीको मैंने निर्दयता से बन में छोड़ दिया था। आज कितने साल के बाद जवान होकर फिर मिला है।

'पुष्परिका यह सुनकर हर्ष से पागल-सी रोने लगी। जब विलाप करके वह शान्त हुई तब उसकी वृद्धा माँ ने उसे राजा के अन्तःपुर की खबर लाने पर नियुक्त किया। पुष्परिका ने कहा : कामरूप देश के राजा कलिन्दवर्मा की पुत्री, नृत्यगीत, निपुणा, अप्सराओं से भी अधिक सुन्दर कल्पसुन्दरी विकटवर्मा को अपने रूप के वश में करके महल में रहती है। कई रानियाँ होने पर भी विकटवर्मा उसे ही मानता है।

'तब मैंने पुष्परिका से कहा : यह मेरी माला तू कल्पसुन्दरी के पास ले जाकर रख और उससे उसके पति की निन्दा कर कि वह कुरूप है, तुम्हारे योग्य नहीं है। उसे वासवदत्ता आदि सुन्दरियों की कहानियों सुना। जिन्होंने योग्य पति पाए थे। उसको दुःख से भर दे। कल्पसुन्दरी को यह जता कि राजा और रानियों से अधिक विलास करता है। उसे क्रुद्ध कर दे।

कल्पसुन्दरी को फँसाने की योजना बनाना

'और वृद्धा से मैंने कहा : अम्ब! तू भी सब काम छोड़कर कल्पसुन्दरी की ही सेवा में लग जा! मुझे नित्य के समाचार आकर सुना। पुष्परिका उसके साथ छाया की तरह सदा सेवा में लगी रहे। इसका फल अच्छा निकलेगा।

'दोनों मेरे कहे के मुताबिक चलने लगीं।

'कुछ दिन बीत गए। वृद्धा ने कहा :-वत्स! जैसे नीम के पेड़ पर वासंती लता दुःखी हो जाती है, वही हाल कल्पसुन्दरी का कर दिया है। अब बता क्या करूँ?

'मैंने अपना एक चित्र खींचकर उसे दिया और कहा : यह उसे ले जाकर दिखा। वह देखकर पूछेगी न कुछ? वही आकर बता। कहेगी : क्या कोई सचमुच ऐसा है? तू कह देना : हो तो क्या आज्ञा है? इस पर जो वह कहे मुझसे बताना।

कल्पसुन्दरी का चित्र पर मोहित होना

'ठीक है—कहकर वृद्धा राजमन्दिर चली गई। लौटकर उसने एकान्त में मुझसे कहा : मैंने सुन्दरी रानी को चित्र दिखाया। वह आश्चर्य में पड़ गई। बोली : इस पुरुष ने यह अनाथ लोक सनाथ कर दिया। ऐसा रूप तो कामदेव में भी नहीं होगा। बड़ा अद्‌भुत चित्र है। पता नहीं, ऐसा कोई है भी या नहीं? इस चित्र को किसने खींचा?—इस तरह की आदर-भरी बातें उसने कीं, तो मैंने मुस्कराकर कहा : देवि! ठीक कहती हैं। कामदेव भी ऐसा सुन्दर होगा यह कौन कहेगा? पर धरती बहुत बड़ी है। ऐसा सुन्दर भी हो सकता है। पर ऐसा सुन्दर, शिल्प-शील-विद्या-ज्ञान-निपुण कोई अति कुलीन मिल जाए तो उसे क्या मिलेगा? वह बोली : अम्ब! क्या कहूँ! मेरा शरीर, हृदय, जीवन, यह सब उसके लिए कम पड़ जाएँगे, उसके योग्य नहीं होंगे। उसे क्या मिलेगा? झूठ नहीं कहती। उसके तो तू कैसे भी दर्शन कराके मेरी आँखें ठण्डी कर दे। तब मैंने उसकी बात पक्की करने को कहा : 'हे कल्पसुन्दरी! एक राजपुत्र छिपकर घूमता है इस नगर में। जब आप वसन्तोत्सव में सखी-सहेलियों के साथ रति को भी अपने रूप से हराती हुई, मौज से नगर की वाटिकाओं में विचरण कर रही थीं तब उसने आपको देखा था। वह कामपीड़ित हो मेरे पास आया। मैंने भी सोचा कि दोनों का रूप समान है, ऐसा सौंदर्य है जिसे बिरला ही कहना चाहिए, एक-से अच्छे गुण हैं; अतः मैं भी तैयार-सी हो गई और उसके बनाए कुसुम शेखर, माला, गन्धादि अनुलेपन लाकर मैंने भी आपकी दिनों से सेवा की है। उसने अपना रूप दिखाने को अपने हाथ से अपना चित्र खींचकर मेरे हाथों इसलिए भेजा कि आपपर अपना गम्भीर प्रेम प्रकट कर सके। यदि आप दृढ़ हैं तो वह राजपुत्र बड़ा अलौकिक है; बल, बुद्धि और दक्षता में असाधारण है। वह सब कुछ कर सकता है। मैं उसे आपसे आज ही मिला सकती हूँ। आप संकेत तो दीजिए।

'कुछ देर तक वह सोचती रही फिर बोली : अम्ब! अब तुमसे क्या छिपा है? इसीसे बताती हूँ। मेरे पिता की राजा प्रहारवर्मा से गाढ़ी मित्रता थी। मेरी माता देवी प्रियम्वदा की बहुत दोस्त थी। जब मेरी माँ मानवती और प्रियम्वदा, इन दोनों में से किसी के भी सन्तान नहीं हुई थी तभी दोनों सखियों ने यह शपथ ली कि हम दोनों में से एक के बेटा हो और दूसरी के बेटी हो, तो हम दोनों उनका आपस में ब्याह कर देंगे। पर, मेरे पिता ने, देवी प्रियम्वदा के पुत्र को वन में नष्ट हुआ जानकर दैवयोग से विवाह की प्रार्थना करनेवाले इस विकटवर्मा से ही मेरा ब्याह कर दिया। यह बड़ा निष्ठुर है और बाप से भी द्रोह करता है। यह कुरूप है, और रतिलीला भी नहीं जानता, न चौंसठ कलाएँ जानता है, न काव्य-नाटक ही। शौर्योन्मादी और आत्मप्रशंसक, झूठा, अयोग्यों को दान करने वाला तथा दुर्विनीत है। मुझे अच्छा नहीं लगता। यह आजकल मेरी इतनी प्यारी और सदा पास रहने वाली सखी पुष्परिका का अनादर करता है। मेरी समृद्धि के विरुद्ध होकर, मुझे जो सौत-सा समझती है, उस अपने रूप तक को न समझनेवाली रमयन्तिका नामक नर्तकी पर रीझा हुआ

है। जिस चम्पकलता को मैंने अपनी पुत्री की तरह सींचकर बड़ा किया है, उसके फूल अपने हाथों से तोड़कर यह उस रमयन्तिका का शृंगार करता है। क्रीड़ा-पर्वत में जो रत्नजटित शय्या है, जिस पर मैं सोती थी, उसीपर यह उस नर्तकी रमयन्तिका से विहार करता है। यह अयोग्य मेरा अपमान करना चाहता है। मैं उसकी सेवा क्यों करूँ? तू कहेगी, मैं परलोक से डरूँ? तो इस लोक के दुःख देखते हुए क्या करूँ? काम के बाण अबला के कितने लगते हैं जब कष्ट देने वाला पति मिलकर यन्त्रणाएँ देता है। इसीलिए इस पुरुष को उपवन की माधवीलता के मण्डप में मुझसे मिला दे। उसकी तो बातें सुनकर मेरा मन खो गया है। मेरे पास बहुत धन है। मैं इसी धन के बल पर विकटवर्मा राजा की ज़गह उस राजपुत्र को बैठाऊँगी और उसीकी सेवार्चना करती हुई जीवन बिता दूँगी।

'मैं भी 'हाँ' कहकर आ गई हूँ। अब भर्तृदारक! बता क्या करूँ?'

'तब मैंने वृद्धा से अन्तःपुर के बारे में पूछा। कौन-सी जगह रक्षापुरुष हैं; कहाँ से उद्यान का प्रवेश-द्वार है इत्यादि सब जानकर मालूम कर लिया।

परस्त्री-गमन का चिन्तन

'जब सूर्य अस्ताचल की चोटी से गिरने के भय से निकले रक्त से लाल-लाल-सा हो गया और पश्चिम समुद्र में कुछ समय बाद उस अंगारे जैसे सूर्य के गिरकर बुझने से धुएँ की तरह आकाश में अन्धेरा छा गया तब परस्त्री-गमन में निपुण मेरे आचार्य व्यभिचारी, गुरुपत्नी से रमण करनेवाले चन्द्रमा का उदय हुआ। तब मैं शय्या पर जा लेटा। सोचने लगा कि कल्पसुन्दरी मेरे दर्शन चाहती है। उसके मुख-कमल से चन्द्र जैसा देदीप्यमान त्रिलोक-विजयी कुसुमधन्वा कामदेव जाग उठा। लेकिन मुझे ध्यान आया कि मिलन तो अब सिद्ध है, परन्तु इससे धर्म बिगड़ेगा। परन्तु शास्त्रकारों ने उस धर्मनाश का निषेध नहीं किया है, जिसमें अर्थ और काम मिलता हो। मैं तो माँ-बाप को कैद से छुड़ाने के लिए यह पाप कर रहा हूँ। उस पुण्य के तनिक से ही अंश से यह पाप धुल जाएगा। मैं पुण्य पाऊँगा। किन्तु इसको सुन्दर देव राजवाहन और मित्र लोग क्या कहेंगे? यही सोचता हुआ मैं सो गया। स्वप्न में मुझे भगवान गणेश ने दर्शन दिए और कहा : सौम्य उपहारवर्मा! तू परेशान मत हो। तू तो मेरे ही अंश का अवतार है। यह सुन्दरी कल्पसुन्दरी शंकर की जटाओं में रहनेवाली गंगा है। एक बार जब मैं अपनी सूण्ड से उसे हिला रहा था, उसने मुझे शाप दे दिया कि तू मर्त्य[1] बन! मैंने भी शाप दिया कि जैसे यहाँ बहुत-से लोग तेरा भोग करते हैं, वैसे ही तू मर्त्यलोक में भोगी जाए। तब गंगा ने मुझसे प्रार्थना की कि बस पहले एक ही मेरा भोग करे, फिर जीवन-भर मैं तुम्हारे साथ ही रमण करूँ। इसीलिए कल्पसुन्दरी को तू ग्रहण कर। यह काम अच्छा है। शंका मत कर।

1. मृत्युलोक का प्राणी।

'जागने पर वह दिन मैंने कल्पसुन्दरी की याद में बिता दिया। दूसरे दिन तो कामदेव ने जैसे सब छोड़कर मुझपर ही तीर बरसाने शुरू कर दिए। धीरे-धीरे भगवान सूर्य का प्रकाश-भरा तालाब सूख गया और अंधकारूपी कीचड़ फैल गया। मैंने नीले कपड़े पहन लिए, नीचे मज़बूत कवच बाँध, हाथ में तलवार ले ली और काम के अनुरूप सब चीज़ें लेकर वृद्धा धाय के बताए कल्पसुन्दरी के महल के हर संकेत-स्थल को ध्यान से याद करके देखता हुआ मैं राजमन्दिर की जल से भरी खाई के पास पहुँच गया। वहां मैंने पहले ही से इसीलिए लाकर देवी के एक मन्दिर के द्वार पर धरा बाँस निकाल लिया। और उसे लिटाकार उसके सहारे खाई पार कर ली और फिर उसी बाँस को खड़ा करके मैं चहारदीवारी पर चढ़ गया। वहाँ चढ़कर पक्की ईटों की बनी नगर-द्वार की ऊपर की सीढ़ियों पर होकर मैं भीतर उतर गया और वकुल वृक्षपंक्ति पार करके, चंपक वृक्षों के बीच के मार्ग से कुछ हटकर उत्तर दिशा की ओर चला गया। वहाँ मुझे चकवा-चकवी के रात को बिछुड़कर क्रन्दन करने का शब्द सुनाई दिया। तब उत्तर दिशा में गुलाबों की कतार से ठण्डी हुई महल की विशाल भीतों से दूर ही दूर रहकर पूर्व दिशा की ओर बढ़ चला। वहाँ अशोक और मल्लिका वृक्षों की पंक्तियाँ लगी थीं। उसके बाद मैं बालू वाले रास्ते से कुछ उत्तर को हटकर चला और तब दक्षिण को मुड़ गया। वहाँ आम के घने पेड़ थे। फिर वहीं मुझे वह घना माधवीलता का मण्डप दिखाई दिया, जिसमें रत्नजटित वेदी न थी। उपवन के पेड़ों के पत्तों और घने अन्धेरे में से छन-छनकर राजभवन से दीपक का मन्द-मन्द प्रकाश आ रहा था। मैंने उसी से देखा कि मण्डप के एक हिस्से में एक रहने योग्य स्थान था, जो अत्यन्त सघन और हरी-हरी कुरबक की पत्तियों से ऐसे ढँका है जैसे किसी ने कपड़ा डाल दिया हो। उस गर्भागार की किवाड़ें ऐसी थीं कि धरती तक लाल अशोक की लताओं से उन्हें मढ़-सा दिया गया था। उन पर नए फूलों के गुच्छे लटक रहे थे। वे किवाड़ें नई कोंपलों के कारण लाल-सी दिखती थी। मैं उस गर्भगृह की किवाड़ें खोलकर भीतर घुसा। भीतर सुन्दर तोशक-तकिए वाली फूलों की सेज पड़ी थी। कमलिनी के पत्तों के दोनों में चन्दन, पान, माला और सुरत के उपकरण रखे थे। हाथी-दाँत के बने पँखे थे। सुगन्धित जल से भरा कलश रखा था। क्षण-भर मैंने वहाँ विश्राम किया। परिमलों को खूब सूँघा। तभी मन्द-मन्द पगध्वनि सुनाई देने लगी। मैं आवाज़ सुनते ही चट से गर्भगृह से निकल आया और लाल अशोक के तने के पीछे अपने को छिपाकर खड़ा हो गया।

'सुन्दर भौंहों वाली कल्पसुन्दरी ठण्डक के लिए धीरे-धीरे उस स्थान में आई और वहाँ मुझे न देखकर बहुत व्यथित हुई। उन्मत्त-सा होकर राजहंसी की तरह मीठे-स्वर से वह कहने लगी : हाय! मुझे छला गया। अब मैं जीवित भी रहूँ तो कैसे? अरे मेरे मन! तूने इस असम्भव काम को इतना सम्भव समझकर मुझे इसमें क्यों लगा

दिया और अब उसके न होने पर मुझे इतना क्यों सता रहा है? हे भगवान! हे कामदेव! मैंने तेरा ऐसा कौन-सा अपराध किया है जो इस तरह जला रहा है? भस्म ही क्यों नहीं कर देता?

'यह सुनकर मैं भीतर चला गया और दीप के प्रकाश में जाकर उससे बोला : ओ भामिनी! तुमने कामदेव के कई अपराध किए हैं। देखो न, अपने रूप से ही उसकी स्त्री रति का अपमान किया है। इन भ्रू-लताओं ने उसके धनुष को निर्बल कर दिया। इस चमकीले काले केश-कलाप ने उसके धनुष की भौंरों की प्रत्यंचा का कोई मोल नहीं रहने दिया। कटाक्षों ने उसके बाणों के फलक मोटे कर दिए। यह जो होंठ हैं न, इन्होंने काम की कुसुंभी रंग की पताका की कदर घटा दी। निश्वासों से ही उसके प्रधान मित्र मलयानिल को व्यर्थ कर दिया। कोकिल को अपने मीठे कण्ठ से, फूलों में गुँथी उसकी ध्वजा को बाहु-वल्लियों से, उसकी विजययात्रा के मंगलसूचक कलशों को अपने कुचों से, उसके लीला-सरोवर का अपनी गम्भीर नाभि के मण्डल से, उसका सुसज्जित रथ अपने नितम्बों से, उसके भवन के रत्नजटित तोरण के दोनों स्तम्भ अपनी जँघाओं से, उसके विलास के कर्ण-पल्लव अपने चरणतल की प्रभा से हरा दिए हैं। तभी तो काम अब तपा रहा है। किन्तु मुझ निरपराधी को वह तंग करके अपराध कर रहा है। इसलिए, सुन्दरी! मुझपर कृपा करो! इन औषधिरूप कटाक्षों के कामदेवी रूपी सर्प से डसे हुए, मुझको जीवित करो।

'यह कहकर मैंने उस सुन्दरी को आलिंगन में बाँध लिया। वासना से विशाल लगने वाले नेत्रों से देखती उस सुन्दरी से मैंने रमण किया। उसके बाद वह मुझे गुलाबी कटीली आँखों से कनखियों से देखने लगी। उसकी कनपटियों पर पसीना छलक आया। वह अस्पष्ट स्वर में बोलने लगी। अपने मोती-से दाँतों और नाखूनों को वह मेरे शरीर में गड़ा देती। शिथिल हो गई थी, थक-सी गई थी वह। मैं भी वैसा ही तृप्त और शिथिल हो गया। रति के बाद आलिंगन छोड़कर हम बाद के काम करने लगे। बहुत दिनों के मित्रों की तरह बड़े ही विश्वास से हम चुप बैठे रहे। फिर मैंने एक दीर्घ निःश्वास लेकर दीन दृष्टि से देखते हुए विस्मय से भुजाएँ फैलाकर उसका शिथिलता से देर तक आलिंगन करके धीरे से चुम्बन लिया। आँखों में आँसू भरकर बोली : नाथ! अब जाएंगे? समझ लें कि मेरे प्राण भी चले जाएंगे। मुझे भी अपने साथ ले चलिए। नहीं तो इस दासी को मरी ही समझिए।

'यह कह उसने हाथ जोड़ दिए।

विकटवर्मा की हत्या की योजना

'मैंने कहा : मुग्धे! कौन-ऐसा चेतन पुरुष होगा जो अपने से प्रेम करनेवाली स्त्री की चाहना नहीं करेगा? मुझपर यदि तुम्हारा अनुग्रह स्थिर है, और यही अभिप्राय पक्का है, तो शंका छोड़कर जैसा मैं कहूँ वैसा ही करो। एक काम करो। एकान्त

मे मेरे इसी चित्र को आप राजा को दिखाकर पूछना : क्या इस तस्वीर के आदमी में असाधारण रूप नहीं है? तब वह कहेगा : हाँ, है तो यही बात। तब तुम कहना, एक तपस्याशील साध्वी है जो अनेक देशों में घूमकर बड़ी कुशल हो गई है। वह मेरी माता की भाँति है। उसी ने यह चित्र मुझे देकर कहा है कि मेरे पास एक ऐसा मन्त्र है कि जिसके द्वारा यदि तू निराहार रहकर अमावस्या की रात को किसी निर्जनभूमि में पुरोहित से हवन करावे और उस हवन की बची अग्नि में रात के समय अकेली आकर सौ चन्दन की लकड़ियाँ, सौ अगरू की लकड़ियाँ, कपूर का चूर्ण और काफी रेशमी वस्त्र डालकर हवन करेगी तो तेरी भी ऐसी ही आकृति हो जाएगी। तब तू घंटा बजाना और उसे सुनकर तेरा पति वहाँ आकर यदि अपने सारे गुप्त भेद तुझे सुनाकर आँखें बन्द करके तेरा आलिंगन करेगा, तभी इस चित्र में बने आदमी जैसा हो जाएगा और तू अपने असली रूप में लौट आएगी। यदि तेरा पति स्वीकार करे तो वे इस विधि में कोई सन्देह आदि न करें। यदि आप बनना चाहें तो अपने मित्रों, अनुज, आदि से सलाह करके, सबकी राय लेकर इस काम में लगें। हे भामिनी! विकटवर्मा अवश्य मान लेगा और फिर इसी क्रीड़ोद्यान के चौराहे पर अथर्ववेद के विधान से हवन किए पशु का काम निबटाकर बाकी अग्नि के धुएँ के घने हो जाने पर मैं लता-मण्डल में घुसकर बैठा रहूँगा। तुम भी घोर अन्धेरे में अपने पति से मुस्कराकर कहना कि–देव! आप बड़े धूर्त और अकृतज्ञ हैं। मेरे कारण प्राप्त रूप से आप लोगों के नयनों को तो सुख देंगे ही, पर मेरी सौतों से भी रमण करेंगे। इसलिए अपना विनाश करने को वैताल को नहीं बुलाऊँगी। यह सब सुनकर वह जो कुछ कहे, मुझे आकर बताना। बाकी सब मैं समझ लूँगा। मेरे पाँवों के निशान बाग में से पुष्परिका से कहकर मिटवा देना।

'कल्पसुन्दरी ने कहा : अच्छी बात है।

'उसने शास्त्र की तरह मेरी बात को मान लिया। अभी उसकी वासना अतृप्त थी। बड़ी मुश्किल से जैसे-तैसे रनिवास में लौट गई। मैं भी उसी रास्ते से निकलकर घर आ गया और आराम करने लगा।

'उस सुन्दरी ने जैसा मैंने कहा, वैसा ही किया। उसके आदेश से वह दुर्मति विकटवर्मा भी तैयार हो गया। यह अचरज की बात पुरवासियों और पौरजनपदों में भी फैल गई कि राजा विकटवर्मा अपनी देवी के मन्त्र-बल से देवताओं का सा शरीर पाएंगे। यह कपटहीन कल्याणकारिणी बात है। प्रमाद इसमें कहाँ? अपने ही अन्तःपुर में होगा सब। अपनी ही पत्नी करेगी। बृहस्पति जैसे बुद्धिमान मन्त्री भी बहुत सोच-विचारकर इसे मान गए हैं। यदि ऐसा हो गया तो इससे बढ़कर अचरज क्या होगा और? अजी, रत्नों, औषधियों और मन्त्रों का प्रभाव कौन सोच सकता है?–इसी तरह की बातें लोगों में चल पड़ीं और यों ही अमावस्या भी आ पहुँची।

'रात का घनघोर अन्धेरा छा गया। अन्तःपुर के उद्यान से महादेव के कण्ठ

जैसा श्याम धुँआ उठने लगा। दूध, घी, दही, तिल, सफेद सरसों, चरबी, माँस और लहू की आहुतियों से उड़ती गन्ध हवा पर झूमने लगी। धुँआ रुकते ही मैं उद्यान में घुस गया।

'वह गजगामिनी भी धीरे से वहीं आ गई और मुझे आलिंगन में बाँधकर हँसकर बोली : छलिया! तुम्हारा काम हो गया। अब यह मूर्ख राजा पशु की तरह शीघ्र मारा जाएगा। मैंने इस मूर्ख को लालच में लाने को, जैसा तुमने कहा था, कहा कि मैं तुम्हें सुन्दर न बनाऊँगी, कहीं अप्सराएँ तुम पर न झूम जाएँ, यहाँ धरती की स्त्रियों की तो बात ही क्या है? तुम भौंरे-से तो पहले से ही चंचल हो, जहाँ मन लगता है चिपक जाते हो, फिर क्या होगा मेरे निर्दय! तब तो वह धूर्त मेरे पाँवों पर गिरकर कहने लगा : हे कदलीजंघे! मेरे किए अपमानों को क्षमा कर दो। अब मन में भी किसी अन्य स्त्री का ध्यान नहीं करूँगा। इस काम को अवश्य कर दो। इस समय मैं इसीलिए विवाह के योग्य वस्त्र पहनकर आई हूँ। पहले भी अग्नि की साक्षी करके काम के देवरूपी पुरोहित ने मुझे तुम्हारे हाथों में सौंपा था। अब इसी अग्नि की साक्षी करके मैं अपना हृदय तुम्हें सौंप रही हूँ।

'कल्पसुन्दरी ने अपने पाँवों के पंजों से मेरे पाँव दबाकर, एड़ियाँ मिलाकर उठा दीं और उँगलियों में उँगलियों फँसाकर अपनी बाजुओं से मेरा गला घेर कर बड़े विलास से मेरा मुख झुकाकर अपना मुखकमल ऊपर करके अपनी बड़ी-बड़ी आँखों को बार-बार नचाकर बार-बार मेरा मुँह चूम लिया।

'तब मैंने कहा : तुम इसी पीले कुरबक के झुरमुट में बैठ जाओ। अब मैं निकलकर काम पूरा करता हूँ।

'उसे वहीं छोड़कर मैं होमाग्नि की जगह जा पहुंचा और अशोक के पेड़ की डाली पर लटकी हुई घण्टी को बजा दिया। वह ऐसी बज तठी जैसे यमराज की दूती विकटवर्मा को बुला रही हो। मैं अगरु, चन्दन आदि सामग्रियाँ अग्नि में होम करने लगा।

विकटवर्मा का वध

'राजा विकटवर्मा वहीं आ गया। वह डरा हुआ चौकन्ना-सा था। मैंने उससे कहा : सत्य कहिए! भगवान अग्नि को साक्षी करके सत्य कहिए कि यदि आप यह अपूर्व सौन्दर्य पाकर सौतों से नहीं मिलेंगे, तभी मैं आपको यह रूप दूँ।

'राजा को विश्वास हो गया कि रानी कल्पसुन्दरी ही है। इसमें कपट नहीं है। तब तो वह शपथ लेने को तैयार हो गया।

'मैंने हँसकर कहा : शपथ का क्या होगा? ऐसी कौन-सी स्त्री होगी जो मुझे हरा देगी। अप्सराओं से चाहें तो खूब विलास करें। अब बतलाइए आपके रहस्य क्या-क्या हैं? उनके बताने के बाद आपका रूप बदल जाएगा।

'राजा ने कहा : 'मेरे पिता के छोटे भाई प्रहारवर्मा बन्द हैं। उन्हें ज़हर खिलाकर मार दूँगा और प्रसिद्ध कर दूँगा कि अजीर्ण से मर गए हैं। यह बात मन्त्रियों से तय हो गई है। यह पहला रहस्य है। अपने छोटे भाई विशाल वर्मा को पुण्ड्र देश पर आक्रमण करने को दण्डचक्र[1] बनाना मैंने तय किया है। यह दूसरा रहस्य है।

'पौरवृद्ध[2] पाञ्चालिक और सार्थवाह[3] परित्रात की चालों की आड़ में खनति नामक यवन से बहुत कम मूल्यों में वह हीरा खरीदना चाहता हूँ जो इतना अमूल्य है कि सारी वसुन्धरा ही उसके लिए बिक सकती है। यह तीसरा रहस्य है।

''गृहपति[4] मेरा खास आदमी है। मेरी बातें जानता है वह। शतहली सारे देश में प्रमुख व्यक्ति है। पर झूठा और घमण्डी है, अनन्तसीर जो एक दुष्ट ग्रामाध्यक्ष है, इस पर जनपद को गुस्सा करा दूँगा और इसका विनाश करा दूँगा। इस काम में सेनापतियों को मैं ही लगाऊगा, यह तय हुआ है। यह चौथा रहस्य है, यही मेरे आजतक के रहस्य है।'

'यह सुनकर मैंने कहा : इतनी ही तुम्हारी आयु है। अपने कर्म का फल पाओ।

'झट से, मैंने उसके छुरी से दो टुकड़े कर दिए और अग्नि में डालकर ढेर-ढेर घी से हवन करने लगा। वह भस्म हो गया। स्त्री-स्वभाव से प्रिया डर गई थी। मैंने उसे ढारस बँधाया और उसका हाथ पकड़कर, उसकी राजी से मैं उसके मन्दिर में घुसा। सभी अन्तःपुर के सेवक सेविकाओं को बुलाकर मैंने उचित पुरस्कार दान किए। अन्तःपुर की आश्चर्यचकित स्त्रियों के बीच कुछ समय रहने के बाद सबको दूर कर उसी कल्प सुन्दरी के साथ मैं शय्या पर सुख भोगने लगा। आलिंगन करते रात बीतकर छोटी हो गई। उसी समय मैंने राजकीय पुरुष-वर्ग का स्वभाव और चरित्र भी पूछ लिया।

'प्रातःकाल स्नान करके मंगल कर्म के बाद मन्त्रियों के पास गया। उनसे कहा : आर्यो! रूप के साथ ही मेरा तो स्वभाव भी बदल गया। विष का अन्न देकर जिन चाचा को मैं मारना चाहता था, उन्हीं को कारागार से निकालकर राज्य दे दिया जाए। मैं पिता की भाँति पूज्य समझकर उनकी सेवा करूँगा। पितृवध से बुरा कोई पाप नहीं।

'भाई विशालवर्मा को बुलाकर मैंने कहा : वत्स! पुण्ड्र में आजकल भिक्षा तक नहीं मिलती। दुःख और व्याधि से लोग वहाँ मर रहे हैं। हमने हमला किया तो वे भूखे यहाँ आ घुसेंगे। जब वहाँ खेती अच्छी होगी, फसल कटेगी, तब हमला करेंगे, अभी नहीं।

---

1. सेनापति।
2. नगर का वृद्ध-बहुसम्मानित।
3. बड़ा व्यापारी जिसके काफिले चलें।
4. ग्रामाध्यक्ष।

'पौरवृद्ध पाञ्चालिक से कहा : कम दाम देकर कीमती मणि नहीं लेंगे। इसमें धर्म बचेगा। उसके गुणानुसार मूल्य देकर खरीदा जाए।

'अन्त में ग्रामध्यक्ष शतहली को बुलाकर कहा : हम तो अनन्तसीर को देव प्रहारवर्मा का सहायक जानकर मारना चाहते थे। पर चाचा ही पूज्य हैं तो उसे क्यों मारा जाए? तुम भी उससे भविष्य में द्वेष न करना।

'इन बातों से नगरवासी और मन्त्री समझे कि यह वही है, सब बातें भेद की थीं। वे मेरी और कल्पसुन्दरी की प्रंशसा करने लगे। मन्त्र-बल की बात पुज गई। उन्होंने मेरे माता-पिता को कारागार से निकालकर राज्य पर बिठा दिया।

'एकान्त में यह सब मैंने अपनी पुरानी धाय से कह दिया। माता-पिता को भी पता चला। मैं आनन्द से उनके चरणों की सेवा करने लगा।

उपहारवर्मा का चम्पा की सहायता को आना और मिलन

'उन्होंने मुझे युवराज बनाया। आपके विरह में सब सुख अब कसकने लगे। फिर पिता के मित्र सिंहवर्मा के पत्र से चण्डवर्मा के चम्पापुरी के आक्रमण का पता चला। शत्रुवध और मित्ररक्षा आवश्यक होते हैं। मैं इसीसे विशाल सेना लेकर जल्दी से आया हूँ। आपके चरणों के यहाँ दर्शन हुए, अब मुझे क्या दुःख है?'

यह सुनकर देव राजवाहन ने कहा : 'देखो परस्त्री का अपहरण दूषित है। परन्तु यहाँ तो यह माता-पिता और गुरुजनों को बन्दीगृह से छुड़ाने के लिए हुआ है, दुष्ट शत्रु को योग्य उपाय से मारा है, राज्य पाया और धर्म-अर्थ की प्राप्ति की है। अरे, बुद्धिमान, करे तो ऐसा क्या है जो शोभा को प्राप्त न हो जाए!'

तब राजवाहन ने अर्थपाल के मुख की ओर स्निग्ध दृष्टि से देखा और कहा : 'तुम भी अपनी आपबीती सुनाओ!'

वह भी हाथ जोड़कर कहने लगा—

4

अर्थपाल की कहानी

अर्थपाल का भ्रमण करना

'देव! आपको ढूँढ़ता हुआ मैं भी अपने मित्रों के साथ समुद्र तक फैली पृथ्वी पर घूमता एक बार काशीपुर में वाराणसी जा पहुँचा। मणियों के कणों जैसे निर्मल जल वाले मणिकार्णिका तीर्थ में स्नान करके मैंने अन्धकासुर के संहारक भगवान् महादेव को प्रणाम करके प्रदक्षिणा की।

'वहां मैंने लोहे के दण्ड जैसे हाथों पर कवच कसे हुए एक बहुत तगड़े आदमी को देखा, जिसकी आँखें रो-रोकर लाल हो गई थीं। मैंने सोचा, यह आदमी जरूर कर्कश है। इसकी आँखें धँसी हैं और रो-रोकर दीन हो गई हैं। लगा, यह बड़ा साहसी है। यह अपने जीवन से निस्पृह होकर शायद किसी प्रिय के कारण कष्ट भोग रहा है। इससे पूछना चाहिए। शायद मैं इसका कुछ काम कर सकूँ!

पूर्णभद्र का मिलना

'मैंने कहा : भद्र! आप कवच कस रहे हैं। लगता है कुछ साहस करेंगे। कोई गुप्त बात न हो तो अपने दुःख का कारण बताएँ।

पूर्णभद्र का अपनी कथा सुनाना

'उसने आदर से मुझे देखकर कहा : दोष तो कोई नहीं। हम एक करवीर के पेड़ के नीचे बैठ गए और वह कहने लगा : महाभाग! मैं पूर्व देश में खूब घूमा हूँ। पूर्णभद्र मेरा नाम है। एक ग्राम के मुखिया का बेटा हूँ। पिता ने मुझे बड़े जतन से पाला-पोसा, पर भाग्य से मैं चोरी करने में पड़ गया। एक बार मैंने काशी में एक धनिक वेश्या के यहाँ चोरी की और नागरिकों ने मुझे चोरी के माल के साथ पकड़ लिया। मेरा वध कर डालने की आज्ञा दे दी गई। मुझपर मृत्यु विजय नामक मतवाला हाथी छोड़ा गया। नागरिक खड़े कोलाहल करते देख रहे थे। उस कोलाहल को अपने बजते हुए घण्टे के शोर से दुगना करता हुआ मृत्युविजय नामक हाथी

मेरी तरफ झपटा। राजा के प्रधानमन्त्री कामपाल नगर के मुख्यद्वार के ऊपर बैठे इस दण्ड को अपनी देख-रेख में चला रहे थे।

''ज्योंहि हाथी मेरी तरफ झपटा, मैंने भीम गर्जन किया और दोनों हाथों से एक डण्डा उठाकर हाथी के दाँतों के बीच सूण्ड पर ऐसी चोट मारी कि वह डरकर पीछे को भागा।

''महावत क्रुद्ध हो गया। उसने हाथी को कठोर वचन कहकर, तेज़ अंकुश मारते हुए, पाँवों से दबाया और फिर मुझपर उसे लेकर टूटा। मैंने भी दूने क्रोध से गरजकर हाथी को डाँटा। ललकार के डर और डण्डे की दूसरी चोट से हाथी फिर भागा। मैंने महावत के पास जा उसे जब डाँटा तो वह हाथी को ललकारकर बोला : ओ नीच हाथी! मर जा! भागता कहाँ है। फिर वह उसे अंकुश मार-मारकर मेरे सामने ले आया।

''मैंने कहा: यह क्या कीड़ा-सा सामने ला खड़ा किया है, कोई दूसरा हाथी लाओ। मैं तो उसीसे खेलकर मरूँगा।

''मेरे भयानक गर्जऩ को सुनकर अंकुश-फंकुश की परवाह न करके हाथी तो पीछे ही भागने लगा।

''यह देखकर मन्त्री कामपाल ने मुझे बुलाकर कहा : भद्र! यह हिंसा-विहारी हाथी साक्षात् मृत्युविजय नहीं, मृत्यु ही है। तुमने इसकी भी ऐसी हालत कर दी! तुम इस नीच चोरी के काम को छोड़कर सदाचार से अच्छी तरह रहो तो क्या हर्ज है?

''मैंने कहा :' जैसी आपकी आज्ञा।

''मन्त्री ने मुझे मित्र बना लिया। एक दिन एकान्त में मैंने उनके बारे में पूछा तो वे बोले : कुसुमपुर (पुष्पपुर) के शत्रुदमन राजा राजहंस के एक वेदवेत्ता बड़े बुद्धिमान धर्मपाल नामक मन्त्री थे। उनका उन जैसा ही पुत्र सुमित्र था। मैं उसीका छोटा सौतेला भाई हूँ। मैं वेश्याओं के बहुत जाता था। सुमित्र भैया ने मुझे रोका। मैंने सोचा कि बिना परदेश गए यह लत नहीं छूटेगी। मैं निकल पड़ा और देशांतरों में घूम-घूमकर काशी आ गया। यहाँ भगवान विश्वनाथ की पूजा करने क्रीड़ोद्यान में सखियों के साथ गेंद खेलती काशिराज चण्ड सिंह की कन्या कान्तिमती मुझे दिखी तो मेरा काम जाग उठा। उससे किसी तरह मेरा मिलन भी हो गया और उसके अन्तःपुर में छिपकर मैं जाया करता था। कुछ दिनों में वह गर्भवती हो गई। उसने एक पुत्र को जन्म दिया। सखियों ने बात खुल जाने के डर से कहा, ''मरा हुआ है' और क्रीड़ा पर्वत पर उसे छोड़ आईं। एक शबरी मेरी आज्ञा से उसे श्मशान में रखने ले गई। उसने उसे आधी रात में वहाँ छोड़ दिया और लौठ रही थी कि राजमार्ग में रक्षापुरुषों से पकड़ी गई और डाँट-फटकार तथा दण्ड के भय से सब रहस्य प्रकट कर बैठी। मैं राजाज्ञा से निडर होकर क्रीड़ा-पर्वत की गुफा में सो रहा था। तभी शबरी के बताए मार्ग से आए रक्षकों ने मुझे रस्सी से बाँधा और श्मशान में ले गए।

चाण्डाल ने मुझे मारने को तलवार चलाई। भाग्य से उस वार से मुझे बाँधने की रस्सी कट गई। मेरे हाथ खुल गए। मैंने झट चाण्डाल की तलवार छीनकर उसे मार डाला और सहायकों को मार गिराकर मैं भाग निकला। निराश्रय जंगलों में घूमता रहा। एक दिन एक दिव्य कन्या रोती हुई मेरे पास आई। उसके साथ एक नौकरानी भी थीं। उस कन्या ने मुझे प्रणाम किया। उसके बाल खुले हुए थे। वह जंगल के एक विशाल वटवृक्ष की छाया में मेरे साथ बैठ गई।

''मैंने पूछा : बाले! तुम कौन हो? कहाँ से आई हो? मुझपर इतनी कृपा कैसे की?

''उसने मधुवर्षण-सा करते हुए कहा : 'आर्य! मैं यक्षराज मणिभद्र की तारावली नामक पुत्री हूँ। एक समय मैं अगस्त ऋषि की पत्नी लोपामुद्रा को प्रणाम करके मलयगिरि से लौट रही थी कि मैंने काशी की श्मशान भूमि में एक बच्चे को रोते हुए पाया। वात्सल्य उमड़ आने से मैं उसे उठाकर अपने माता-पिता के पास ले गई। मेरे पिता उसे राजराज कुबेर की सभा में ले गए। शिव के मित्रकुबेर ने मुझे बुलाकर पूछा : बाले! यह शिशु है न? इस पर तेरा क्या भाव है?

'''मैंने कहा : अपने पेट का जाया-सा लगता है।

''' वे बोले : अरी, तूने ठीक कहा।

'''तब उन्होंने उस बच्चे के बारे में मुझे एक कथा सुनाई। मुझे तब ही सब पता चला। पहले जो शौनक थे, वे बाद में शूद्रक हुए और अब आपके रूप में कामपाल हैं। पहले जो बन्धुवती थी, बाद में नियमवती हुई और अब कान्तिमती के रूप में जन्मी है। वेदिमती बाद में विनयवती बनी और फिर सोमदेवी हुई। हँसावली भी भूरसेना बनकर सुलोचना बनी। ऐसे ही नन्दिनी ही रंगपताका बनी और तब इन्द्रसेना। शौनक ने जिस गोपकन्या से अग्नि-साक्षी देकर विवाह किया था, वही आर्यदासी बनी और अब वहीं मैं तारावली बनी हूँ। जब आप शूद्रक थे, वही आर्यदासी बनी और अब वही मैं तारावली बनी हूँ। उस समय जो बालक मेरे हुआ था उसे विनयवती ने प्रेम से पाला था। विनयवती ही कान्तिमती बनी है और वही बालक फिर उसका बच्चा बना है। कई बार मरने से बचकर वह मेरे ही हाथ लगा। मैं उस बच्चे को देव राजहंस की स्त्री वसुमती को दे आई हूँ। राजहंस इस समय यक्षराज कुबेर की सलाह से जंगल में तप कर रहे हैं। उनकी स्त्री का पुत्र राजवाहन है। वह चक्रवर्ती हो गया। यह बालक उसकी सेवा करेगा। घर के बड़ों की राय लेकर मैं अब आपके चरण-कमलों की सेवा करने आई हूँ।

''उसका वृत्तान्त सुनकर मैंने बार-बार उसका आलिंगन किया और आनन्द के आँसू आ गए। मैंने उसे धीरज बँधाया और उसके प्रभाव से बनाए एक विशाल भवन में रात-दिन उसके साथ सुख से रहने लगा।

''कुछ दिन बाद मैंने उससे कहा : प्रिये! मैं अपने शत्रु चण्डवर्मा को मारना चाहता हूँ। तभी मुझे सुख-चैन मिलेगा।

"वह हँसकर बोली : कान्त! वहाँ मैं तुम्हें कान्तिमती दिखा दूँगी। चलो मेरे साथ! शायद वह मेरी बात समझी नहीं थी।

"आधी रात के समय वह मुझे चण्डसिंह के महल में ले गई, जहाँ चण्डसिंह सोया हुआ था। मैंने उसके सिरहाने रखी तलवार हाथ में लेकर उसे जगा दिया। वह डर से काँपने लगा। मैंने कहा : मैं तुम्हारा जमाई हूँ, मैंने तुम्हारी आज्ञा के बिना ही तुम्हारी लड़की से सम्बन्ध किया है। अब उसी कलंक को धोने आया हूँ तुम्हारी सेवा करके।

"राजा ने बहुत ही डरकर मुझे प्रणाम करके कहा : नहीं, मैं ही मूर्ख हूँ। मैं ही अपराधी हूँ क्योंकि तुमने कन्या से सम्बन्ध जोड़ लिया तो मैंने ही इतना क्रोध क्यों किया पागल की तरह? मैंने कोई मर्यादा नहीं रखी। वध करने की आज्ञा दे दी। अब इस बात को छोड़ो। आज से मेरी कन्या कान्तिमती, मेरा सारा राज्य, जीवन अपने ही अधीन समझो।

"दूसरे दिन राजा ने प्रजा को इकट्ठा करके मेरा कान्तिमती से शास्त्रानुकूल विवाह कर दिया।

"तारावली ने बच्चे की बाबत कान्तिमती से कहा। सोमदेवी, सुलोचना और इन्द्रसेना को भी उसने पिछले जन्मों का वृत्तान्त सुना डाला। अब मैं सचिव हूँ और चैन से सुन्दरियों में आनन्द करता हुआ उनके साथ रहता हूँ। सचिव तो दिखावे को हूँ वैसे मुझे युवराज ही समझो।

'पूर्णभद्र ने सचिव की बात सुनाकर फिर कहा : 'उन्होंने मुझे बातों से ही बस में कर लिया। कुछ समय बाद मन्त्री के ससुर राजा चण्डसिंह क्षय रोग से मर गए। उनका बड़ा लड़का चण्डघोष अत्यन्त विलासी होने से पहले ही क्षय से मर चुका था। तब मन्त्री ने 15 वर्ष के सिंहघोष को गद्दी पर बिठाया। वह जब जवान हो गया तो दुष्ट मन्त्री उसके चारों तरफ लग गए। उन्होंने उसे पट्टी पढ़ाई कि इस विट कामपाल ने जबरन तुम्हारी बहन हथिया ली है। यह सोते समय तुम्हारे पिता को मारने आ गया था। जागने पर डरकर ही उन्होंने इससे विवाह कर दिया पुत्री का। इसीने चण्डघोष को विष देकर मरवाया था। तुम्हें बालक समझता है, प्रजा को भी तुम्हारे पास नहीं आने देता। अब नहीं छोड़ेगा। इसे तो मरवा दो किसी तरह।

"किन्तु दूषित मन होकर भी सिंहघोष यक्षिणी तारावली के भय से ऐसा पाप नहीं कर सका।

"एक बार मन्त्री की दूसरी स्त्री कान्तिमती और रानी सुलक्षणा की मुलाकात हुई। कान्तिमती का पीला पड़ा चेहरा देखकर उसने आदर से पूछा : क्या बात है? मुझसे अपना दुख कहो! मुझसे झूठ न कहो, न छिपाओ।

"कान्तिमती ने कहा : भद्रे! आपको याद होगा मैंने आपसे कभी झूठ नहीं कहा। मेरी सखी तारावली मेरी सौत है। उसका मन बड़ा छोटा निकला। एक बार

मेरा नाम लेकर पति ने उसे गलती से बुला क्या लिया, रूठ गई। पति ने बड़ी खुशामद की, पर वह न मानी। हममें वैर-सा हो गया, वह चली गई। पति बड़े दुखी रहते हैं। उनके दुख से ही मैं भी दुखियारी हूँ।

"एकान्त में सुलक्षणा ने यह बात सिंहघोष से कह दी। वह निर्भय हो गया। प्रिया के विरह में पीले पड़े हुए, निरन्तर रोते रहनेवाले मन्त्री को जीवन व्यर्थ लगने लगा। बात भी मुश्किल से करते थे। राजा ने उन्हें पकड़वा लिया और उनके दोषों की जगह-जगह घोषणा करा दी। और उन्हें दण्ड दिया : इसकी आँखे ऐसी निकाली जाएँ कि यह मर भी जाए। अब मैं सोचता हूँ कि राजा के दो-चार आदमियों को मारकर मैं भी मर जाऊँ।"

'वह रोने लगा।

अर्थपाल का माता-पिता का पता लगाना

'पिता का यह हाल सुनकर मैं भी रो दिया। मैंने कहा : सौम्य! क्या छिपाऊँ तुमसे! यक्ष-कन्या ने देव राजवाहन की चरण-सेवा को जो पुत्र वसुमती के हाथों सौंपा था, वह मैं ही तो हूँ। मैं हज़ार योद्धाओं को मारकर पिता को छुड़ाने की ताकत रखता हूँ। पर कोई यदि भीड़ में मेरे पिता पर हथियार चला देगा तो मेरा यत्न ऐसे ही बेकार हो जाएगा जैसे भस्म में होम हो जाता है।

अर्थपाल का पिता को साँप से डसवाकर बचाना

'उसी समय सामने की चहारदीवारी में बड़े फन वाला साँप निकला। मैंने मन्त्रौषधि-बल से साँप पकड़कर पूर्णभद्र से कहा : भद्र! काम सिद्ध ही समझो! जब भीड़ इकट्ठी हो जाएगी तब मैं छिपकर इस साँप को पिता पर फेंककर उन्हें डसवा दूँगा। फिर विष को स्तम्भित कर दूँगा। उन्हें मरा समझकर सब उदास हो जाएँगे। तुम निर्भय होकर माता कान्तिमती को सब बता देना, मेरे बारे में भी बताना। कह देना, पुत्र सब ठीक कर लेगा। माता से ही राजा से कहलवा देना : क्षात्र धर्म है कि बन्धु हो या अबन्धु, दुष्टकर्म के लिए दण्ड अवश्य देना चाहिए। स्त्रियों का धर्म है कि पति योग्य हो या अयोग्य, मृत्यु के बाद उसी की गति का अनुसरण करें। मैं भी चिता पर चढूँगी। आप मुझे आज्ञा दें। राजा अवश्य आज्ञा दे देगा। तब अपने घर लाकर पिता को एकान्त में कुशा पर लिटा दें। माँ भी सती होने के वेश में वहीं आ जाएँ। मैं बाहरी द्वार पर रहूँगा, मुझे मौका दें। मैं भीतर आकर पिता को मिला दूँगा।

'पूर्णभद्र ने प्रसन्न होकर स्वीकार कर लिया और चला गया।

'मैं एक बड़े-से घने तिन्तड़ी के पेड़ की डाली पर छिप रहा। पिता को उधर ही से निकालने की घोषणा की गई थी। ऊँची से ऊँची जगह देखकर भीड़ तमाशा

देखने को इकट्ठी हो गई थी। तरह-तरह की बातें सुनाई पड़ती थीं।

'इतने में चोर की तरह पीछे हाथ बाँधे मेरे पिता कामपाल को बड़े कोलाहल से चाण्डल मेरे पास ही भीड़ के आगे-आगे ले आए और उन्हें खड़ा करके तीन बार चिल्लाकर उन्होंने घोषणा की : इस मन्त्री कामपाल ने राज्य-लोभ से राजा चण्डसिंह और उनके ज्येष्ठ पुत्र चण्डघोष को खाने में विष मिलाकर मार डाला। अब यह युवक देव सिंहघोष को मारने की चेष्टा में था। इसने मन्त्री शिवनाग, स्थूण तथा अंगारवर्ष का राजा से भेद करा दिया, उन्हीं से इसने एकान्त में राजा को मारने की बात कही थी। पर वे स्वामिभक्त नहीं मान सके, और उन्होंने रहस्य प्रकट कर दिया। इस राज्याभिलाषी ब्राह्मण को घोर अन्धकार में डालकर मार डालना उचित है। न्यायाधीश की आज्ञा से इसीलिए इसकी आँखें निकाली जाएँगी। यदि भविष्य में कोई ऐसा अपराध करेगा, तो वह भी इसी तरह राजदण्ड पाएगा।

'ज्योंही यह सुनकर कोलाहल शुरू हुआ मैंने पिता पर नाग गिरा दिया। भीड़ में क्रुद्ध नाग ने पिता को डसा और मैंने विष-स्तम्भन किया। मैंने कहा : अवश्य यह पापी है तभी ईश्वर ने ऐसा फल दिया। राजा ने तो नेत्र छीने थे, भगवान ने प्राण ही छीन लिए।

'कोई मेरी तरफ बोलता था, कोई विरोध करता था, कि उस भयानक नाग ने चाण्डाल को भी डस लिया। जब भीड़ डर से भागी तो रास्ता पाकर नाग भी भाग गया।

'माँ को तो सब मालूम हो ही चुका था। वे तनिक भी नहीं घबराई। अपने कुटुम्बियों के साथ धीरे-धीरे आई और पिता के सिर को गोद में रखकर बैठ गईं। राजा से उन्होंने प्रार्थना कहलवाई : मेरे पति आपके भले हैं या बुरे, यह तो भगवान ही जाने। मुझे इससे कोई मतलब नहीं। पर मैंने पाणि-ग्रहण इन्हीं से किया है, मैं तो इन्हीं की गति पर चलूँगी, अन्यथा कुलकलंकिनी कहलाऊँगी। आज्ञा दें कि पति के साथ ही चिता पर चढ़ जाऊँ।

'राजा ने बड़े प्रेम से आज्ञा दे दी : वही करो जो वंश की परम्परानुकूल हो। पहले एक उत्सव हो, और फिर हमारे बहनोई का अन्तिम संस्कार!

'कई मन्त्रज्ञों ने झाड़-फूँक की, पर हार गए। राजा ने उदारता से—कामपाल को काल ने डस लिया है—कह उसे घर ले जाने की आज्ञा दे दी। लोगों ने पिता को एकान्त में लाकर कुशासन पर लिटा दिया।

'माँ ने सती-वेश धारण किया और करुणा से भर गई। सखियों को बुलाया। वनदेवता को बार-बार प्रणाम किया। सखियों को रोने से रोका। मैं पिता के लेटे रहने के स्थान में घुस गया। पूर्णभद्र वहाँ था ही। उसकी मदद से मैंने पिता का विष दूर कर दिया। फिर उनके दर्शन किए। माँ ने हर्षित हो आँसू-भरे नयनों से देखते हुए पति के पाँव पकड़े और स्तनों से दूध टपकाती बार-बार मुझे छाती से

लगाकर बोली : पुत्र! तू क्यों मुझ कठोर पर दया करता है? मैंने तो तुझे जन्म देकर ही छोड़ दिया था। पर तेरे पिता निरपराधी है। इन्हें बचाकर तूने कितना अच्छा किया। तारावली यक्षिणी बड़ी निष्ठुर है। तेरा पूर्ण परिचय भगवान कुबेर से पाकर भी उसने तुझे मुझे नहीं दिया। चलो, फिर भी देवी वसुमति के हाथों में ही सौंपा तुझे। मुझ जैसी बड़भागिन के सिवा कौन तेरे मीठे बोलों को सुन सकता है?

'बार-बार माता ने मेरा सिर सूँघकर मुझसे तारावली की निन्दा करते हुए, मुझे छाती से लगाकर अपने आँसुओं से भिगो-भिगो दिया। अपना आपा बिसर गईं वे।

'पूर्णभद्र से सब बातें जानकर पिता को अपूर्व सुख हुआ, जैसे नरक से स्वर्ग में आ गए हों। वे अपने को इन्द्र से भी बड़भागी मान रहे थे। मैंने अपना थोड़ा हाल सुनाकर आनन्द और आश्चर्य से पूछा : कहिए! अब क्या आज्ञा है!

'पिता ने कहा : वत्स! मेरा यहाँ बड़ी भारी चहार दीवारी से घिरा मकान है, अक्षय शस्त्र उसमें भरे हैं। बड़े तहखाने हैं और मेरे उपकारों से दबे कई सामन्त भी हैं। प्रजा में मेरे कई प्रेमी हैं। अनेक योद्धा सपरिवार मेरी तरफ हैं। मैं यहीं रहकर भीतर-बाहर के लोगों में फूट डालूँगा। क्रोधियों को भड़काऊँगा और सिंहघोष के पुराने शत्रुओं को उकसाकर इस नीच दुर्विनीत को नष्ट कर दूँगा।

'इसमें क्या है?—मैंने पिता की बात मानते हुए कहा।

'हमने अब तरकीब कर ली। मोर्चे जमा लिए। सिंहघोष को जब पता चला तो बहुत डरा। उसने सेना भेजी, रसद रोकी, पर हमने सब शत्रुओं को मार डाला।

अर्थपाल का शत्रु को मारने जाते हुए कन्या प्राप्त करना

'पूर्णभद्र से पता चला कि सिंहघोष सोता कहाँ था। मैंने अपने घर की एक दीवार के कोने से साँप के फन जैसी कुदाली से सुरंग खोदनी शुरू की। हम तो सुरंग खोदकर ऐसी जगह पहुँच गए जो स्वर्ग जैसी थी! लड़कियाँ वहाँ बहुत थीं। हमें देखते ही वे डर से काँपने लगीं।

'एक ऐसी सुन्दर लड़की थी कि उसके रूप से रसातल का अन्धकार ऐसे दूर हो रहा था जैसे चाँदनी फैल रही हो। वह साक्षात् विश्वंभरा थी। दैत्यों को हराने को पार्वती-सी थी, या पाताल में आई कामदेव की पत्नी रति थी। कोई दुश्चरित्र राजा इस राज-लक्ष्मी को भी न ले, शायद इसीलिए वह पृथ्वी के भीतर रहती थी। उसका रंग ऐसा था जैसे सोने की पुतली को आग में तपा दिया गया हो।

'वह हमें देख ऐसे काँपने लगी जैसे मलयानिल के झोंके में चन्दनलता काँपने लगती है। स्त्रियाँ भी हमें देख डर रही थीं।

'एक सफेद बालों वाली बुढ़िया आगे बढ़ आई, ऐसी लगती थी जैसे सफेद फूलों ढकी काँस की लकड़ी हो। बड़ी दीनता से मेरे चरणों में गिरकर बोली : आप ही इन स्त्रियों के एकमात्र शरण हैं। अभय दें। क्या आप देवकुमार (कार्तिकेय) की

तरह दनुजों (दनु के पुत्र-दानव) से युद्ध करने रसातल में जा रहे हैं? बताएँ? कौन हैं? कैसे आप यहाँ आए हैं?

'बुढ़िया के सुघर दाँत चमक उठे। मैंने यह देखकर कहा : सुदन्ति! डरो मत। मैं ब्राह्मण-श्रेष्ठ कामपाल का कान्तिमती देवी के गर्भ से उत्पन्न अर्थपाल नामक पुत्र हूँ। एक काम से सुरंग लगाकर अपने घर से राजप्रसाद में जा रहा हूँ। तुम रास्ते में मिली हो। तुम बताओं कि कौन हो? यहाँ क्यों रहती हो?

'बुढ़िया ने हाथ जोड़कर कहा : स्वामिपुत्र! बड़भागिन हैं हम, जो ऐसे निष्कलंक कुमार को अपनी आँखों देख रही हैं! सुनिए। आपके नाना सिंहघोष के देवी लीलावती से दो सन्तान हुई—कान्तिमती और चण्डघोष। चण्डघोष युवराज हुए, परन्तु अतिविलास से क्षयग्रस्त होकर मर गए। उनके मरते समय उनकी पत्नी आचारवती गर्भवती थी। उसीसे यह कन्या मणिकर्णिका जन्मी। प्रसववेदना को न सह सकीं वे, पति के पास ही स्वर्ग चली गई। तब राजा सिंहघोष ने मुझे एकान्त में बुलाकर कहा : ऋषिमती! यह लड़की बड़ी कल्याणलक्षणा है। इसे अच्छी तरह पाल-पोसकर मालवराज मानसार के पुत्र दर्पसार को समर्पित करना चाहता हूँ। पर कान्तिमती का हाल देखकर इसे बाहर रखने में डर लगता है। मेरा एक विशाल भूमि के भीतर बना घर है, जो मैंने शत्रुओं के डर से बनवाया था। उसके ऊपर एक नकली पर्वत है। जिसे खोदकर ही कोई भीतर जा सकता है। वहाँ कई मण्डपगृह और प्रेक्षागृह बने हैं। तू सपरिवार वहीं रहकर उचित रीति से इसे पाल। वहाँ सब आवश्यक वस्तुएँ ढेरों रखी हैं कि सौ बरस में भी खत्म न हों। यह कहकर राजा ने अपने वासगृह से दो अँगुल दूरी पर बनी एक दीवार से एक मोटा पत्थर हटाकर हमें यहाँ प्रवेश करा दिया। यहाँ हमें रहते 12 बरस बीत गए। यह कन्या भी युवती हो गई। पर राजा को कोई ध्यान नहीं। इसके पितामह ने इसे दर्पसार को देना तय किया था, पर जब यह गर्भ में थी तब ही आपकी माता कान्तिमती ने आपके लिए इसे इसकी माँ से जुए में जीत लिया था। अब आप ही सोचें।

'मैंने कहा : आज ही राजभवन का काम पूरा करके जो ठीक होगा बताऊँगा।

सिंहघोष की गिरफ्तारी और अर्थपाल का विवाह

'आधी रात को दीपक के उजाले में सुरंग में देखता, मैं पत्थर हटाकर राजा के वासगृह में घुस गया। वहाँ मैंने बेफिक्र सोते राजा सिंहघोष को ज़िन्दा ही पकड़ लिया और उसे बाँधकर उसी सुरंग से उन स्त्रियों के पास ऐसे ले आया जैसे साँप को गरुड़ ले जाता है। फिर अपने भवन में लाकर मैंने उसके दोनों पाँवों में बेड़ियाँ डाल दीं। उसका मुख पीला पड़ गया। सिर झुक गया और रो-रोकर आँखे लाल हो गई। तब मैंने माता-पिता को लाकर उसे दिखाया और सुरंग की सब बात बताई।

'उन्होंने उसे प्रसन्न होकर देखा और बन्दी बनाकर, उसकी पौत्री मणिकर्णिका

से मेरा ब्याह करा दिया। राज्य भी मेरे हाथों में ही आ गया। माता ने चाहा कि सिंहघोष छोड़ दिया जाए, पर वह प्रजा में उपद्रव करता इसलिए बन्दी बनाकर ही रखा गया।

अर्थपाल को राज्य मिलना और राजवाहन से मिलन

'इसी समय आपका भक्त अंगराज सिंहवर्मा यहाँ आया और शत्रु को हराने को हमें इसने बुलाया। हम सहायता करने आए और आपके चरणकमलों की धूलि भी मिल गई। वह दुष्ट सिंहघोष आपके चरणों में प्रणामरूपी प्रायश्चित्त करके अपने पापों को धुलवाना चाहता है।'

अर्थपाल ने फिर झुककर हाथ जोड़कर प्रणाम किया और तब वृत्तान्त समाप्त किया।

देव राजवाहन ने कहा : 'तुमने बड़े पराक्रम और बुद्धि का प्रयोग किया। अब वह तुम्हारा ससुर मुक्त होकर मुझसे मिले। उसे छोड़ दो।'

तब राजवाहन ने प्रमति की ओर स्नेह से मुस्कराकर देखा और कहा : 'अपनी भी सुनाओ।'

5

प्रमति का अपना किस्सा

प्रमति का वन में सोना

उसने प्रणाम करके कहना शुरू किया : 'देव! आपको ढूँढ़ता हुआ मैं, बादलों तक सिर उठाए हुए विंध्याचल के पास एक पेड़ के नीचे जा पहुँचा। डूबता सूरज लाल कोंपल-सा पश्चिम दिशारूपी सुन्दरी को भूषित कर रहा था। मैंने एक छोटे सरोवर के जल से हाथ-मुँह धोकर सन्ध्या की। अन्धेरे के कारण अब ऊँचे-नीचे सब एक हो गए। चलना असम्भव हो गया। मैंने पत्तों से धरती पर एक शय्या-सी बना ली और सोने को लेट गया। अपने हाथ माथे से लगाकर मैंने प्रार्थना की--जो देवता इस वृक्ष पर रहता हो वह मेरी रक्षा करे। मैं शरण में हूँ। यह महाकान्तार शिव के श्यामकण्ठ जैसे अन्धकार से घिरा हुआ है। इसकी गुफाओं में हिंस्र और भयानक जन्तु रहते हैं।

स्वप्न और सत्य

'फिर मैंने बाएँ हाथ का तकिया लगाया और उस पर सिर धरकर सो गया। नींद आ गई। बड़ा सुख मिला। थका तो था ही इन्द्रियाँ और अन्तरात्मा ही नहीं, रोम-रोम पुलक उठे। मेरी दाईं भुजा फड़कने लगी। यह क्यों हआ? सोचते हुए मैंने धीरे-धीरे आँखें खोलकर ऊपर देखा तो चन्द्रमा जैसा साफ चन्दोवा दिखाई पड़ा।

'बाईं ओर देखा तो एक स्त्री, सफेदी-पुती दीवार के पास पड़े उज्ज्वल बिछौने पर बड़ी बेफिक्री से सो रही थी। सीधे हाथ को देखा तो लगा उसके वक्ष पर से कपड़े खिसक गए हैं। अमृत के फेन जैसा साफ था वह बिस्तर। वह ऐसी लगती थी जैसे भगवान वाराह के दाँत की चमक से व्याप्त सी; वह कन्धे से खिसकी साड़ी ऐसे पहने थी, जैसे क्षीर सागर ही इस पृथ्वी के कन्धे से खिसका जा रहा था। उसके अधर नई-नई कोंपलों जैसे थे। मुख था कि लाल कमल खिला था। साँस से कमल की सुरभि फैल रही थी जिससे कोंपलों-से होंठ हिल-हिल उठते थे। कहते हैं जब त्रिनयन शिव ने काम को भस्म किया था तब वह जलकर एक चिन्गी भर रह गया

था। वह यह स्त्री मानो उसको दहका-कर उस रहे-सहे को भी भस्म करवा देना चाहती थी।

अपने दलों में भौरे बन्द किए नील कमलों-से नेत्र थे उसके। इन्द्र के ऐरावत गज द्वारा मतवाले होने पर तोड़कर फेंकी हुई कल्पवृक्ष की रत्नमंजरी की आभा जैसी वह युवती मुझे दिखाई दी।

कुमारी का मिलना

मैं सोचने लगी—वह घना जंगल कहाँ चला गया? यह गगन चुम्बी महल कहाँ से आ गया? यह तो कुमार कार्तिकेय के पर्वत जैसा ऊँचा है। वह वन कहाँ है जहाँ मैंने पत्तों का बिस्तर बिछाया था। यह एकत्रित चन्द्रकिरणों जैसा हँसतूल-सा उज्ज्वल बिस्तर कहाँ से आ गया? यहाँ तो और भी कई स्त्रियाँ हैं! सुन्दरी हैं। चन्द्रकिरणों की रस्सियों के हिंडाले से लुढ़ककर यह कौन अप्सराओं-सी सो रही है! क्या यह कमलधारिणी लक्ष्मी है? शरदकाल के चन्द्रमा जैसी श्वेत ओढ़नी ओढ़े यह कौन सो रही है? यह देव स्त्री तो नहीं, क्योंकि यह चाँदनी में संकुचित कमलिनी-सी सो रही है और देवगण सोते नहीं। इसकी कनपटी पर पसीना ऐसा दिखता है जैसे पेड़ में गिरा सरस, पका और पीला आम का फल। नई जवानी की गर्मी से इसके कुचों के बीच में कैसी श्याम छाया आ गई है। इसके वस्त्र भी उतने साफ नहीं। यह तो मानुषी ही है।

'अभी तक यह क्वांरी है, क्योंकि हर अंग कोमल है, और स्निग्ध है। सुनहला रंग इसके शरीर से फूट रहा है। कामपीड़ा यह नहीं जानती क्योंकि मुख पर अभी प्रेम की चमक नहीं आई। प्रवालमणि-से इसके होंठ और कुछ-कुछ लाल इसके गाल चम्पाकली-से कठोर हैं। काम से दूर है, तभी निश्चिंत सो रही है। इसका वक्ष अछूता है क्योंकि अभी उसमें फैलाव नहीं है। मेरा मन कभी शिष्ट मर्यादा को नहीं लाँघता पर इस पर वह अनुरक्त हुआ है। यदि मैं इसका आलिंगन कर लूँ? पर यह घबराकर कहीं चिल्ला न उठे! पर बिना आलिंगन के नींद भी तो नहीं आती। जो होना होगा होता रहेगा। मैं भाग्य की परीक्षा कर लूँ? मैंने उसे जरा छुआ, फिर मैंने झूठी नींद साधी, फिर छुआ, फिर आँखें मूँद लीं। वह भी रोमांचित-सी हुई। उसे स्पर्श का सुख हुआ, धीरे-धीरे उसने अलसाकर आँखें खोलीं। नींद में बाधा पड़ने से वह उन्हें पूरा नहीं खोल सकी। अपरिचित को देखकर वह डरी। परन्तु उसकी आँखों में हर्ष और स्नेह छलक आया। शायद उसे डर भी हुआ कि कोई देख न ले। आभूषण तो उसके ठीक थे पर लज्जा से वह उन्हें ठीक सँवारने लगी। लाज भी आई और काम का बाण भी लग गया। वाणी सखियों को न जगा दे, इसी भय से वह जो घबरा गई कि पसीने की बूँदें छलक आईं, पर वह अपने रोमांच को अब भी रोक रही थी। तनिक खुले नयनों से मुझे देखती, शय्या पर अपना शरीर अलग रचती हुई वह मुझे

देखते ही देखते हुए फिर गहरी नींद में, चौंकती-सी अपने में आप को खो गई। मेरे मन में प्रेम जाग उठा। परन्तु फिर मुझे भी नींद ने दबा लिया।

'फिर शरीर को कष्ट होने लगा। जागा तो देखा वही जंगल था। वही पत्तों का बिस्तर था। रात बीत गई। मुझे चिन्ता ने घेर लिया। क्या यह सपना था, मुझसे छल किया गया? या यह कोई दैवी या आसुरी माया थी? जो कुछ भी हो! जब तक इसे जान न लूँगा भूमि पर सोना नहीं छोड़ूँगा। यहीं रहूँगा जीवन-भर, जब तक यहाँ की देवी मुझे आकर बता न देगी। यह पक्का सोचकर मैं वहीं ठहरा रहा।

माता के दर्शन

'इसी समय सूर्य-किरणों से तपी कमल माला-सी एक क्लान्त और क्षीण-देह स्त्री दिखाई पड़ी। उसका उत्तरीय पुराना था। उसके होंठ अलक्त रंग के बिना भी गुलाबी थे। गर्म साँसों, तपे होंठों पर ऐसी धूमिलता छा गई जैसे विरह की अग्नि धुएँ को उगल रही थी। रो-रोकर आँखें लाल हो गई थीं। वंश-चरित्र का पालन करती वह एक वेणीधारिणी, नीला वस्त्र और नीली चूलिका (चोली) पहने थी, मानो वह पतिव्रत की ध्वजा थी। अत्यन्त दुर्बल होने पर भी उसमें देवताओं की सी कान्ति थी। जब वह मुझे दिखी, मैंने प्रणाम करना चाहा। मुझे सिर झुकाते देखकर उसने अत्यन्त हर्ष से काँपती भुजारूपी लता उठाई और पुत्र की भाँति मेरा सिर सूँघकर छाती से लगा लिया। उसके तो स्तनों से दूध की धारा बह निकली और वह रोती हुई रुधें गले से मुझसे कहने लगी : 'वत्स! जो बात मगधराज राजहंस की देवी वसुमति ने तुम लोगों से कही थी कि एक स्त्री एक बालक को सोते समय में दे गई थी कि इसे मैं राजवाहन की सेवा के लिए कुबेर की आज्ञा से दे रही हूँ और जो अन्तर्धान हो गई थी, मैं वही मणिभद्र यक्ष की कन्या तारावली हूँ। धर्मपाल के पुत्र, सुमन्त्र के अनुज कामपाल जो तेरे पिता हैं, मैं अकारण ही उनसे रूठकर चली गई थी। एक रात मैं विरह से रात में स्वप्न देखती थी कि एक राक्षस ने कहा : तू बड़ी क्रोध करने वाली है ना? तो साल-भर तक मैं तेरे सिर पर रहूँगा। वह मुझमें घुस गया। साल-भर हज़ार सालों-सा बीता।

''कल रात श्रावस्ती नगर में देवदेव त्र्यंबक महादेव के मन्दिर में उत्सव था। उत्सव देखने विभिन्न देशों के लोग आए थे। मैं भी शाप से छूटकर पति के पास जाने वाली थी कि तूने इस वन में यहाँ की देवी की शरण ली और फिर सो गया। मैं शाप के दुःखों से तुझे ठीक-ठीक पहचान तो नहीं सकी, पर शरण आए को इस भयानक वन में अकेला छोड़कर भी कैसे जाती? मैं तुझे सोते में ही उठा ले गई। जब मन्दिर के पास पहुँची तो सोचा कि इसे वहाँ उत्सव-गोष्ठी में कैसे ले जाऊँ?

''अचानक मैंने श्रावस्ती नगर के यथा नाम तथा गुण राजा धर्मवर्धन की बेटी नवमालिका को ग्रीष्मकाल योग्य सुखदाई राजमहल में बड़े पलंग पर सोते देखा। वह

सोई थी, सेविकाएँ भी सोई थीं। यही सोचकर मैंने तुझे तब तक के लिए वहीं सुला दिया जब तक मैं लौट न आऊँ। यह काम करके मैं दर्शन करने चली गई मन्दिर में। वहाँ महोत्सव देखा और अपने लोगों को देखकर मुझे हर्ष हुआ। त्रिभुवनेश्वर शिव को मैंने अपने अकारण हुए अपराध की याद आ जाने से लज्जित होकर प्रणाम किया। फिर भक्ति से भगवती अम्बिका को भी प्रणाम किया। वे गिरिनन्दिनी हँसकर बोलीं : भद्रे! मत डर! अब पति के पास ज़ा। तेरा शाप दूर हुआ। अम्बिका के प्रसाद से तुरन्त मुझे सब बातें ठीक-ठीक याद आने लगीं। तेरे बारे में ध्यान आया कि पाप में डूबे रहने से मैं तुझे पहचान भी न सकी और मैंने तुझे उदसीनता से टाला। तू तो वत्स अर्थपाल का सखा प्रमति था। अब मैंने देखा कि तू उस कन्या पर आसक्त हो रहा था। और कन्या भी तुझे चाह रही थी। कपट निद्रा में दोनों सोए थे। लज्जा और भय ने रोक रखा था। मुझे जाना था। राजकन्या नवमल्लिका कामपीड़ित थी, पर रहस्य खुल जाने के डर से सखियों से कह नहीं रही थी। अब क्या करना था!

"मैंने सोचा प्रमति को ले चलूँ फिर यह अपने आप तरकीब करके इस कन्या को पा लेगा।

"इसी से मैंने तुझे सुला दिया और फिर जंगल में लाकर पत्रों की शय्या पर ला लिटाया। यह है मेरी कहानी। मैं अब तेरे पिता कामपाल के पास जा रही हूँ।'

'फिर उसने मुझे बार-बार छाती से लगाया और सिर सूँघकर, गाल चूमकर स्नेह, से विह्वल-सी चली गई।

'मैं कामपीड़ा से नवमालिका को प्राप्त करने श्रावस्ती चल पड़ा।

श्रावस्ती-मार्ग में पाँचालशर्मा से मित्रता होना

'उस नगर के रास्ते पर वणिकों (व्यापारियों) की एक विशाल बस्ती थी। वहाँ कुछ लोग इकट्ठे होकर मुर्गों की लड़ाई करा रहे थे, खूब शोर हो रहा था। मैं भी वहाँ गया और उन मुर्गों की लड़ाई देखकर मुस्कराने लगा।

'मेरे पास एक धूर्त-सा लगनेवाला बूढ़ा बैठा था। बोला : क्यों हँसते हो मन ही मन?

'मैंने कहा : यह पूरब देश का नारिकेल जाति का मुर्गा पश्चिम देश के बलाका जाति के इतने बड़े और ताकतवर लाल चोटी के मुर्गे से लड़ाया जा रहा है।

'उसने कहा : चुप रहो। बोलो मत। मूर्खों से विवाद बेकार होगा।

'उसने अपने पान के डिब्बे से मुझे कपूर से सुगन्धित पान निकालकर दिए और फिर किस्से सुनाने लगा तरह-तरह के। मुर्गों की लड़ाई तेज हो गई। कभी चोंच, कभी पंजे टकराते, और शोर ऐसा करते जैसा शेरों की दहाड़ हरा डालेगे। पँख फैलाकर लड़ते-लड़ते, अन्त में पश्चिम देश का मुर्गा जीत गया।

'अपने पक्ष के मुर्गे के जीतने पर वह खुर्राट बुड्ढ़ा भी बड़ा खुश हुआ। हममें आयु का बहुत भेद था, पर उसने मुझसे मित्रता कर ली और अपने घर ले जाकर उसने मुझे खाना खिलाया।

'दूसरे दिन जब मैं श्रावस्ती चला तो वह मुझे मित्र की तरह दूर तक पहुँचाने आया और बोला : काम पड़े तो मुझे याद करिएगा!

राजकन्या की सखि का मिलन

'वह मित्र का व्यवहार कर घर लौट गया। मैं श्रावस्ती पहुँचा और यात्रा की थकान के कारण नगर के बाहर ही एक उपवन में लता-मण्डप के नीचे सो गया। हँस-कलरव-सा सुनकर उठकर देखता क्या हूँ कि एक युवती नूपुर-ध्वनि करती हुई मेरी ओर आ रही है। वह बार-बार अपने हाथ के चित्रपट में बने आदमी से मुझे मिला-मिलाकर देखती थी। बड़ा अचरज था उसे। वह आनन्द से मेरे पास आ गई। मैंने भी देखा कि मेरी सूरत तस्वीर से मिलती-जुलती थी। तब मैंने युवती को देखा और कहा : बाले! यह पवित्र उवपन भूमि बड़ी रमणीया और सुन्दर है, तुम खड़ी होने का कष्ट क्यों झेलती हो? आओ सुख से बैठ जाओ!

'वह हँसकर बोली : आपका अनुग्रह है।

'और बैठ गई।

'हम दोनों देश-विदेश और देवताओं की कहानियाँ कहने-सुनने लगे। फिर उसने कहा। आप तो इस देश में अतिथि हैं। मेरे घर चलकर विश्राम करें, यदि कोई आपत्ति न हो। आप थके हुए लग रहे हैं।

'मैंने कहा : नेकी और पूछ-पूछ। इसमें क्या आपत्ति होगी।

'मैं उसके घर गया। उसने मेरा बड़ा राजसी स्वागत किया और स्नान-भोजन का सुन्दर प्रबन्ध किया। फिर आनन्द से भरी वह एकान्त में बोली : महाभाग! देश-विदेश घूमते हुए आपने क्या आश्चर्य देखा?

'यह सुनकर मुझे लगा कि यह स्त्री उसी स्वप्न की एक स्त्री है जिसे मैंने राजकन्या के महल में देखा था। इस तस्वीर में भी राजकुमारी वैसे ही बड़े-से साफ बिस्तर पर लेटी है, जो शरद् के मेघ-सा श्वेत है और विशाल राजभवन की बड़ी छत पर पड़ा हुआ है। राजकुमारी गहरी नींद में सोई है। लगता है राजकन्या भी कामबाण से बिंध गई है। उसकी पीड़ा को समझकर चतुर सखियों ने उससे सब बात निकलवा ली है और उसी के अनुसार कौशल से यह चित्र बना लिया है, जिससे उसका मन बहलता रहे। अब तभी वे सखियाँ ढूँढ़ने में लगी हैं और तभी इसके पास यह चित्र है। मेरी सूरत मिलाकर सन्देह दूर कर रही थी। मैंने सोचा इसकी भ्राँति मिटा दूँ।

'उससे कहा : भद्रे! यह चित्र तो दो।

'उसने दे दिया। मैंने चित्रपट में एक ओर नकली नींद में सोई काम से पीड़ित

राजकन्या की ठीक-ठीक तस्वीर खींच दी और कहा : ऐसी स्त्री को ऐसे आदमी के साथ सोते हुए मैंने जंगल में सपने में देखा था।

'उसने प्रसन्न होकर सारी बात पूछी। मैंने सब बताया। तब उसने भी राजकन्या की कामपीड़ा के बारे में बता दिया। मैंने कहा :' यदि तुम्हारी सखि का मुझपर सच्चा प्यार है, तो कुछ दिन वे ऐसे ही बिताएँ। फिर मैं वहाँ घुसने की तब तक कोई तरकीब निकाल ही लूँगा।

प्रमति का पांचालशर्मा को तरकीब बताना

'उसे समझा-बुझाकर मैं अपने बूढ़े मित्र के गाँव लौट गया। वह कुछ अचरज में पड़ा और स्वागत-सत्कार करने के बाद उसने पूछा : आर्य! इतनी जल्दी कैसे लौट आए?

'मैंने कहा : 'आपने क्या मौके से ठीक सवाल किया है। सुनिए। श्रावस्ती के राजा धर्मवर्धन धर्मपुत्र जैसे ही हैं। उनकी पुत्री कामदेव का प्राण जैसी है, साक्षात् लक्ष्मी समझिए! उसकी सुकुमारता देखकर नई कोमल लताएँ भी लजा जाती हैं। वह मुझे अचानक दीख गई। उसके कामबाणों जैसे कटाक्षों ने मेरे मन को बेंध डाला है। आप की एक धन्वन्तरि हैं जो अब उन बाणों को निकाल सकते हैं। इसीसे आपके पास आया हूँ। कोई तरकीब करिए। अच्छा सुनिए! मैं रूप बदलकर आपकी लड़की बन जाता हूँ। जब राजा धर्मासन पर बैठा हो, आप मुझे लेकर उसके सामने जाइए और कहिए, कि यही मेरी एकमात्र पुत्री है। इसके पैदा होते ही माँ मर गई। मैंने ही माँ-बाप बनकर इसे पाला है। अवन्तिका जाकर मैंने इसके लिए जाति-कुल के अनुरूप एक विद्वान ब्राह्मण कुमार विवाह करने को तय किया, पर बहुत दिन होने पर भी वह कुमार अभी तक आया नहीं है। मुझे चिन्ता मारे डाल रही है। मैं चाहता हूँ स्वयं जाकर उसे बुला लाऊँ। और इसका ब्याह करके अब तो संन्यास ही ले लूँ। पर ऐसे समय में इतने दिन इस मातृहीना युवती पुत्री की रक्षा क्या आसान है? देव, आप ही इसकी रक्षा कर सकते हैं; जिसका कोई नहीं, उसके माँ-बाप तो राजा ही हैं। तभी आपके पास आया हूँ, देव! आप प्राचीन श्रेष्ठ राजाओं के पथ पर चलने में सबसे आगे हैं। मैं एक पढ़ा-लिखा, पर निरुपाय ब्राह्मण हूँ। आपके कृपा-कटाक्ष से बच जाऊँगा। अपने भुज-वृक्ष के नीचे छाया दें, इसका चरित्र अखण्ड रहे। मैं उसे यहीं बुलाकर ले आऊँगा।—आपकी बातों से राजा प्रसन्न होकर मुझे राजकुमारी के पास रखेगा और आप मुझे छोड़कर लौट जाइए। फाल्गुन मास के उत्तरा फाल्गुनी नक्षत्र को राजा के अन्तःपुर के सभी लोग तीर्थयात्रा को जाएँगे। वहीं गाय की आवाज़ की दूरी पर पूर्व की ओर एक बेंत का जंगल है, उसमें कार्तिकेय का मन्दिर है। वहीं आप दो सफेद वस्त्रों के साथ मिलिएगा। मैं निःशंक होकर राजकुमारी से क्रीड़ा करते हुए गंगा की धारा में डुबकी लगाऊँगा और जब लड़कियाँ डुबकी लगा रही होंगी, मैं पानी में चुभकी मारकर वहीं निकल जाऊँगा और आपसे कपड़े

लेकर बदल डालूँगा। फिर मैं पुरुष-वेश में आ जाऊँगा। मुझे डूबी जानकर सखियाँ और राजकुमारी दुःखी होंगी। राजकन्या मुझे ढूँढ़ेगी और न मिलूँगा तो रोएगी और कहेगी : मैं ब्राह्मणकन्या के बिना नहीं खाऊँगी।—वह अन्तःपुर में रोती हुई पड़ी रहेगी। उस समय आपको ही 'ब्राह्मण पुत्री डूब गई' के कोलाहल से खूब रोना होगा। राजा के मन्त्री सकते में पड़ जाएँगे और नगरवासी भी शोक करेंगे। ठीक उसी के बाद आप मुझे राजसभा में ले जाकर राजा से कहिएगा—देव! यह मेरा जामाता है। आप इसका स्वागत करें तो उचित ही होगा। यह चारों वेद, छहों वेदांग पढ़ा हुआ है। तर्कविद्या में पारंगत और चौंसठ कलाओं में दक्ष है। हाथी, रथ और घोड़ों का विशेषज्ञ है। धुनर्विद्या और गदायुद्ध में कुशल है, निरुपम है। पुराण और इतिहास में कुशल तथा काव्य, नाटक और आख्यान रचता है। प्रियभाषी, मित्रविश्वासी और धन का यथोचित व्यय करनेवाला है। सुनकर ही शास्त्र का अर्थ गुन लेता है। अहंकार इसमें तनिक भी नहीं। दुर्गुण तो इसमें है ही नहीं। मुझ जैसे ब्राह्मण को क्या ऐसा जामाता मिल सकता है? अब इस बुढ़ापे में इसे कन्या देकर मैं तो संन्यास लेना चाहता हूँ। यदि आपकी आज्ञा हो तो...

''यह सुनकर राजा उदास ही नहीं, परेशानी में पड़ जाएगा। फिर मन्त्रियों के साथ आपसे बड़ी विनम्रता से संसार की नश्वरता दिखाकर बड़ी-बड़ी प्रार्थनाएँ करेगा, पर आप कुछ न सुनकर खूब ज़ोर से आँसुओं से रुन्धे गले से रोना शुरू कर दीजिएगा। रोते हुए, राजा के द्वार पर ही लकड़ियाँ इकट्ठी कररके एक चिता बनाइएगा और तब उसमें मरने को तैयार हो जाइएगा।

''राजा अवश्य ही मन्त्रियों के साथ आकर पाँवों पर गिरेगा और मेरी योग्यता से प्रसन्न होकर अपनी कन्या का विवाह मुझसे कर देगा। मुझे ही सारा राज्य भी सौंप देगा। मेरी तरकीब तो यही है। आपको जँचे तो फिर की जाए।

सफलता मिलना

'वह बुड्ढ़ा, धूर्त, विटों का अगुआ, अनेक बार ऐसे छल कर चुका था। उसे जाल बनाने की आदत थी। बस उस पाञ्चालशर्मा ने तो जो मैंने कहा, उससे भी अधिक छल करके मेरा काम बड़ी सफाई से पूरा कर दिया। मैं भी नवीन कलियों के रस लेनेवाले भौंरे की तरह, कोमलहृदया नवमालिका कुमारी का आनन्द प्राप्त करने लगा।

'इसके बाद ही सिंहवर्मा की सहायता को चंपापुरी आया। भाग्य से आपके दर्शन हो गए।'

प्रमति का किस्सा सुनकर राजवाहन का चेहरा कमल की तरह खिल गया। उसने कहा : 'बड़ी मज़ेदार तरकीब रही। ऐसा आदर्श मार्ग है कि बुद्धिमानों को भी इसकी नकल करनी चाहिए।' फिर मुड़कर मित्रगुप्त से कहा : 'लो, अब तुम्हारी बारी आ गई।'

6

मित्रगुप्त की कथा

कोशदास का मिलना

मित्र गुप्त ने कहा : 'देव! मैं भी औरों की तरह आपको ढूंढ़ता हुआ, सुह्मदेश में दामलिप्त नामक नगर के बाहर उपवन में जा पहुँचा। वहाँ एक उत्सव के लिए भीड़ इकट्ठी थी। मैंने उत्सव गोष्ठी को देखा। एक एकान्त जगह एक माधवलता मण्डप में एक उत्कण्ठित युवक वीणा बजाता दिखाई दिया। मैंने कहा : भद्र! यह कैसा उत्सव है? क्यों होता है? और सब कुछ से विरक्त आप क्यों वीणा बजाकर यहाँ मन बहला रहे हैं?

'युवक ने कहा : सौम्य! सुह्मपति तुंगधन्वा निस्सन्तान थे। उन्होंने इसी मन्दिर की प्रभावशाली देवी से प्रार्थना की। देवी ने स्वप्न में राजा से कहा—तेरा एक पुत्र होगा, एक पुत्री होगी। पुत्र उसी पुत्री के अधीन होकर रहेगा। पुत्री सातवें बरस से विवाह के समय तक प्रत्येक कृत्तिका नक्षत्र में गेंद से खेलती-नाचती एक सुयोग्य पति पाने को, मेरी आराधना करे। जिसे पुत्री चाहे उसीसे उसका विवाह कर देना। यह उत्सव कन्दुकोत्सव[1] कहलाएगा। कुछ दिन बाद राजा की प्रिय पटरानी मेदिनी के पुत्र हुआ, फिर हुई पुत्री। वही कन्दुकावती आज चन्द्रशेखरा देवी की पूजा करने आएगी। राजकुमारी की धाय की बेटी चन्द्रसेना से मुझे प्रेम हो गया है। राजकुमार भीमधन्वा ने उसे जबरन रोक रखा है। इसी प्रेम-बन्धन में पीड़ित मैं और करूँ भी क्या!

चन्द्रसेना का आगमन

'तभी मंजीरों की मीठी ध्वनि सुनाई पड़ी। एक स्त्री वहाँ आ गई। युवक के नेत्र चमक उठे। वह खड़ा हो गया। स्त्री ने उसे गले लगाया और बैठ गई। युवक ने मुझसे कहा : यही मेरी प्राणप्रिया है। इसका वियोग मुझे जलाता था। इसे छीनकर राजकुमार ने मुझे मुर्दा बना दिया है। वह राजकुमार है। मैं उसका कर भी क्या सकता हूँ। अब इसे देख ही चुका। मर ही जाऊँगा। क्या करूँ और?

---

1. कन्दुक—गेंद।

'चन्द्रसेना ने रोते हुए कहा : हे नाथ! ऐसा साहस न करना। आप श्रेष्ठ सार्थवाह के पुत्र हैं, गुरुजनों ने आपका नाम कोशदास रखा है। फिर मुझपर आपका प्रेम जानकर उन्होंने उपहास से आपका नाम वेशदास कर दिया। मैं यदि आपके मरने पर जिऊँगी तो लोग मुझे नृशंसा वेश्या कहेंगे। मुझे तो कहीं ले चलिए, दूर, विदेश।

'युवक ने मुझसे कहा : भद्र! आपने बहुत देश देखे हैं, कौन-सी भूमि धन-धान्यपूर्ण हैं, सज्जनों के योग्य है?

'मैंने हँसकर कहा : भद्र! समुद्र तक फैली पृथ्वी पर अनेक नगर हैं। आप यदि दामलिप्त में नहीं रह सकते तो मैं कहीं ले चलूँ?

'तभी मणिनूपुर बजने लगे।

'चन्द्रसेना ने कहा : राजकुमारी कन्दुकावती विंध्यासिनी देवी की पूजा करने आ गई। इस समय सब उनके दर्शन कर सकते हैं। दृष्टि कृतार्थ करिए। मैं उनके पास रहूँगी।

'वह चली गई। हम पीछे चले। मैंने विशाल रत्नासन पर लाल होंठों वाली कन्दुकावती को देखा कि वह मन में उतर गई। कोई बन्धन नहीं था। मैं सोचने लगा : क्या यह लक्ष्मी है? पर उनके हाथ में कोमल होते हैं। इसके तो हाथ ही कमल हैं। लक्ष्मी को विष्णु और राज्यलक्ष्मी को पूर्ववर्ती राजा भोग चुके हैं। परन्तु यह अभुक्त है। अपूर्व सुन्दरी, तरुणी है यह।

कन्दुकावती का कन्दुक नृत्य

'मैं अभी सोच रहा था कि उसने हाथ से धरती को छुआ और टेढ़ी काली चोटी को हिलाकर देवी को प्रणाम करके उस विशाल लोचना ने कामदेव की भाँति सुन्दर कन्दुक उठा ली और विलास से श्लथ हो धरती पर फेंका और फिर उछलती गेंद को अँगूठे और उँगलियों के कर-किसलय से धक्का देकर हथेली के ऊपर के भाग से उछाल दिया, फिर ऐसे देखकर पकड़ा कि नयन चले कि भौंरो की पान्त ने फूलों का गुच्छा बीच में ही थाम लिया। कभी वह ऊपर फेंकती, कभी धीरे, कभी नीचे, कि उसने घूर्णपद गति से नाचा और रुकी गेंद को फिर उछालकर पक्षी की तरह पकड़ लिया। फिर वह दशपदचक्रमण नृत्य करने लगी। अनेक प्रकार से क्रीड़ा कर उसने लोगों में 'वाह-वाह' गुंजा दी। मैं कोशदास के कन्धे पर हाथ धरे देखता-देखता भूल गया। रोमांच हो आया, नयन खिल गए। राजकुमारी ने कटाक्ष किया। फिर लताभृकुटियाँ हिला, श्वास-पवन से झूमती, लीला-पल्लव-सी वह होंठों की प्रभा फैलाती ऐसी लगी जैसे भौरों को मुखकमल से उड़ा रही थी। चक्राकार गति से वह लज्जा से झूम गई। पंचबिन्दु गति से वह काम-बाणों से बचती थी। गोमूत्रिका गति से वह बिजली-सी कौंधने लगी। रत्नाभूषणों की ताल पड़ती थीं, होंठो पर खिलती थी कपट-भरी

हँसी। कंधों पर केश झूल आए थे। अब कमर की कौंधनी बजने लगी। विशाल नितम्बों पर चंचल वस्त्र हिलने लगा। भुज-लताएँ फैलीं, सिमटीं, और तिरछी हो गईं। कभी वह झुक जाती, कभी उठ जाती और दोनों काली चोटियाँ तब उसके नितम्बों पर लोटने लगतीं। वह सुवर्ण-पत्र लगे कर्णाभूषण को ठीक करती, पर खेल नहीं रुकता था। अब वह स्वयं कन्दुक-सी दीख पड़ी। देह का मध्य भाग झलका, फिर ऊपर-नीचे झुकने में मोती-माला चपल हो गई। गालों पर पत्र-रचना स्वेद से भीगती कि नए पत्ते अपनी हवा में उन्हें सुखा देते। एक हाथ कुचों से सरकते वस्त्र को रोकने लगा, फिर वह उठी, खड़ी हुई, कभी आँखें बन्द, कभी खुलीं, और फिर खेल। कभी गेंद धरती पर, कभी आकाश में, अब एक ही गेंद अनेक लगने लगीं। अनेक तरह की क्रीड़ा करके सखी चन्द्रसेना के साथ देवी की पूजा करके, मेरे हृदय को साथ लेकर वह सेवकों के साथ चली गई। जाते-जाते मुझपर कटाक्ष किया, बहानों से मुड़कर देखा कि दिल फेंक गई। हाय, वह अन्तःपुर चली गई।

'कोशदास के घर मैंने स्नान-भोजन किया, पर काम व्यथित कर रहा था। शाम को चन्द्रसेना आई ओर मुझे प्रणाम कर एकान्त में पति से कन्धे से कन्धा मिलाकर प्रेम से बैठी। कोशदास ने प्रसन्न होकर कहा : विशालाक्षि! जीवन-भर ऐसा ही प्रेम रखना।

'मैंने हँसकर कहा : मित्र! डरते क्यों हो? मेरे पास एक अंजन हैं, उसे लगा लें तो यह बन्दरिया-सी लगेगी। राजकुमार स्वयं इसे छोड़ देगा।

'चन्द्रसेना ने हँसकर कहा : अनुग्रहीत हुई यह आज्ञाकारिणी आर्य! इसी जन्म में मुझे बन्दरिया न बनाएँ। और कोई तरकीब करिए। कन्दुक्रीड़ा में राजकुमारी ने कामविजेता आपको देखा है तो कामपीड़ित हो रही है। मैं माता से कहूँगी, माता राजमाता से और वे राजा से। राजा आपका तब राजकुमारी से ब्याह कर देंगे। राजपुत्र आपके अधीन हो जाएंगे। यही देवी की आज्ञा है। राज्य आपका होगा तो मेरा विवाह कौन रोक सकेगा? तीन-चार दिन का दुःख है।

चन्द्रसेना की तरकीब

'वह प्रिय का आलिंगन कर ढारस बँधाकर चली गई। हमने रात बिताई। प्रातः मैं उसी उद्यान में गया। राजकुमार भीमधन्वा आ गया। बड़े स्नेह से मिलकर मुझे राजभवन में ले जाकर उसने स्नान-भोजन-शयन से मेरा राजकुमार जैसा स्वागत किया। स्वप्न देखता हूँ कि राजकन्या का रमण-सुख मिला। आँखें खुल गईं। देखा, विशाल भुजदण्डों वाले राजपुरुषों ने मुझे बाँध लिया था।

'भीमधन्वा ने कहा : मूर्ख! एक कुब्जा (कुबड़ी) ने खिड़की के छेद से चन्द्रसेना की बात सुन ली कि राजकुमारी तुझे चाहती है। मैं तेरे अधीन रहूँगा। कोशदास चन्द्रसेना को पाएगा?

फिर एक सेवक ने कहा : इसे समुद्र में फेंक दो।

मित्रगुप्त समुद्र में

'उसने सचमुच मुझे समुद्र में फेंक दिया। बन्धे हाथ, समुद्र की लहरें। लहरें फेंकने लगीं मुझे, अचानक एक काठ मिला। मैंने छाती से लगा लिया। दिन गया, रात गई, सुबह एक नाव दिखी। उसमें यवन थे। उन्होंने बचाया। यवन नाविकाधिपति रामेषु से उन्होंने कहाः यह लोहे की सिकड़ियों में बँधा बह रहा था, हमने समुद्र से निकाला है। इसमें इतनी शक्ति है कि एक ही क्षण में हज़ार अगूर के पेड़ सींच सकता है।

'उसी समय यह युद्ध-नौका मद्गु वहाँ अनेक नौकाओं के साथ आ गई और यवन उन्हें देखकर डरने लगे। उन नावों के वीरों ने हमारी नाव ऐसे घेर ली जैसे शिकारी कुत्ते जंगली सूअर को घेरते हैं। युद्ध होने लगा। यवन हार चले। मैंने उस समय उन असहाय यवनों से कहा : मेरी सिकड़ी काट दो। मैं शत्रुनाश कर दूँगा।

'यवनों ने मुझे खोल दिया। मैंने भयानक बाण-वर्षा करके शत्रुओं को खण्ड-खण्ड कर डाला। शत्रु घायल हो गए। उनकी नाव भी पास आ गई थी। मैं उनकी नाव पर कूद पड़ा और नाव के मालिक को मैंने जीवित ही पकड़ लिया। वह और कोई नहीं, भीमधन्वा था। मुझे देखकर लज्जित होकर बोलाः तात! दैव की विचित्र गति देखी?

'यवन व्यापारियों ने उसे मेरी ही लोहे की सिकड़ी से जकड़कर हर्ष से कोलाहल किया और मेरी पूजा की। हवा ठीक थी। हम एक द्वीप पर जा पहुँचे। वहाँ का मीठा जल, कन्द-मूल-फल खाने के लिए इकट्ठा करके नाव पर रखने को नाविकों ने भारी लंगर डाला। हम द्वीप में उतर पड़े। वहाँ एक विशाल पर्वत था।

किनारे पर पहुँचना

'मैंने कहा : पर्वत का बीच का भाग कितना सुन्दर है! इसका नीचे का भाग कितना मनोरम है। मैनसिल यहाँ काफी है। जल शीतल है और कमलों और इन्दीवरों से भरा हुआ कितना स्वच्छ है। यहाँ सघन पुष्पमंजरियों वाले वृक्षों का वन है।

ब्रह्मराक्षस का मिलना

'मेरी आँखें उस शोभा को देखती न अघाती थीं कि मैं उस अनजान पहाड़ की चोटी पर चढ़ता चला गया। वहाँ से पद्मरागमणि की शिलाओं से लाल-लाल और कमलपरागों से पीले पड़े एक तालाब के पास मैं जा पहुँचा। मैंने वहाँ स्नान करके कमल-ककड़ियाँ तोड़कर खाईं। तभी एक कमल कन्धे पर धरे एक ब्रह्मराक्षस ने आकर कहा : तू कौन है, कहाँ से आया है?

'मुझे डराता हुआ वह विफल हो गया। मैंने कहा : भद्र! मैं ब्राह्मण हूँ। समुद्र

से यवन-नौका में, नौका से समुद्र में और समुद्र से पर्वत पर आया हूँ। यहाँ बड़ी शोभा है, तभी यहाँ आराम कर रहा हूँ। तुम अच्छे तो हो?

'राक्षस ने कहा : यदि तुम मेरे प्रश्नों का उत्तर नहीं दे सकोगे तो मैं तुम्हें खा जाऊँगा।

'पूछो!—मैंने कहाँ : जो होगा सो हो लेगा।

'अब आर्य्यावृत्त छन्द में हम बातें करने लगे।

'राक्षस ने पूछाः क्रूर कौन है?

'मैंने कहा : नारी का उर, सच कहता हूँ!

'राक्षस ने पूछा : है गृहस्थ को क्या सुख हितकर?

'मैंने कहा : नारी गुणमय?

'राक्षस ने पूछा : और काम क्या?

'मैंने कहा : अरे एक संकल्पमात्र है सुन लो सत्वर!

'राक्षस ने पूछा : कौन असाध्य साधने की क्षमता रखता है?

'मैंने कहा : बुद्धि! बुद्धि ही कर सकती उसको समर्थ वर!

'मैंने कहा : यदि प्रमाण चाहते हो तो धूमिनी, गोमिनी, निम्बवती और नितम्बवती की कथा सुनो।

'उसने कहा : सुनाओ।

धूमिनी की कथा

'मैंने कहा : 'उदाहरण सुनाता हूँ। त्रिगर्त जनपद में तीन धनी सगे भाई रहते थेः धनक, धान्यक और धन्यक। इन्द्र ने उनके समय में 12 वर्ष तक पानी नहीं बरसाया। खेती नष्ट हो गई। औषधियों का असर जाता रहा। वृक्ष ठूँठ हो गए। नदियाँ क्षीण, मेघहीन, तालाब कीचड़-मात्र, झरने प्रवाहहीन हो गए। कन्द-मूल की उत्पत्ति, कथा-पुराणों का पढ़ना, मंगल अनुष्ठान कम हो गए। चोर बढ़ गए। प्रजा प्रजा का ही माँस खाने लगी। बलाका पंक्ति की तरह आदमियों की खोपड़ियाँ पड़ी दीखने लगी। भूखे कौओं की टोलियाँ घूमने लगीं। नगर, ग्राम, नगले, कस्बे, सब वीरान हो गए। धनक, धान्यक और धन्यक-तीनों गृहपतियों ने पहले संचित अन्नराशि को खा डाला, फिर भेड़, बकरी, बकरे खा डाले। फिर भैंसें, फिर गाएं-बछड़े खा चुकने पर दास-दासियों की बारी आई। फिर बच्चे-बच्चियाँ भी खतम कर दिए। अन्त में बड़े और मंझले भाई की स्त्रियाँ भी खा डाली गईं। तब अन्त में छोटे भाई की स्त्री को खाना तय किया गया। छोटा भाई धन्यक उसी रात स्त्री को लेकर भाग निकला, क्योंकि वह उसे बहुत प्यार करता था। ले चला उसे, थक गई तो कन्धे पर लाद ली। यों किसी तरह एक घने जंगल में पहुँचा। जब रास्ते में प्रिया को भूख-प्यास लगी तो अपने रक्त-माँस से उसे सुख देता। ऐसे ही समय में उसे मार्ग में एक अनजान लँगड़ा दिखाई दिया, जो भूमि पर इधर-उधर

लुढ़क रहा था। उस दयालु धन्यक ने उसे भी कन्धे पर लाद लिया और जतन से पत्तों की कुटिया जंगल में डाल उसे भी कन्द-मूल खिलाए। इंगुदी का तेल लगाकर उसकी सेवा करके उसके जख्म पुरा दिए। माँस, जंगल के शाक खिलाए। लँगड़ा हट्टा-कट्टा बन गया। एक दिन धन्यक जंगल में हिरन मारने गया कि धूमिनी ने लँगड़े से सम्भोग करने को कहा। उस हट्टे-कट्टे ने मना किया, पर वह न मानी। जबरन उससे उससे मनचाहा करा लिया। जब धन्यक लौटा तो बोला : धूमिनी! पानी देना। धूमिनी ने कहा : मेरे सिर में दर्द है, कुएँ से खींच लो। और रस्सी बँधा घड़ा सामने फेंक दिया। वह पानी खींच रहा था कि झट धूमिनी ने उसे कुएँ में धक्का देकर गिरा दिया। फिर लँगड़े को पीठ पर लाद देशान्तर को चल दी और फिर वह बड़ी प्रतिव्रता के नाम से प्रसिद्ध हो गई। उसे बहुतों ने धन भी दिया। उज्जयिनी के राजा भी उससे खुश हो गए। उन्होंने खूब धन दिया तो वहीं रहने लगी बड़े आराम से। उधर बटोही व्यापारियों ने पानी खींचा तो कुएँ में धन्यक को देखा। उन्होंने निकाला उसे। बेचारा धन्यक भीख माँगता-माँगता उज्जयिनी ही जा पहुँचा। उसे उस धूमिनी ने देख लिया तो राजा से कहा : महाराज! जिस दुष्ट ने मेरे पति को लँगड़ा बनाया है वह इस नगर में आया हुआ है—अनजान राजा ने उस भले मानस धन्यक को चित्रवध की आज्ञा दे दी। हाथ पीछे बाँधकर राजपुरुष उसे मरघट में ले गए। पर शायद धन्यक को मरना नहीं था। निडर होकर उन राजपुरुषों से बोला : आर्यगण! जिस भिक्षु को मैंने लँगड़ा बनाया है, यदि वह मेरे सामने आकर कह दे कि मैंने उसे लँगड़ा बनाया है तो मुझे दण्ड मिले।

''अधिकारियों ने कहा : इसमें क्या हर्ज हैं?—वे लँगड़े को ले आए। पर लँगड़ा धन्यक को देखकर रोने लगा, पैरों पड़ गया। आखिर वह भला था। उपकार न भूल सका। उसने सारी असली बात बताई। धूमिनी का व्यभिचार और पाप खुल गया। तब राजा ने क्रोध से उस दुष्टा के नाक-कान कटवाकर उसे कुत्तों का खाना पकाने के काम पर लगा दिया। धन्यक को अपना कृपापात्र बनाया।

''तभी कहता हूँ ' क्रूर कौन है? नारी का उर सच कहता हूँ।'

'ब्रह्मराक्षस ने कहा : अच्छा, गोमिनी की बात बताओ।

गोमिनी की कथा

'मैंने कहा : 'द्रविड़ देश में काँची नगरी में कोट्याधीश शक्ति कुमार वैश्य पुत्र जब 18 वर्ष का हुआ तो सोचने लगा—गुणवन्ती नारी के बिना जीवन सूना है। कैसे प्राप्त करूँ? ब्याह के बाद कुछ कर नहीं सकता और दूसरे पर भरोसा कैसे करूँ? वह लक्षणज्ञ[1] बन गया। पिछौरे में ढाई-तीन पाव धान बाँधकर निकल पड़ा। लोग उसे लक्षणज्ञ जानकर अपनी कन्याओं के हाथ दिखातें। एक बार अपनी जाति की एक लड़की की हाथ की रेखाएँ देख उसने सोचा और कहा : भद्रे! क्या ढाई

1. हाथ की रेखाएँ देखने वाला—Palmist

पाव धान से तुम मुझे पूरा स्वादिष्ट भोजन खिला सकती हो? कन्या हँस पड़ी। लक्षणज्ञ उठ गया और यों घर-घर डोलने लगा। एक दिन कावेरी के दक्षिण तीर पर बसे शिपि देश के एक नगर में एक स्त्री ने अपनी सौत की बेटी का हाथ उसे दिखाया। माँ-बाप मर चुके थे उसके, सम्पत्ति नष्ट हो चुकी थी, एक टूटा-फूटा घर बचा था और दो-एक गहने थे। शक्तिकुमार सोचने लगा : यह कन्या न मोटी है न दुर्बल, न नाटी, न लम्बी, न बुरे स्वभाव की, न बुरे रंग की। गुलाबी हथेलियाँ हैं। हाथ में जौ मछली, कमल, कलश आदि अच्छी रेखाएँ हैं। पाँवों में रोएँ नहीं, पुष्ट हैं, गुल्म प्रदेश सुन्दर है। जाँघें गाय की पूँछ-सी, उरु सघन और घुटने सुडौल हैं। नितम्ब गोल हैं और उनमें छोटे-छोटे सुन्दर गड्ढे हैं। नाभि छोटी और गहरी है। पेडू पर त्रिवली है और घने बड़े गोल उठे हुए कुच हैं। भुज-लताएं कन्धे पर बड़ी लोच से जुड़ी हैं और सीधी-गोल हैं। उगलियाँ लाल हैं, जिनमें चिकने मणि-से चमकीले नाखून हैं। हाथ में धनधान्य, सन्तान की रेखाएं हैं। ग्रीवा पतली शंख-सी है। होंठ लाल हैं, और ठोड़ी बड़ी प्यारी हैं। गाल कैसे तने हुए हैं! मिली हुई बंकिम भौंहें नीली और लताओं-सी मिली हुई हैं। तिल के बन्द फूल-सी इसकी नाक है! विशाल नेत्रों में श्वेत, श्याम, रतनार छाया है चमकीली, कैसी मनोहर। माथा अर्द्धचन्द्र-सा, केश नीलकान्तमणि की ढेरी-से, और कमलों-से गोल कान इसके मुखकमल के दोनों ओर सुशोभित हो रहे है। कुटिल, काले, चमकीले, लम्बे, स्निग्ध, नील छाया वाले, सुगन्धित शाली इसके केश हैं। ऐसी आकृति वाली स्त्री को तो अच्छा ही होना चाहिए। मेरा मन इस पर डोल रहा है। इसकी परीक्षा करके इसीसे शादी कर लूँ। जो पहले नहीं सोचता वह बाद में पछताता है।

"शक्तिकुमार ने स्नेह से देखकर कन्या से कहा : भद्रे! मेरे पास यह ढाई तीन पाव धान है। क्या तुममें इतना कौशल है कि उसीसे पूरा स्वादिष्ट भोजन करा दो?

"कन्या ने मतलब-भरी निगाहों से सौतेली माँ को देखा।

"माँ ने धान ले लिया और द्वार के पास ही एक जगह जल छिड़ककर जगह पवित्र करके अतिथि को हाथ-पाँव धोने को जल देकर बिठा दिया।

"कन्या ने उस सुगन्धित धानों को कूटा। फिर धूप में फैलाकर चलाकर सुखा दिया। फिर ओखली में डाल हल्के हाथों से मूसल से कूटा और साबुत चावल छाँटकर, टूटे वाले और भूसी अलग कर ली। तब माँ से कहा : माँ! भूसी सुनारों को बेच दो, वे इससे गहने साफ करते हैं। ले लेंगे। इसक बदले जो कपर्दिका (पहले कौड़ियाँ भी खरीद-फरोख्त में चलती थी) मिलें, उनसे न ज्यादा गीली, न बहुत सूखी लकड़ी और एक मिट्टी की हंडिया से आना, जिसमें नपा-तुला चावल पक सके। दो सकोरे भी ले आना।

"माँ ने यही किया। कन्या ने चावलों को अर्जुन वृक्ष की लकड़ी की ऊँचे

मुँह की ओखली में रखा और लोहे की सामी लगे लम्बे, भारी, खदिर की लकड़ी के बनाए मूसल को उठाया जो बीच में पतला और ऊपर-नीचे बराबर था। उससे जल्दी और उठा-उठाकर चावल तोड़कर, सूप में पछोरकर कन्ना-खुद्दी निकालकर चावलों को खूब धोया। चावल से पंचगुना पानी चूल्हे की पूजा कर चढ़ाया और जब पानी तप गया तो उसमें चावल डाल दिए। जब चावल पककर ऊपर उठे और मुलायम हो गए तो उसने आग मन्दी करके, हण्डिया को ढँककर हण्डिया पसाकर माण्ड़ निकालकर, करछुल से चावल चलाकर उसे कौंधी करके रख दिया। आग को पानी से बुझा कोयला करके बिकवा दिया और उसके बदले आई कौड़ियों से उसने माँ के हाथों साग, घी दही, तेल आँवला, इमली इत्यादि जो मिल सका मँगा लिया। फिर उसने साग छौंके और माण्ड को कोरी मिट्टी के उस सकोरे में ही पँखें से धीमी हवा झलकर ठण्डा किया। उसमें नमक डालकर हींग-जीरे से बघार दिया। फिर आँवला पीसकर कमल-गन्ध डाल दी और तब उसने माँ से कहकर अतिथि को स्नान करने को कहलाया। स्वयं नहाई और तेल, आँवला अतिथि को दिए। उसने खूब मलकर स्नान किया। देह पोंछकर वह भीतर आ गया। उसे पट्टे पर बिठाकर, आँगन में उगे केले के पत्ते का तीन चौथाई हिस्सा काटकर, जल से धोकर उस पर कन्या ने माँड़ को हथेली में लगाकर परोसना शुरू किया। पहले माण्ड रखा। गर्म पेय पीने से अतिथि की थकान दूर हो गई, मन सुखी हो गया, शरीर को बड़ा चैन मिला। तब उसने दो करछुल भात परोसा, और कुछ घी, दाल, साग परोसे।

"इस तरह उसने सुगन्धपूर्ण, तीन स्वादवाला दही, ठण्डी कांजी, मट्ठा खिलाया, और अतिथि इतना तृप्त हो गया कि उससे पूरा खाया भी नहीं गया। उल्टे कुछ छोड़ना पड़ा। तब अतिथि ने पानी माँगा। अगरु, और पाटल के फूलों से खूशबूदार ठण्डे कोरे घड़े का पानी उसने अतिथि के सकोरे में डालना शुरू किया। ठण्डा पानी पीकर अतिथि के गाल ठण्डे हो गए। नाक में गन्ध भर गई और जीभ तृप्त हो गई। उसने छककर पिया। फिर अतिथि ने सिर हिलाकर रुकने का इशारा किया। कन्या ने तब उसे दूसरे बर्तन से हाथ धोने को पानी दिया। वृद्धा माँ ने जूठन उठाकर ताज़े गोबर से जमीन लीप दी और अतिथि अपना उत्तरीय बिछाकर सो गया। जब जगा तो उसने प्रसन्न होकर उससे शास्त्रानुकूल विवाह किया और उसे घर ले आया। घर लाकर यह शक्ति कुमार एक वेश्या के चक्कर में फँसकर कन्या का अपमान करने लगा। उसने रण्डी घर बैठा ली। पर कन्या उसे भी सखी जैसा मानती और पति को देवता जैसा सम्मान देती, सेवा करती। घर-गिरस्ती सम्भालती। सभी धीरे-धीरे उसके बस में आ गए और तब पति ने प्रसन्न होकर उसी को सारी गिरस्ती का भार सौंप दिया और स्वयं भी उसके बस में होकर धर्म, अर्थ और काम का सुख भोगने लगा। तभी मैंने कहा है:

:है गृहस्थ को क्या सुख हितकर?

:नारी गुणमय!
ब्राह्मराक्षस ने कहा : और काम क्या?
मैंने कहा : अरे एक संकल्पमात्र है सुन लो सत्वर!

निम्बवती की कहानी

'देखो, अब निम्बवती की कथा इसके उदाहरण को सुनाता हूँ : 'सौराष्ट्र प्रदेश के वलभी नगर में एक कुबेर जैसे जहाज़ों के अत्यन्त धनी व्यापारी की रत्नवती नामक पुत्री का मधुमती नगरी से आए बलभद्र वैश्य ने जब विवाह किया तो नवविवाहिता स्त्री से एकान्त में रतिक्रीड़ा के समय वधू उसे कुछ रोक उठी और ज़रा-सी बात का ऐसा बतंगड़ हो गया कि वैश्य-पुत्र ने अपनी पत्नी का ऐसा तिरस्कार किया कि उसका मुँह तक देखना छोड़ दिया कि न वह उसके घर जाता, न किसी के समझाए से समझता कि अन्त में रत्नवती को उसके घर के लोग ही बुरा बताने लगे और उसका नाम निम्बवती (निबौली) पड़ गया। रत्नवती दुःख से 'हाय क्या करू' सोचती देवता पर फूल चढ़ाने आई। एक बूढ़ी संन्यासिनी से मिली और उसके आगे जब करुण विलाप करने लगी तो वह उससे रोने का कारण पूछने लगी। रत्नवती ने लज्जा से सब बताने को कहा : माँ! क्या कहूँ, दुर्भाग्य में स्त्री यों रहे तो मरी समझो। अच्छे घर की औरत का ऐसा एक उदाहरण मैं ही हूँ। सब मुझसे घृणा करते हैं, तुम्ही याद दया करें, पर अपना रहस्य न कहूँगी मैं मरने तक।–और वह उसके चरणों पर लोट गई। सन्यासिनी ने रोते हुए दुःख से कहा : पुत्री! आत्महत्या मत कर। तू बता मैं क्या करूँ। मैं अवश्य करूँगी। जो तुझे वैराग्य हो गया है तो मेरे साथ तप कर, यह तो पापों का फल है जो अच्छी जाति पाकर भी पतिप्रेमवंचिता है। उसे मनाने का कोई उपाय हो तो बता।

''रत्नवती सोचती रही, फिर दीर्घ श्वास लेकर कहा : 'भगवति! स्त्रियों को पति ही परमेश्वर है, और फिर कुलवती को तो और भी अधिक। कोई तरकीब हो कि वह मुझे फिर अपना ले। हमारा पड़ोसी एक धनी है। राजा के पास रहता है सो मान भी उसका बढ़ा-चढ़ा है। उसकी पुत्री कनकवती मेरी बड़ी सखी और मुझ जैसी है। मैं उसके आकाशचुम्बी भवन की छत पर सज-सजाकर उसके साथ रहूँगी। तुम कनकवती की माता के द्वारा मेरे पति को किसी तरह यह कहकर बुलवाना कि वे उन्हें देखना चाहती हैं। सखी के घर ले आना। जब तुम उसके घर के पास आ जाओगे मैं ऊपर से खेल-खेल में उनपर गेंद फेंक दूँगी। आप उसे लेकर पति को देकर कहिए : पुत्र! श्रेष्ठिप्रवर निधिपति की पुत्री कनकवती तुम्हारी स्त्री जैसी लगती है। रत्नवती से स्नेह के कारण यह चंचल स्वभाव से तुम्हारी बड़ी निन्दा करती है। इसलिए यह गेंद लौटा दो।

'''वह ऊपर देखेंगे तो मुझे कनकवती समझेंगे। तब मैं हाथ जोड़कर गेंद ऊपर फेंकने की प्रार्थना करूँगी। आप भी कहिए, तो वह गेंद देंगे और मैं इसी बहाने से

उनसे लिपट जाऊँगी। फिर फँसाकर विदेश जाने को उकसाऊँगी ओर हम भाग जाएँगे।'

''हुआ भी यही। वह कनकवती समझकर रत्नवती को लेकर आधी रात के समय खूब धन लेकर भाग गया। संन्यासिनी ने खबर फैला दी कि बलभद्र ने कल मुझसे कहा था कि अकारण मूर्खता से मैंने पत्नी छोड़ दी; सास, ससुर, मित्र, किसी की भी नहीं मानी। अब संग कैसे रहें। शर्म आती है।–तभी वह स्त्री को लेकर परदेश चला गया है।

''घर वालों ने भी तब उसे नहीं ढूँढ़ा। रत्नवती ने रास्ते में एक दासी खरीद ली और उसीसे भोजन-सामान ढुवाती खेटकपुर पहुँच गई। वहाँ बलभद्र ने थोड़े धन से खूब धन पैदा कर लिया, नगर का मुख्य नागरिक बन गया। अनेक नौकर रख लिए। इसके बाद एक दिन रत्नवती ने अपनी पुरानी दासी को डाँटा–तू काम नहीं करती, सामान चुरा लेती है। जवाब देती है...और उसे मारा भी। दासी ने क्रोध से रहस्य उगल दिया जो रत्नवती उससे पहले आनद के समय कह चुकी थी। यह खबर सुनकर लोभी दण्ड विधायकों ने नगर वृद्धों से पूछा : यह बलभद्र दुर्मति है। निधिपति की पुत्री कनकवती को भगाकर ले आया है। उसकी जायदाद जब्त कीजिए।

''बलभद्र बहुत डरा। रत्नवती ने कहा : डरो मत। उनसे कह दो यह वलभी के गृहगुप्त की रत्नवती नामक पुत्री है, मेरी विवाहिता स्त्री है। विश्वास न हो तो गुप्तचर भेजकर पता चलवा लो।

''बलभद्र की जमानत हो गई और गुप्तचर जब लौटे तो गृहगुप्त भी आ गया और पुत्री-जामाता को स्नेह से लिवा गया। बलभद्र रत्नवती से बहुत प्रेम करने लगा।'

''अच्छा–ब्रह्मराक्षस ने कहा–मैंने तुमसे कहा था : कौन असाध्य साधने की क्षमता रखता है? तो तुमने कहा था–बुद्धि ही हर सकती उसको समर्थ वर–अब यह समझाओ।'

नितम्बवती की कथा

''मैंने कहा : यह नितम्बवती की कथा है। शूरसेन देश की मथुरा नगरी में अच्छे कुल का नृत्य-गीत-कला-कुशल वेश्यागामी, बड़ा मार-पीट करनेवाला, कई साथियों का गिरोह बनाए, गुण्डों का सरदार, 'कलहकण्टक' नाम से पुकारा जाने वाला एक आदमी एक बार एक चित्रकार के बनाए एक चित्र में एक स्त्री को देखकर कामपीड़ित होकर बोलाः सुघर चितेरे! यह स्त्री वैसे तो वेश्या लगती है, पर है यह कुलवती, विनम्र, शुद्ध। कम भोगी गई है, अचञ्चल है। प्रवासी की पत्नी नहीं क्योंकि इसके दो चोटियाँ हैं, एक नहीं। दाहिने हाथ में नखक्षत है, लगता है किसी बुड्ढ़े वैश्य की स्त्री है, जो सम्भोग में इसे तृप्त नहीं कर पाता तुमने हूबहू नकल उतार दी।

'''चितेरे ने उसकी प्रशंसा करके कहा : बिल्कुल ठीक पहचाना।

'''अवन्तिका नगरी के सार्थवाह अनन्तकीर्ति की स्त्री नितम्बवती है जिसने

मुझे अपने रूप से चकित कर दिया, तभी मैंने इसका चित्र बनाया।'

"कलहकण्टक उज्जयिनी गया और ज्योतिषी बनकर भिक्षा के बहाने उसके घर जाकर उस स्त्री को देख आया और नगर-मुख्यों से मिलकर उसने श्मशान-रक्षक की नौकरी प्राप्त करके, एक बौद्ध भिक्षुणी को कफ़न दे-देकर मिला लिया और नितम्बवती को सन्देसा कहलवाया। नितम्बवती ने फटकार दिया। भिक्षुणी ने लौटकर कहा कि कुलवती का चरित्र नाश नहीं हो सकता, तो बोलाः फिर एक बार उसके पास जाकर कहो— मैं वैराग्य से मुक्ति की इच्छा करती हूँ। मुझ जैसी संन्यासिनी क्या कुल-ललना का चरित्र बिगाड़ सकती है? मैंने तो तुम्हारी परीक्षा ली थी। पर तुम सती ही हो। पर तुम्हारे सन्तान नहीं है। तुम्हारे पति को पाण्डुरोग लगता है। उसे दूर करो तो पुत्र हो। पेड़ों के झुरमुट में जाओ और मैं एक मन्त्रशास्त्री को बुलाऊँगी। वह गुप्तरूप से आएगा। उसके पाँव छूना और जब वह मन्त्र कर दे तो पति से रूठ बैठना। जब वह मनाने आए तो उसकी छाती में लात देना। पति का वीर्य पुष्ट हो जाएगा और फिर सन्तान होगी। पति तुम्हें देवी मानेगा।—वह मानकर आ जाएगी, मैं आ जाऊँगा और फिर मैं तुम्हारा बड़ा कृतज्ञ होऊँगा।

"भिक्षुणी ने नितम्बवती को मना लिया। प्रसन्न होकर वह वृक्ष-वाटिका में गया और अन्धेरे में उसने नितम्बवती के पाँव का सोने का नुपूर उतार लिया और उसकी जाँघ में छुरी से ज़रा काट गया। नितम्बवती डरकर अपनी निन्दा आप करती, भिक्षुणी को मारने की इच्छा करती घर लौटी। उसने बावड़ी में घाव धोकर पट्टी बाँधी और दूसरा नुपूर उतारकर एकान्त में तीन-चार दिन पड़ी रही।

"धूर्त कलहकण्टक नुपूर बेचनेवाला बनकर अनंतकीर्ति के पास गया। पति ने पहचानकर कहा : यह नुपूर कहाँ मिला?

"कलहण्कटक ने कहा : मैं व्यापारियों के सामने बताऊँगा।

"अनन्तकीर्ति ने पत्नी से नुपूर को जोड़ा मँगाया। नितम्बवती ने भय और लज्जा से कहा : मैं ज़रा थकान मिटाने वृक्षवाटिका में गई थी। वहाँ ढीला होने के कारण एक नूपुर गिर गया। ढूँढ़ा भी पर मिला नहीं। दूसरा है यह ले जाओ।

"तब कलहकण्टक ने उस अनन्तकीर्ति को व्यापारियों के बीच खड़ा करके सविनय कहा : आप जानते हैं, मैं श्मशानरक्षक हूँ और वही मेरी जीविका का साधन है। कहीं कोई धूर्त मुफ्त में शव न जला ले मैं रात को भी वहीं रहता हूँ। रात मैंने एक काली स्त्री को चिता पर जलते एक शव को बाहर खींचते देखा। धन के लोभ से भय त्यागकर मैंने उसे पकड़ा। मेरे हाथ की छुरी से उसकी जँघा में घाव भी लग गया और मैंने उसका पाँव खींचा, तो नूपुर हाथ में आ गया, परन्तु वह भाग गई। नूपुर यों मिला है, और मैं कुछ नहीं, जानता, आप लोग जानें।

"नगरवासियों ने एकमत निर्णय दिया—नितम्बवती पिशाचिनी है। पति ने उसे त्याग दिया। तब वह श्मशान में फाँसी लगाकर मरने वाली थी कि कलहकण्टक ने

उसके चरणों पर गिर कर कहा : सुन्दरी! तेरे रूप ने मुझे पागल बना दिया था। तभी मैंने भिक्षुणी भेजी, परन्तु सब चालें बेकार गईं। अन्त में मैंने यही तय किया कि जिऊँगा तो इसे पाकर रहूँगा। प्रिये! अब प्रसन्न हो जाओ।

"बार-बार पैरों पर सिर रखकर उसने उसे मना ही लिया। करती भी क्या वह? और कहाँ जाती?'

'मेरी कथाएँ सुनकर ब्रह्मराक्षस बहुत प्रसन्न हुआ।

दूसरे राक्षस का आना

'उसी समय आकाश से बकुल कली जैसे मोती के भीगे दाने गिरे। मैंने ऊपर देखा तो एक राक्षस एक काँपती स्त्री को पकड़े लिए जा रहा था। मैं आकाश में गतिहीन ठहरा। शोक करने लगा। तब ब्रह्मराक्षस चिल्लाया : ठहर! ठहर! पापी! कहाँ ले जाता है!

राक्षसों का युद्ध

'और आकाश में उड़कर उससे लड़ने लगा। स्त्री छूटकर कल्पवृक्ष की मञ्जरी-सी नीचे गिरी। मैंने हाथ फैलाकर सिर उठाकर उसे पकड़कर बचा लिया। दोनों राक्षस पत्थरों, पहाड़ की चोटियों, लात-घूँसों से लड़कर मर गए मैंने स्त्री को नम्र बालू पर पड़े फूलों पर तालाब के किनारे लिटाया, तो देखा कि वह तो मेरी प्रिया कन्दुकावती थी। उसने मुझे देखा तो पहचान गई। रोकर बोली : स्वामी! कन्दु क्रीड़ा में आपको देखकर मैं कामपीड़ित हो गई, तब चन्द्रसेना सखी ने मुझे आपके बारे में बताकर ढारस दिया। मेरे पापी भाई भीमधन्वा ने तुम्हें समुद्र में डुबवा दिया सुनकर मैं सबसे बचकर क्रीड़ावन में अकेली आत्महत्या करने गई। वहाँ यह मायावी नीच राक्षस आकर मुझसे सम्भोग करने को कहने लगा। मैं डर गई और मैंने जब मना किया तो जबरन मुझे पकड़ ले चला। अब पहाड़ पर मरा है। यह कैसा सौभाग्य है कि मैं प्राणप्रिय के हाथों में ही आ पड़ी। आप अच्छे तो हैं?

कन्दुकावती का मिलना

'मैंने सुना और उसे लेकर पहाड़ से उतरकर नाव पर सवार हुआ। हवा अनुकूल थी, नाव सीधी दामलिप्त पहुँची। हम बिना मेहनत के किनारे उतर गए। वहाँ प्रजा खड़ी रोती थी। बेटे भीमधन्वा और बेटी कन्दुकावती के विनाश से वृद्ध सुह्मपति तुंगधन्वा पत्नी के साथ अब निस्सन्तान होकर अत्यन्त पीड़ा से पवित्र गंगा तीर पर अनशन करके प्राण त्यागने आ गए थे। नगरवृद्ध भी स्वामिभक्ति से यही करने को तत्पर थे।

घर पहुँचना

'हम पास गए। सबने सुना-देखा, प्रसन्न हुए। दामलिप्त के राजा तुंगधन्वा ने मुझे जामाता बनाया। भीमधन्वा भी आ पहुँचा, वह मेरे अधीन हो गया। मेरी आज्ञा से चन्द्रसेना उसने छोड़ दी और वह कोशदास की हो गई।

'इसके बाद मैं राजा सिंहवर्मा की सहायता को यहाँ आया और यहाँ आप-के दर्शन हो गए।'

राजवाहन ने सुनकर कहा : 'विचित्र है दैवगति! समय पर पुरुषार्थ भी बड़े काम आता है।'

तब राजवाहन ने मुस्कराकर मन्त्रगुप्त को देखा। मन्त्रगुप्त ने अपने कमल जैसे हाथ से होंठ को थोड़ा ढक लिया। उसकी सुन्दर प्रिया ने उसपर दन्तक्षत कर दिया था, जिससे उसके दर्द था। वह ओष्ठ्यवर्णहीन[1] वर्णों में अपनी कहानी सुनाने लगा—

1. ओष्ठ्यवर्ण—वे अक्षर हैं जो होंठो के मिलाने से मुँह से निकलते हैं, जैसे—प, फ, ब, भ। दण्डि ने यहाँ दन्तक्षत के बहाने से भाषा का कमाल दिखाया है।

7

मन्त्रगुप्त की कहानी

मन्त्रगुप्त को सिद्ध के दर्शन

राजाधिराजनन्दन! जब देव ही गिरिगुहा में कुछ कहा न सुना और चले गए, तो हम सोचने में लगे और मैं घूमता हुआ कलिंग देश निकल गया। वहाँ श्मशानस्थल के निकट एक वृक्ष के नीचे नए किसलयों की शय्या रचकर मैं विश्राम करने लगा। नींद आँखों में डोल गई। मैं सो गया। विकराल अन्धकार कालरात्रि के केशों-सा छा गया। राक्षसों के घूमने से हिम गिरने लगा। लोग घरों में सो गए। कड़ी सर्दी, आधी रात, तरु-शाखाएँ आर्द्र-सी थीं। कहीं से स्वर सुनाई दिया, नींद उचट गई। मैंने सुना : यह कौन दुष्ट सिद्ध है जो हमारे रमण करने के समय को न देखकर ऐसी आज्ञाएँ दिया करता है?—तब सुना : क्या मुश्किल खड़ी कर दी है इसने? हाय! ऐसा कोई शक्तिशाली नहीं जो इस कुत्सित विष वैद्य को सिद्धिहीन कर देता!

'यह शायद कोई दास-दासी थे, जो दुःख से व्याकुल होकर कह रहे थे।

'मुझे जिज्ञासा हो आई। देखूँ कैसा सिद्ध है? यह किंकर (दास) क्या करता है। मैं उठा। आक्रान्त मन से आवाज़ की ओर चला। कुछ दूर ही गया कि मैंने एक आदमी को देखा। उसके सारे शरीर को हड्डियों के गहने ढँके थे और राख को उसने सारी देह में रगड़-रगड़कर लगा रखा था। जटाएँ दामिनी की लताओं-सी चमकीली थीं। कानन के अन्धकार में वह अग्नि-सा लगता था। क्षण-क्षण में लकड़ी, ईंधन डालकर वह आग को धधका रहा था। सीधे हाथ से नहीं, वरन् दूसरे हाथ से सफेद सरसों, जौ, चावल, और तिल से निरन्तर हवन कर रहा था। अग्नि में चटचट-चटचट होती थी।

'वह किंकर उसके सामने जा खड़ा हुआ। उसने कहा : आज्ञा दें, क्या करूँ?

'किंकर को हाथ जोड़े खड़ा देखकर नीच हवनकर्ता ने कहा : जा! कलिंगराज कर्दनक की दुहिता कनकलेखा को उसके रनिवास से यहाँ ले आ।

सिद्ध की हत्या

'किंकर झट ले आया। राजकन्या रो रही थी। आँसू आँखों से गिर रहे थे।

रुन्धे गले से चिल्ला रही थी : हाय माता! हाय तात!–उसके सिर के अलंकार-सी माला म्लान हो गई थी। जूड़ा खुल-सा गया था। हवनकर्ता उठा। उसके हाथ ने झट से राजकन्या के केशों को जकड़ लिया और शिला से घिसकर तेज़ की गई तलवार उठाकर उसने उसका सिर काट देना चाहा, त्योंही मैंने उसकी तलवार छीन ली और जटाजूट वाले उसके सिर को काट डाला। वहीं एक वृक्ष के जीर्ण कोटर में मैंने उस सिर को डाल दिया। उसकी मृत्यु से किंकर अत्यन्त हर्षित हो गया। वह राक्षस था। उसने कहा : हे आर्य! इस अधम सिद्ध ने इतना कष्ट दिया था मुझे कि मैं सो तक नहीं सकता था। आर्य ने इस मंगल कार्य को करके अत्यन्त सुन्दर काम किया। यह नराधम नारकीय जीवनयातना सहने को सूर्यसुत–यम की नगरी में चला गया इन वीर हाथों के कारण! हे दयालु! आज्ञा दें। देर क्यों करते हैं?

'यह कहकर उसने मुझे नमस्कार किया।

'मैंने कहा : सखे! यही सज्जनों का मार्ग है कि वे तनिक-से अच्छे काम को महानतम मानते हैं। तुम ऐसा ही करते हो। इस राजकन्या को इसके घर ले जाओ। यह दुर्वह यौवन से झुकी लता-सी, दुःख सहने में असमर्थ इस सिद्ध के दिए क्लेश से अत्यन्त व्याकुल हो गई है। इससे अधिक सन्तोष की वस्तु मेरे लिए और क्या होगी?

'राजकन्या ने यह सुनकर मुझे तिरछी आँखों से देखा। कानों तक चली गई थीं वे नीलकमल-सी आँखें। चंचल ताराओं-से, कामदेव के धनुष-सी कुटिल ढीयाँ[1] नृत्यशाला की नर्तकी-सी नृत्य करने लगीं। गालों पर रक्त झलकता था मानो रोमांच हो आया था। अनुराग और लज्जा दोनों छा गए। गोल नखों की ज्योति विकीर्ण करती चरणों की उँगलियों से वह धरती को कुरेदती हुई मुखकमल झुकाए कनखी से मुझे देख रही थी।

'उसकी आँखों में आँसू थे, होंठ हिल रहे थे, मुख की गर्म श्वास कुचों के चन्दन को सुखा-सी रही थी। कामबाण-सी वह दाँतों की चमक को झलकाती, कोकिल-स्वर से कह उठी–आर्य! इस दासी को काल के गाल से निकालकर, स्नेह-झकोरों द्वारा उत्कण्ठा-तरंग उठाकर मुझे क्यों काम-समुद्र में धक्का दे रहे हैं? मैं तो आर्य की चरणरज हूँ। इस तुच्छ को दया चाहिए, मुझे चरणों की सेवा का कार्य दें। अनन्य दासी बनूँगी। मेरे रनिवास में चलें। किसी को कानोंकान ज्ञान न होगा। निःशंक रहे। वहाँ तो केवल मेरी खास सखियाँ ही हैं। मुझे सदा अत्यन्त स्नेह से देखती हैं वे। कोई न जान सकेगा।

कनकलेखा से प्रेम

'कामदेव ने कान तक डोरी खींचकर धनुष झुकाकर मेरा हृदय सचमुच लक्ष्य

---

1. भौंहें।

करके शर छोड़ दिया। राजकन्या के कटाक्ष ने लोहे की शृङ्खला के समान मुझे जकड़ दिया। मैंने किंकर से कहा। यह सघन जघना राजकन्या जो कहती है, वही मुझे करना होगा, अन्यथा कामदेव मुझे मार ही डालेगा। अतः इसी मृगनयनी के रनिवास में ले चलो।

'किंकर हमें शरदकालीन मेघों जैसे श्वेत रनिवास में ले गया। कुछ देर तक मुझे वह एक जगह छोड़कर वह 'मैं आती हूँ' कहकर चली गई। और उस चन्द्रमुखी ने गहरी नींद में सोई कई सखियों को हाथ से हिलाकर जगाया और मेरे समाचार को सुनाकर उन्हें संग ले आई। उन्होंने मेरे चरणों से निज शीश छुलाकर विनय से नमस्कार किया। सुख के आँसू आँखों में आ गए। सिर के गहनों जैसे लगे हुए कुसुमों के मकरन्दों की मिठास से गूँजते अलिदल-सी वे मीठे स्वर से कहने लगीं : आर्य! हमारी सखी सूर्य जैसे तेजस्वी वीर से देखी गई है। इसीसे यम ने इसे नहीं ग्रहण किया, क्योंकि जैसे आर्य सूर्य के सुत हैं, वह यम स्वयं सूर्य का जाया है। अनुराग-अग्नि को साक्षी करके शक्तिशाली कामदेव ने इस राजकन्या को आर्य को ही दे दिया है। इस श्रेष्ठमणि जैसी कनकलेखा से सुमेरु गिरि की श्रेष्ठ शिला जैसे वक्षस्थल वाले आर्य का शृंङ्गार होना चाहिए। इसी सुन्दरी के सघन कुचों को निज वक्ष से लगाकर आर्य! गाढ़ालिंगन करिए।

'धीरे-धीरे सखियाँ चली गईं और उसके आलिंगन में बेसुध होकर मैंने उस कृशांगी से आनन्द से मुक्त रमण किया।

'यों ही कुछ दिन निकल गए।

समुद्र तीर का विहार

'विरहियों का हृदय-विदारक मधु की तृष्णा से व्याकुल अलिदलों से केसर को घिरा देने वाला, वसन्त आ गया। सुन्दर वनस्थली नायिका-सी, ललाट में विलास से तिलककुसुम धारण कर उठी। कामदेव राजा की स्वीकृति से कर्णिकार ने सुवर्ण का छत्र तान दिया। मलयाचल से आते काम की अग्नि-उत्तेजक अनिल ने आम की मंजरियों को झुला दिया और अलिदल तथा कोकिल मधुर स्वर से गूँजने लगे। रक्ताधरोष्ठी सुन्दरियों को रतिसंग्राम की ओर खींचने वाला वह वसन्त शालीन कन्याओं के मन में अनुराग जगाकर उन्हें लज्जाहीनता की ओर ले चला। दर्दुर गिरि के चन्दन तरुओं को छूकर आते शीतल अनिल जैसे आचार्य ने लताओं को नृत्य सिखाना शुरू कर दिया।

'ऐसे समय में कलिंगराज स्त्रियों के साथ, बेटी और नगरवासियों को लेकर समुद्रतीर से विहारोद्यान में चले गए। समुद्रतीर की रेतीली धरती को लताओं की छाया ने ढक दिया था। अलिदल गूँजते डोलते थे। चंचल लहरों की जल-कणिकाएँ अनिल को गीला-सा कर देती थीं और तीर को शीतल कर-कर जाती थीं। वहाँ निरन्तर

संगीत में लोग झूमने लगे। हज़ारों स्त्रियाँ निधुवन लीला से अरुक कामवेग में चंचल होकर हर्ष और अनुराग से व्याकुल-सी सुरत की इच्छा से गगकने लगी थीं।

सबका बन्दी होना

'अचानक ही आन्ध्र देश का नरेश जयसिंह नौसेना लेकर आ गया और शीघ्र ही उसने विहारोद्यान में राजा को स्त्रियों सहित घेर लिया और वह मेरी चंचल नयनी हृदयेश्वरी कनकलेखा को सखियों के साथ ही छीन ले गया।

'मैं कामाग्नि के दाह से धधक उठा। क्षुधा-तृष्णा विस्मृत हो गई और मैं उसीकी चिन्ता में लीन हो गया। मेरी कान्ति क्षीण हो गई। मैं सोचने लगा : वह मेरी जीवनधार ही शत्रु के हाथों जननी-जनक समेत चली गई। आन्ध्रराज अवश्य उसे वश में लाने का प्रयत्न करेगा। राजकन्या यह जानकर विष खाकर जीवन का अवश्य अन्त कर देगी। ऐसे समय में मेरा क्या होगा? कामदेव तो मुझे मार ही डालेगा। कैसी घोर समस्या आ गई है!

'मुझे उन्हीं दिनों आन्ध्र देश का एक द्विज (ब्राह्मण) दिखाई दिया। उसने सुनाया : हालाँकि राजा जयसिंह तो कलिंगराज को अनेक यातनाएँ देकर उसका मान हरण करके मारना चाहता था, किन्तु कनकलेखा को देखकर उसका मन और ही हो गया। उसने इस समय तक तो कलिंगराज को मारा नहीं है। उस कन्या को किसी यक्ष ने घेर लिया है; अतः वह किसी मर्द के सामने नहीं आती। आन्ध्रराज अनेक तान्त्रिकों और मान्त्रिकों को लगाकर यक्ष को दूर करना चाहता है। उसे इस समय तक सिद्धि नहीं मिली है।

'मुझे रास्ता सूझ गया। मैंने शंकर के ताण्डवस्थल–श्मशान में उगे एक जीर्ण वृक्ष के तने के कोटर में से जटाजाल को निकाल लिया[1] और सिर पर धारण करके, जीर्ण वस्त्र धारण कर लिए। मैंने कुछ श्रद्धालु भी एकत्र कर लिए। तदनन्तर विचित्र चमत्कार दिखाता, दर्शकों को मुग्ध करता, उनके अन्न-वस्त्र इकट्ठे करके उनको श्रद्धालुओं में ही बाँटकर, उन्हें सन्तुष्ट करता हुआ मैं आन्ध्र देश गया।

मन्त्रगुप्त का सिद्ध बनना

'नगर के निकट, समुद्र जैसा ही, कलहंसों से विदलित कमल के झुण्डों से घिरे किंजल्क से चित्रित एक सरोवर था। सारसों के दल सिर के अलंकार जैसे लगते थे। उसी के किनारे एक उद्यान में मैंने एक कुटी खड़ी की और श्रद्धालुओं के साथ वहीं रहने लगा। श्रद्धालुओं ने नगरवासियों को मेरी आश्चर्यजनक सिद्धियों की कथाएँ सुनाकर मेरी ओर आकर्षित कर दिया। मैं तो ठगने में चतुर ठहरा। शीघ्र ही मेरा

---

1. सम्भवतः सिद्ध के जटाजाल से मतलब है, अन्यथा लेखक ने उसका सिर पेड़ के कोटरों में तब नहीं डलवाया होता।

यश हर दिशा में सुनाई देने लगा। लोग कहते : यह यति जो जीर्ण वनस्थली में सरोवर के किनारे कुशासनस्थ है, उसकी जिह्वा तो षडङ्ग वेद तथा समस्त शास्त्रों का आधार-सी है। वह तो शास्त्रों का अर्थ यों ही सिखा सकता है। झूठ उनमें तनिक नहीं, करुणा का वह कोष है। जो दीक्षा यह देगा वह सिद्धि ही होगी। इनकी चरण-रज को सिर से लगाकर कई तो व्याधियों से ठीक हो गए। दिमाग सही न हो तो यों ठीक ही कर देती है इसकी चरणधूलि। अरे उन रोगियों का इलाज तो नामी-गिरामी चिकित्सक तक नहीं कर सके थे! दुष्ट ग्रह, यक्ष, पिशाच, घोर राक्षस, कुछ ही क्यों न चढ़ा हो; कैसे ही यशस्वी तान्त्रिक-मान्त्रिक, वैद्य और ओझा तक जिनको हटाकर रोगी को ठीक नहीं कर सके हों, इसके तो चरणों को धोकर वह जल है न, वही रोगी को ठीक कर देता है इसकी कितनी शक्ति है, कौन जान सकता है? इसमें गर्व तो लेशमात्र नहीं दिखता।

'यों मेरी यशगाथा अन्त में राजा जयसिंह तक जाकर जब गूँजने लगी, तब वह भी वश में हुआ क्योंकि उसे तो कनकलेखा को यक्ष से मुक्त करवाना था। नित्य प्रचुर धन से मेरी अर्चना करके मेरे श्रद्धालु शिष्यों का मन उसने जीत लिया और एक दिन मौका देखकर, उसने स्वार्थ की सिद्धि के लिए धीरे से मुझसे निवेदन किया। मैंने समाधि लगाकर ध्यान को एकत्र करके राजा को देखकर कहा : हे तात! यह कार्य तुम्हारे योग्य ही है। उस कन्या को अवश्य वश में करो, क्योंकि वह हर मांगलिक कार्य की निधि के समान है। उसे जीतना वैसा ही श्रेष्ठ कार्य है जैसे क्षीर समुद्र की करधनी, और गंगा तथा सहस्रों नदियों की माला धारण करनेवाली वसुन्धरा को कोई जीतकर हासिल कर ले। इसे जो रखेगा वही आसमुद्र वसुधा का राज्य करेगा। किन्तु वह यक्ष कन्या के चंचल नीलकमल-से नयन किसी मन्त्रज्ञ को दिखाना सहन नहीं करता। तीन दिन और इन्तज़ार करो। मैं इस समय कोई राह निकाल लूँगा।

'राजा जयसिंह यह सुनकर हर्षित होकर चला गया। मैंने देखा रातें अँधेरी थीं। गहनांधकार से दिशाएँ ढक गईं, निद्रा से समस्त प्राणियों की आँखें मुन्द चलीं। मैं कुटी से निकला और सरोवर के एक ओर जल के अन्दर उतर गया। तदनन्तर मैंने अत्यन्त कठिनाई से एक कुदाली से ऐसी सुरंग खोदी जिसका एक मुख जल में था, और दूसरा घाट से दूर था। बाह्य गुहाद्वार को मैंने विशाल शिलाओं और ईंटों से ऐसा ढँक दिया कि देखने वाले को किसी तरह का सन्देह या शंका न हो। उषाकाल में स्नान करके, मैं शुद्ध हो गया। आकाश में अन्धकार-महागज के कुम्भस्थल को विदीर्ण करके नक्षत्रों जैसे मोतियों को निकालने वाले सूर्यसिंह का दर्शन हुआ। वह सुमेरु गिरि के शिखरमंच का नर्तक-सा लगता था। आकाश जैसे एक महासागर था और मेघ तरंगों जैसे थे। इनमें से निकलता सूर्य एक चमकीले नाके जैसा दिख रहा था। उदय-दिशा में ललाई छा गई, मानो वह एक स्त्री थी, जिसे देखकर सूर्य आसक्त हो गया था और वह शर्मा गई थी। मेरी हथेलियाँ खुदाई से लाल हो गई

थीं। मैंने उस सूर्य को अंजलि दी और कुटी में चला गया। इसी तरह तीन दिन में सुरंग तैयार हो गई।

'अस्ताचल के शिखर चढ़ा गेरू के रंग जैसा सूर्य अस्त होने को आ गया। उसकी चमक से संध्या उतर आई। मानो शिव के शरीर-सा था वह आकाश और सन्ध्यासुन्दरी उसकी देह में अवतीर्ण हो रही थी। उसके चन्दन लगे हुए एक स्तन कलश-सा सूर्य उतर चला। मेरे चरण-नख की चमक को राजा जयसिंह के मुकुट ने उस समय ढंक दिया। वह हाथ जोड़कर मेरी ओर देखने लगा।

'मैंने कहा : दैव कहता है सिद्धि होगी। अनुद्योगी को लक्ष्मी नहीं मिलती। उद्योगी को ही मिलती है। तुमने सदाचार से, अकलंक शुद्ध चेतना से मेरी सेवा की है। मैंने इस सरोवर को ऐसा सुसंस्कृत कर दिया है कि इसीसे तुम्हें सिद्धि मिल जाएगी। आधी रात को इसमें घुसना। साँस रोककर जल के नीचे की धरती तक चले जाओ। वहाँ लेट जाना और तुम्हें किनारे के जल से ढके कमलनाल हिलते हुए लगेंगे, जिनके महीन काँटों से छिदकर राजहंस डर जाएँगे। तुम्हें हल्की आवाज़ सुनाई देगी। तदनन्तर शान्ति का राज्य छा जाएगा और जल में से एक गीले शरीर तथा लाल आँखों वाला आदमी निकलेगा। उस सुन्दर व्यक्ति को देखकर आँखें ठण्डी हो जाएँगी। कन्या का यक्ष उसे देखकर तुरन्त निकल जाएगा। अनुराग की शृंखलाएं उस राजकन्या को जकड़ लेंगी और उसका चित्त तुममें ऐसा रम जाएगा कि क्षणमात्र भी तुम्हें न देखेगी तो व्याकुल हो उठेगी। इस वसुधा-सुन्दरी को तुम उसीके समान अर्द्धाङ्गिनी जैसी देखोगे। धरती के शत्रु दूर होंगे और चक्रवर्तित्व मिलेगा। यदि ऐसा करना चाहो तो विद्वान, शास्त्र जाननेवालों से सलाह कर लो। तब धीवरों को इकट्ठा करके, स्वजनों की देख-रेख में जल के अन्दर अच्छी तरह जाँच करवा लो और सरोवर के किनारे से एक सौ उन्नीस और एक हाथ की दूरी देखकर सैनिकों को सावधान खड़ा करके तुम जल में उतर जाओ। कौन जानता है शत्रु कहाँ है? शत्रु तो छेदों में से घुस जाते हैं।

'राजा का मन खिल गया। राजा के किसी सलाहकार ने विरोध नहीं किया, क्योंकि सब जानते थे राजा उस राजकन्या पर अत्यन्त आसक्त है। वे सरोवर की जाँच करते तो कैसे करते? जिस समय मैंने देखा कि राजा तो जल में घुसेगा ही, वह तुल ही गया है, उस समय मैंने कहा : राजन्! तुम्हारे नगर में मैं इतने दिन रह लिया। संन्यासी तो चलता रहे यही ठीक है। जल से निकलोगे न, उस समय मैं चला गया होऊँगा। तुम्हारे राष्ट्र में अन्न खाया है, सो तुम्हारा मैंने काम कर दिया। तुम घर जाओ। राजा के उचित सुगन्धित जल से स्नान करो। श्वेत माला, चन्दन आदि धारण करो। सामर्थ्य के अनुसार दान देना। द्विजों का सम्मान करना। तिल के तेल में वस्त्र-खण्डों को गीला करके हजारों मशालें जलवा लेना और उजाला करवा

के जल में उतरना।

'राजा ने कृतज्ञता से कहा : यह क्या मिला मुझे! मिला न मिला एक हो गया। यतिराज ही चले जाएँगे? घोर कष्ट का संवाद है। मैं तो अकेला रह जाऊँगा। क्या करूँ? गुरु की आज्ञा! मानूँ नहीं तो क्या करूँ?

जयसिंह का वध

'वह नहाने घर चला गया। मैं आधी रात को अन्धेरे में कुटी से निकलकर सुरंग के द्वार तक गया और इधर-उधर टोह लेकर उसमें घुसकर, छोटे छेद में कान लगाकर राह देखने लगा। राजा ने आकर जगह-जगह सेवक खड़े किए और अनेक धीवरों से सरोवर के काँटे निकलवा डाले। तदनन्तर मज़े से जल में उतर गया। उसने केश खोलकर, नाक मूँदकर हाथी की तरह जल में शयन किया। मैंने मगर की तरह उसका कन्धा ग्रहण कर लिया और कठोर यमदण्ड की सी जकड़ दे-देकर उसे जल के अन्दर ही गला घोंटकर मार डाला। उसे खींचकर मैंने सुरंग में रख दिया और जल में से निकल आया।

'वहाँ जो लोग थे वे शकल के कुछ के कुछ हो जाने से आश्चर्य में खड़े रह गए। हाथी की सवारी करता हुआ मैं राजछत्र लगवाए, समस्त राजचिह्नों से घिरा हुआ राजमार्ग से चला। घोर शक्तिशाली दण्डधारी सेवकगण डण्डे मारकर लोगों को डराकर रास्ता खाली कराते जाते थे। कनकलेखा की याद ने रात में मुझे सोने नहीं दिया। उषा आ गई। दिशा-गजों के माथे जैसे उस समय लाख के रस से रंग गए। इन्द्र की दिशा[1] स्त्रियों के मुख देखने की मणिजटित काँच-सी दमक उठी और सूर्य निकल आया। मैं नित्यक्रिया से निवृत्त होकर, रत्नों की किरणों से जगमगाता हुआ राजा के श्रेष्ठ सिंहासन पर चढ़ा।

'मेरे निकटस्थ अनुचर और सहायक कुछ डरे हुए थे। उन्होंने यथानियम आचरण किए। मैंने उनसे कहा : ऋषियों की शक्ति को देखो। वह जो इन्द्रियजित यति था, उसने अपनी शक्ति से सरोवर को कैसा सुसंस्कृत कर दिया कि मेरा शरीर कमल-दलों से कहीं अधिक सुन्दर हो गया। वहाँ अलिदल गूँजते हैं, कैसा सुन्दर सरोवर था वह मेरे लिए! आज समस्त नास्तिकों के शीश झुक गए हैं। अतः महादेव, विष्णु और विधाता के ही नहीं समस्त देव-मन्दिरों में श्रद्धा-सहित नृत्य-गीत, आराधना-अर्चना कराओं। दरिद्रों का दुःख मिटाने को राजमहल से दान दिया जाए।

'जय जगदीश—जय जगदीश की आवाज़ें निकलने लगीं। अचरज तो था ही, आनन्द मिलकर उसे बढ़ाने लगा। देव ने शौर्य ने दसों दिशाओं को ढक दिया है।—ऐसे वाक्य सुनाई देने लगे—पुराने राजाओं की याद तक न रहेगी। इत्यादि।

---

1. पूर्व दिशा।

'अर्चना हो गई। उस समय कनकलेखा की एक सखी शशांकसेना वहाँ आई। मैंने उससे एकान्त में कहा : कहीं मुझे तूने देखा है?

मिलन

'वह अत्यन्त हर्षित हो उठी। कुछ समय तक देखती ही रह गई उसके दाँत आनन्द से चमक उठे। होंठ को अँगुली से ऐसे ढका उसने, जैसे किसलय को किसलय ने छू लिया। आँखों में सुख के आँसू आ गए कि काजर चू आया। हाथ जोड़कर कहने लगी : देव की याद कैसे न रहेगी मुझे? यह सब कोई छलावा तो नहीं? कैसे हुआ यह?

'अनुराग ने मुझे हरा दिया। मैंने सारी घटना उसे समझा दी, उसने राजकन्या से जा कही। उसके अनन्तर मैंने अत्यन्त आदर से कनकलेखा से विवाह किया और आन्ध्र और कलिंग दोनों का राज्य मुझे मिल गया। उसी समय अंगराज ने सहायता के लिए निमन्त्रित किया और मुझे सेना सहित यहाँ आते ही राजाधिराजनन्दन के दर्शन हो गए। यहाँ जो सुख मिला है, उसका मैं क्या वर्णन करूँ?

मन्त्रगुप्त की कहानी सुनकर मित्रों में मुस्कान फैल गई। राजवाहन ने अपनी मुस्कान की चाँदनी-सी फैलाकर मन्त्रगुप्त का अभिवादन किया और कहा—'वाह! महामुनि! क्या चरित्र है आपका। बड़े-बड़े तपों का फल आपने तो इसी जनम में पा लिया। खैर! मज़ाक छोड़ो। आपका बुद्धिबल खूब रहा।'

यह कहकर अपने कमल जैसे नयनों को देव राजवाहन ने नाना शास्त्रों में निपुण विश्रुत की ओर घुमाया और कहा : 'अब तुम सुनाओ।'

8

विश्रुत की आपबीती

विश्रुत का वन में घूमना

विश्रुत कहने लगा : देव! मैं विंध्याटवी में घूम रहा था कि मैंने एक कुएँ के पास एक आठ वर्ष के बालक को देखा। वह किसी अच्छे घर का सुकुमार, भूखा-प्यासा था। मुझे देखकर भयभीत-सा, गद्‌गद्-सा, बोला : महाभाग! मैं इस समय क्लेश में हूँ। मेरी सहायता करिए। मुझे बहुत ज़ोर की प्यास लग रही थी, इसीसे कुएँ पर साथी के साथ आया था, पर इसमें वह मेरा बुड्ढा साथी गिर गया है। मुझमें उसे निकालने की शक्ति नहीं है। आप ही इसे बचाइए।

वृद्ध को कुएँ से निकालना

'मैंने कुछ लताओं की मदद से वृद्ध को कुएँ से निकालकर बाँस की नली से[1] लड़के की प्यास बुझाई। फिर पत्थरों और बाण से मैंने एक बड़हल के पेड़ से पाँच-छः फल गिराए और उन्हें खिलाए। तब पेड़ की छाया में बैठकर मैंने बूढ़े से पूछा : तात! यह बालक कौन हैं? आप कौन हैं? इस मुसीबत में कैसे गिर गए?

वृद्ध की कथा

'वृद्ध की आँखों में आँसू भर आए। उसने रुन्धे हुए स्वर से कहना शुरू किया:

आदर्श राजा का वर्णन

''महाभाग! सुनिए! विदर्भ देश में भोजवंश-भूषण, धर्म के अंशावतार सरीखे, महाबली, सत्यवादी, दानी, विनयशील, प्रजाशासक, सेवकों के पालक, यशस्वी, उन्नतिशील, तन-मन से प्रजा की उन्नति में तत्पर, शास्त्र-प्रमाण मानने वाले, पण्डितों का आदर करते हुए, सेवकों का प्रभाव बढ़ाने वाले, बन्धुजन-सहायक, शत्रुदमनकारी, पुण्यवर्मा नामक राजा थे। वे कभी बेमतलब की बातों पर ध्यान नहीं देते थे। गुणों को ग्रहण करने में कभी तृप्ति नहीं होती थी। वे सर्वकला निपुण, धर्मार्थसंग्रह में सदैव प्रयत्नशील,

---

1. पानी में डालकर मुँह लगाकर पानी ऊपर खींचकर।

तनिक-से उपकार का भरपूर प्रत्युपकाररत, कोष और वाहनों पर सदा सावधान, और अधिकारियों की गुप्त रूप से परीक्षा लेने में तत्पर, कार्य-कुशलता से लोगों का सम्मान करके उन्हें आर्थिक सहायता देने में सतत लीन, दैवी और मानुषी विपत्तियों में प्रतिकार को उद्यत, सन्धि, विग्रह, यान, आसन, द्वैधीभाव, और आश्रय इन-इन गुणों का यथोचित उपयोग करने में समुद्यत, मनु के बताए चातुर्वर्ण्य को स्थापित रखने में सदैव कर्मण्य रहते थे। उन्होंने पुरुषों की पूरी आयु प्राप्त की और तब प्रजा के पापों से ही मानों वह धरती छोड़ गए और स्वर्ग में रहने लगे। उनका ही जैसा, अनन्तवर्मा उनका पुत्र था। यद्यपि वह सर्वगुणसम्पन्न था, पर उसके 'दण्ड' (राजदण्ड—शक्ति और न्याय) का लोग आदर नहीं करते थे। एक दिन उसके पिता के समय के बड़े सम्मानित वृद्ध मन्त्री ने उसे एकान्त में बुलाकर कहा :

मन्त्री की सलाह

"तात! आप अपने कुल के अनुरूप ही सर्वगुणसम्पन्न हैं। प्रखर बुद्धि, और नृत्य-गीत, चित्र-काव्य-कला में अन्यों से पटु हैं, परन्तु अर्थशास्त्र में आपकी बुद्धि उतनी नहीं चलती। बिना आग में तपे सोने का सा हाल होता है उस बुद्धि का। ऐसा राजा कितना ही बड़ा क्यों न हो, शत्रु भीतर ही भीतर उसे खोखला कर डालते हैं। ऊपर से कुछ पता नहीं चल पाता। जो राज्य पदानुकूल नहीं रहता वह एक न एक दिन अपने या पराए शत्रु से अन्त में अवश्य हार जाता है। तब उसका अपमान होता है और फिर उसकी आज्ञा को कोई नहीं पूछता। तब वह प्रजा की कुशलता भी नहीं देख पाता। प्रजा राजाज्ञा का उल्लंघन करती है और मर्यादाहीन होकर अपने स्वामी का लोक-परलोक नष्ट कर डालती है। शास्त्र-दीप के आलोक में नियत मार्ग पर चलने में जीवन सुख से बीतता है। शास्त्र दिव्य दृष्टि की भाँति हैं जो अतीत, वर्तमान और भविष्य ही नहीं, अनदेखे को भी देखती है। वह निर्बाध है। जिसके पास वह दिव्य दृष्टि नहीं, वह नयन लेकर भी अन्धा ही है क्योंकि वह नहीं जानता कि उसे क्या करना चाहिए, क्या नहीं, इसलिए अब आप दण्डनीति की भी दक्षता प्राप्त कर लीजिए। वह सारी सिद्धियाँ आपको स्वयं मिल जाएँगी। कभी फिर शासन में भूल भी नहीं होगी। आप चिरकाल तक समुद्र-मेखला-धरित्री का फिर चैन से शासन करिए। "अनन्तवर्मा ने कहा : यह ठीक है। मैं ऐसा ही करूँगा।

विहारभद्र की बुरी सलाह, सामन्तीय दुर्व्यसन

"वह यह कह अन्तःपुर में गया और उसने ऐसे ही बातों में स्त्रियों के बीच मन्त्री की बात की भी चर्चा कर दी। अनन्तवर्मा के एक सेवक विहारभद्र ने इसे वहीं बैठे रहने के कारण सुन लिया। वह औरों की बातों को भाँपनें में चतुर था। राजा का कृपापात्र था। वह नृत्य-गीत-वाद्य-विद्याकुशल, वेश्यागामी, मुँहफट, व्यंग्य कहने में चतुर, सदैव अन्यों के गुप्त भेद जानने में तत्पर, परनिन्दारत, चुगलखोर

था। मन्त्रियों से भी घूस लेता था। दुष्टों का गुरु और कामतन्त्र-कर्णधार था। उसने ये बातें सुनकर मुस्कराते हुए कहा :

राजा का कठिन जीवन

"देव! भाग्य से यदि कोई धनवान हो जाता है तो ऊँची-नीची बातें समझाकर धूर्त लोग उसका दिमाग खराब करके अपना उल्लू सीधा करते हैं। कोई-कोई तो ऐसा धूर्त होता है कि जहाँ कोई सीधा-सादा आदमी मिला उसे बातों के चक्कर में डालकर वह-वह पुल बाँधते हैं कि उसका सिर मुँडवाकर, मृगचर्म की कोपीन पहनवाकर उसे कई-कई दिन भूखा मारते हैं। और उसका सब कुछ डकार जाते हैं। उनसे भी बड़े धूर्त वे हैं जो उसे उसकी स्त्री और बच्चों से ऐसे दूर कराते हैं जैसे शरीर से जीवन। जो कोई ऐसे गुरुओं से बचता है तो नए धूर्त आकर कहते हैं : मैं एक कौड़ी से लाखों बना डालूँ, बिना शस्त्र उठाए शत्रु का नाश कर दूँ। एक देह धारण करनेवाले किसी को भी मैं सारे मनुष्यों पर चक्रवर्ती सम्राट् बना दूँ। पर होगा यह तभी जब कोई मेरे बताए मार्ग पर चले!—और जो कोई उनके चक्कर में आ गया, और पूछ बैठा : कौन-सा है वह रास्ता?—तो वे कहेंगे : चार तरह की राज्य-विद्याएँ होती हैं। त्रयी, वार्ता, आन्वीक्षिकी और दण्डनीति[1]। पहली तीन कठिन हैं, और फल भी उनका है साधारण ही, इसलिए उनका क्या करना है। बस दण्डनीति पढ़ो। आचार्य विष्णुगुप्त (चाणक्य) ने चन्द्रगुप्त मौर्य के लिए उसे केवल 6 हज़ार श्लोकों में लिख दिया है। बस, वह पढ़ो और उसी के अनुसार चलो। जो चाहोगे, वही हो जाएगा।—अब लगा शिष्य 'अच्छी बात है' कहकर पढ़ने। और दण्डनीति पढ़ते-पढ़ते आ गया बुढ़ापा, पर पल्ले पड़ा कुछ नहीं। जो वह घबराया तो धूर्त की सलाह है : एक शास्त्र का दूसरे शास्त्र से सम्बन्ध है। उसे पढ़े बिना कोई क्या दण्डनीति समझ सकता है?—और जो मगज़पच्ची के बाद थोड़ा-बहुत वह समझ में भी आई तो फिर उस शास्त्र का पहला उपदेश है कि पुत्र और स्त्री पर विश्वास मत करो। इतने चावल से एक आदमी का पेट भर सकता है। इतने को पकाने को इतना ईंधन काफी है। इसलिए नाप-तोलकर इतना ही चावल और ईंधन रसोइए को देना चाहिए। राजा सोकर उठते ही, हाथ-मुँह धोए या नहीं, मुट्ठी-आधी मुट्ठी अन्न पेट में डालकर सूर्योदय के साथ ही उस दिन की सब आय और खर्च समझ डाले। ऐसे मूर्ख राजा जमा-खर्च ही समझते रह जाते हैं और उनके चालाक अधिकारी दुगनी रकम खा जाते हैं। चाणक्य ने दूसरों का धन हड़पने की चार तरकीबें बताई हैं, पर वे गुरु लोग अपनी अकल से हज़ार रास्ते ढूँढ़ निकालते हैं। इसके अलावा इधर-उधर की लगानेवालों की आपस की होड़ में बड़ी चुगलियाँ करनेवालों की गन्दी बातें सुन-सुनकर सीधे-सादे राजा के कान पक जाते हैं। उसका तो जीना दूभर हो जाता है। दूसरे, फिर वे धूर्त, झूठे झगड़े खड़े करते हैं। हार की बातें बकते तरह-तरह की बदनामियों के काम करते हैं और मालिक

1. त्रयी : ऋक्, यजु और सामवेद; वार्ता : खेल वगैरह के काम; अन्वीक्षिकी : तर्कशास्त्र।

को मूर्ख बनाकर अपनी जेबें भरते हैं, मालिक का नाम बिगाड़ते हैं। तीसरे, इतना व्यस्त रहता है राजा कि उस बिचारे को नहाने-खाने का समय नहीं मिलता। खाता है तो पच नहीं पाता, बस यही डर लगा रहता है कि किसी ने ज़हर न दे दिया हो! चौथे, धन जमा करने की चिन्ता में सबेरे ही उठकर बैठता है कि सो भी नहीं पाता। पाँचवे, सलाह-मशविरे की चिन्ता से सदा ही घबराहट बनी रहती है। फिर भी मन्त्री लोग मध्यस्थ बनकर दूतों और गुप्तचरों की अनेक गुण-दोष, शक्ति-अशक्ति निकालते रहते हैं। देश-काल की हालत में मनमाने परिवर्तन करके अपना और अपने मित्रों का काम बनाते हैं। ज़रा-ज़रा-सी ओछी बातें सुनाकर राजा को गुस्सैल बना देते हैं और वैसे ऊपर-ऊपर से उसका गुस्सा ठण्डा करने में लगे हुए उसे मुट्ठी में कर लेते हैं। छठे, बात तो यह है कि अपने मन की करनी हो, या सलाहों से बँधी करनी हो, तो इनमें से एक ही हो सकती है। धूर्त मन्त्री अपने मन की करने को दो-तीन घड़ी से अधिक समय ही नहीं देते। सातवें, हमेशा अपनी सेना पर निगाह गड़ाए रहना पड़ता है। आठवें, उसे सेनापति से मित्रता बनाए रखनी पड़ती है, बल बढ़ाने की चालें सोचनी पड़ती हैं। शाम को संन्ध्यावन्दन करके उसे रात के पहले पहर में गुप्तचरों पर आँख रखनी पड़ती है। फिर घातकों, आग लगानेवालों, विष देनेवालों की चालों को वह काटने में लगा रहे। आठवें, खाना खाकर उठे कि वेदपाठी ब्राह्मणों से शास्त्र लेकर पढ़े। तुरही के शोरगुल में शायद चार-पाँच घड़ी सोने को मिलता होगा। जिसको इतनी चिन्ता और हाय-हाय हो वह बिचारा सो भी क्या पाता है? सोकर उठा कि फिर शास्त्र और फिर कार्य। मन्त्रियों से सलाह करके दूत भेजो। दूत दुरंगी मिठास वाली बातें करके धन सीधा करते हैं। किसी का महसूल माफ कराया तो उसी वस्तु का व्यापार करके घर भर लिया। जरूरत किसी चीज़ की नहीं, पर ज़रा-ज़रा-सी बातों को बढ़ा-चढ़ाकर क्या तूल बाँधते हैं! रोज़ नई समस्या पैदा करते हैं। फिर पुरोहित आकर कहेगा : आज मैंने बुरा सपना देखा। आपके ग्रह खराब पड़े हैं। शकुन ठीक नहीं। यज्ञ कराके अनिष्ट शान्ति कराइए। यज्ञ के काम के सब बर्तन सोने के हों, तभी जल्दी सिद्धि मिलेगी। ब्राह्मण ब्रह्म के रूप हैं। वे आपकी कल्याण-कामना करेंगे तो शीघ्र कल्याण होगा। बेचारे गरीबी का कष्ट सह रहे हैं। बहुत बाल-बच्चे हैं उनके, पर यज्ञ रोज़ करते हैं तभी बड़े तेजस्वी हैं। किसी से प्रतिग्रह नहीं लेते। जो इनकी पूजा करते हैं, उन्हें स्वर्ग मिल जाता है मरने पर। आयु बढ़ती है, अरिष्ट मिटता है!—इस तरह वे ब्राह्मणों की प्रशंसा करके उन्हें खूब दान दिला देते हैं और पीछे उनसे लेकर गड़प कर जाते हैं! यों रात-दिन, न चैन न आराम, दुगनी मेहनत, सारी दुनिया की भलाई-बुराई का बोझ ढोनेवाला नीति-ज्ञान विहीन आदमी चक्रवर्ती तो क्या होगा, वह अपने राज्य की भी रक्षा नहीं कर सकेगा। मंत्री इत्यादि धूर्त सेवक जो शास्त्र-शास्त्र कहते हैं, दिखावे को थोड़ा-बहुत राज्य का लाभ करा देते हैं, राजा के सम्मान का दिखावा करके चिकनी-चुपड़ी बातें करते हैं, यह उस बिचारे को ठगने का ही चोंचला होता है। उनपर क्या भरोसा किया जा सकता

है? और जहाँ भरोसा नहीं, वहाँ गरीबी आकर रहेगी। जितनी नीति ज़रूरी है, उतनी तो दुनियादारी में अपने-आप आ जाती है। उसके लिए शास्त्र की क्या जरूरत है? बच्चे को क्या कोई माँ का दूध पीना सिखाता है? वह कितना ही दुःखी क्यों न रहे, अपने शरीर को सुख देने का रास्ता तो निकाल ही लेता है।

'''जो कहते है न, कि इन्द्रिय वश करो, काम-क्रोध को त्यागो, अपने-परायों को साम-दाम से काम में लाओ, हमेशा सन्धि-विग्रह की सोचते रहो, ज़रा भी आनन्द की बातें न करो—वे ही मन्त्री बगुला-भगत-से, चोरी के धन से वेश्याओं का घर भरकर सुख लूटते हैं : कौन हैं ये बेचारे? वैसे बड़े मन्त्रकर्कश, तन्त्रकर्तार बने रहते हैं। शुक्र, आंगिरस, विशालक्षि, बाहुदन्तिपुत्र और पराशर जो इनमें मुख्य हैं, इन्होंने काम-क्रोधादि छः शत्रु क्या जीत लिए थे? क्या वे शास्त्रीय मार्ग पर चलते थे। उन्होंने प्रारब्ध में सिद्धि-असिद्धि पहले से क्या कभी जान ली थी? इन पढ़े-लिखे धूर्तों ने बहुत-से अनपढ़ों को अपना चेला बना डाला है। क्या यह आपको ठीक लगता है कि सारे संसार में वन्दनीय जाति, सुन्दर देह, यह अपार सम्पत्ति, यह सब उन अविश्वसनीय मन्त्रियों के बहकावे में आकर छोड़ दिए जाएँ? बस अपने-पराए राष्ट्र की चिन्ता में सब कुछ छोड़कर जीवन बिताया जाए! ऐसा मत करिए, यह व्यर्थ है। आपके पास दस हज़ार हाथी हैं, तीन लाख घोड़े हैं, पैदल सेना असंख्य है। हेम-रत्नों के कोश भरे हैं। सारा जीवलोक आपकी छाया में बैठकर खाए तो आपका कोश कभी नहीं चुक सकेगा। हर आदमी का जीवन चार दिन का है। उनमें भी जवानी, जो मौज का समय है, बहुत कम होती है। वे मूर्ख तो जन्म लेते ही मर जाया करते हैं, जो अपनी कमाई में से कुछ भोगते ही नहीं। क्या कहूँ? राज्य-भार उन खास मित्रों पर छोड़िए, जो आपके प्रति श्रद्धा रखकर उसे चला सकें। फिर अप्सराओं जैसी अन्तःपुर की सुन्दरियों के साथ विहार करते हुए, पान गोष्ठी[1] में गीतवाद्य सुनते हुए, ऋतुओं के अनुकूल सुख पाते हुए जीवन का आनन्द लूटिए।'

''यह कहकर हाथ जोड़कर पाँचों अंगों से धरती को छूता हुआ वह विहार-भद्र लेट गया। उसकी बातें सुनकर अन्तःपुर की स्त्रियों के लोचन प्रीति से खिल गए और वे हँसने लगीं।

अनन्तवर्मा का पतन

''राजा भी मुस्कराकर उठ खड़ा हुआ और बोला : उठो! कहीं उपदेश देने वाले गुरु भी शिष्य के सामने रीति पर चलते हैं?

''दोनों बैठ गए। राजा ने सोचा कि इन दिनों जो मन्त्री मुझे बार-बार इसी बात पर सलाह दे रहा है उसका मतलब समझे बिना ही यह विहारभद्र बक-बक कर रहा है। इसलिए राजा ने भी उसकी बात का ख्याल नहीं किया।

''उधर मन्त्री ने सोचा : अरे! मैं भी कैसी मूर्खता करता हूँ कि बार-बार वही

---

1. पीने-पिलाने की गोष्ठी—शराब पीने की।

बातें राजा से कहता हूँ जो उसे अच्छी नहीं लगतीं। बार-बार कहता हूँ तो वह अब मुझे भिखारी-सा समझकर गेरी हँसी उड़ाता है। उसकी दृष्टि-में मेरे प्रति वह स्नेह नहीं, मुस्कराकर बात नहीं करता, मन की बात मुझे नहीं बताता, न कभी हाथ से छूता है, न मेरे कष्ट पर दया करता है। मेरे किसी उत्सव में भाग नहीं लेता। न कोई सुन्दर उपहार ही देता है। मेरे उपकार गिने नहीं जाते। मेरे घर के कुशल-क्षेम से उसे मतलब नहीं रहा। न मेरे पक्ष वालों को ही देखता है। न मुझे अपना कोई निजी काम देता है, न अपने अन्तःपुर में ही भेजता है। वह मुझे अयोग्य कार्यों में ही लगाता है। दूसरे लोग मेरे पद के लिए लालायित हैं और वैसी बात करते हैं तो मौन रहकर उनकी बात का समर्थन-सा कर देता है। उसे मेरे शत्रुओं पर विश्वास है। मैं कुछ कहता हूँ तो उसका जवाब नहीं देता, मेरे निरपराध साथियों की निन्दा करता है और मुझे चुभीली बातें कह-कहकर हँसता है। मेरा उपहास करता है। मैं कभी राय देता हूँ तो झट रोक देता है। एतराज़ उठाता है। यदि मैं कोई अमूल्य उपहार भेजता हूँ तो स्नेह से स्वीकार नहीं करता नीतिज्ञों की गलतियों को मूर्खता कहता है। चाणक्य ने ठीक ही कहा है कि चित्र-ज्ञान को ठीक पहचाननेवाले बुरे आदमी भी राजा के प्रिय हो जाते हैं और ऐसा न कर सकने वाले शत्रु फिर मैं क्या करूँ? कितना भी उद्धत क्यों न हो, पर बाप-दादा की परम्परा में तो यह राजा ही माना जाता है। छोड़ा भी तो नहीं जा सकता। इसे नहीं छोड़ूँ पर इसकी मानूँ भी नहीं, तो भी इसकी क्या भलाई कर सकूँगा! निश्चय ही यह राज्य नीतिज्ञ अश्मकेन्द्र वसन्तभानु के हाथों में जाएगा। क्या आनेवाली मुसीबतें इसे सचेत कर सकेंगी? जो वैसे ही उपद्रव कर सकते हैं, उनके द्वेष-लक्षण भी यह नहीं देख सकेगा। उपद्रव तो अवश्य खड़ा होकर रहेगा। पर मैं तो जीभ पर काबू रखूँ और बस अपने पद पर बना रहूँ।

"मन्त्री तटस्थ हो गया। राजा मनमानी पर उतर आया। अश्मकेन्द्र के मन्त्री इन्द्रपालित का दुराचारी पुत्र चन्द्रपालित, जो पिता द्वारा निर्वासित था, आ गया और उसने दुष्टों, बन्दी जनों आदि के साथ निपुण वेशयाएँ, गुप्तचर इकट्ठे किए और तरह-तरह के खेल-कूद दिखाकर विहारभद्र को अपनी मुट्ठी में कर लिया। विहारभद्र पुल बन गया। उस पर चलकर चन्द्रपालित राजा का आश्रित हुआ।

"अनन्तवर्मा ने चन्द्रपालित को 'राजा' का पद दे दिया। चन्द्रपालित मौका देख-देखकर अनन्तवर्मा को बुरे व्यसनों में फँसाता गया और अनन्तवर्मा उसकी प्रशंसा करता रहा।

सर्वनाश का पथ

"चन्द्रपालित कहता : शिकार से जितने फायदे हैं, उतने और किसी से नहीं। कसरत हो जाती है तो शरीर में शक्ति आती है। उससे वक्त-बेवक्त आई आफत को झेलने का दम रहता है। पैरों में चलने की ताकत आती है। कफ नहीं उमड़ता

तो जठराग्नि तेज़ रहती है। चर्बी नहीं बढ़ती तो अंग सुडौल और फुर्तीले हो जाते हैं। जाड़ा-गर्मी, हवा-पानी, भूख-प्यास सहने की ताकत पैदा होती है और हर प्राणी की प्रकृति समझने का ज्ञान आता है। हिरन और साम्भर आदि के मरने से खेतों का अन्न बचता है। भेड़िए और शेरों के मरने से रास्तों का डर दूर होता है। पर्वत और जंगल में घूमने से तरह-तरह की अच्छी जगहें दिखाई देती हैं। और पता चल जाता है कि किससे क्या काम निकल सकता है? बार-बार मिलने से जंगली जानवर भी शिकारी पर विश्वास करने लगते हैं। शिकार से उत्साह बढ़ता है, दुश्मन को डराने की कई तरकीबों की जानकारी हो जाती है। और जुए से तो सब कुछ छोड़ सकने की शक्ति मन में आती है। हार-जीत को कौन जानता है, पर जुआरी इस छोटे डर से दूर हो जाता है। उसमें पौरुष बढ़ानेवाली होड़ पैदा होती है और हाथ की सफाई से कितना ज्ञान बढ़ता है। बुद्धि बड़ी चतुर हो जाती है। मन की लगन तो बस देखने योग्य हो जाती है। उससे उद्योग बढ़ता है। एक से एक कठोर आदमी मिलता है, जिससे हृदय मजबूत होकर अडिग हो जाता है। दीनता छूटकर स्वाभिमान तो जुए से ही जागता है। और फिर उत्तम स्त्रियों से सम्भोग करने से धर्म और अर्थ मिलते हैं। पौरुष बढ़ता है। औरों के मन की जानकारी होती है। मन निर्लोभ हो जाता है। सभी कलाओं में निपुणता आती है। अप्राप्य को पाने की इच्छा, प्राप्त की रक्षा से, रक्षित से उपभोग, उपभुक्त से होने वाले सुख-दुःख की विवेचना और रूठी स्त्री का रोज़ मान-हरण करने से वचन में चतुराई—यह सब पैदा होती है। अपने शरीर का कितना ध्यान अपने-आप रखना पड़ता है! और सुन्दर वेषभूषा रहती है। सबके सामने सम्मान मिलता है, मित्रों का प्रेम प्राप्त होता है। अपने आदमियों से संकोच कम होता है, हंस-हंसकर बातें करने की आदत पड़ती है। शक्ति बढ़ती है, उदारता जागती है। और फिर सन्तान जन्म लेती है तो दोनों लोक सध जाते हैं। और शराब पीने से तो कई रोग दूर होते हैं, चाहे जैसी अवस्था लौट आती है। अहंकार बढ़ता है। क्लेश पास नहीं आते, वासना बढ़ती है, जो स्त्री-भोग में शक्ति बढ़ाती है। बराबर कसूर माफ करने की आदत पड़ती है, जो मन का उद्वेग हटाती है। छिपी बातों को बताने और बेकार की बक-बक से भी विश्वास पैदा कर देने की ताकत जागती है। राग द्वेष होते हैं दूर, दीखता है आनन्द ही आनन्द। इन्द्रियों को शब्द आदि का अनुभव होता है। बाँटकर खाने-पीने से मित्रों और सम्बन्धियों में एकता रहती है। और अंगलावण्य तो निखार लाता है। विलास का बड़ा सुख मिलता है। भय से जन्मने वाले संकट को टालते रहने से युद्ध की निपुणता पैदा हो जाती है। बुरे वचनों, कड़े दण्डों और दूसरे का धन हड़पने से बड़ा लाभ होता है। राजा को मुनि जैसा शान्त नहीं होना चाहिए, वह न शत्रु हरा पाता है, न प्रजा को ही काबू में कर पाता है।

"राजा अनन्तवर्मा पर पूरा रंग चढ़ गया, वह उसीके रंग में रंग गया। उसकी देखा-देखी सब नौकर-चाकर भी शराब, औरत आदि बुराइयों में पड़ गए। सारे राज्य

के अधिकारियों की हालत बिगड़ गई। कोई किसीके दोष नहीं देख सका। राजा और राजसेवक एक-से हो गए, तब प्रजा से धन उमेठा जाने लगा। धीरे-धीरे आय के रास्ते बन्द हो गए और राजा को वेश्याओं और मदिरा में घिरकर खर्चा ज्यादा चाहने की आदत पड़ गई। तब राजा ने सामन्तों और राज्य के धनिकों और उनकी स्त्रियों को भी फुसला-बहकाकर अपनी शराब पीने की गोष्ठियों में शामिल कर लिया और वह उनकी स्त्रियों से भी छल-कपट करके व्यभिचार करने लगा। इसे देखकर सामन्त भी निडर होकर उसके रनिवास की स्त्रियों से खूब व्यभिचार करने लगे और तब रनिवास की स्त्रियों ने तिनके बराबर भी राजा की परवाह न की और उन व्यभिचारियों से खूब खेलने लगी। अब यारों में झगड़े शुरू हुए। कमज़ोरों को ताकतवरों ने मार डाला। चोर धनिकों का धन चुरा ले गए। सारे राज्य की सम्पत्ति उड़ गई। पाप के दरवाज़े खुल गए। प्रजा के बन्धुबान्धव मार डाले गए, लुट गए। राज्य के उद्धत अधिकारियों ने बहुत-सी प्रजा को मार डाला, कैद में डाल दिया। प्रजा में हाहाकार मच उठा। किसी पापी को ठीक दंड मिलता ही न था, तो प्रजा में भय और क्रोध ने जगह ले ली। भूखों को लालच ने दबाया और राज्य के अच्छे दर्जे के लोगों का अपमान होने लगा। उन्हें गुस्सा आने लगा और तब बाहर से शत्रु यहाँ के लोगों को आपस में लड़ाने लगे।

अश्मकेन्द्र की नीति

"कई शत्रुदूत शिकारी बनकर अनन्तवर्मा की सेना में जा घुसे और वे सैनिकों को जंगल में किसी जगह बहुत-से जानवरों का वर्णन करके उन्हें लालच देकर पहाड़ों की ऐसी गुफाओं में ले गए, जहाँ से कोई निकल न सका। वहाँ उन्होंने गुफा को फूँस-लकड़ियों से ढककर आग लगाकर जला दिया। कोई कहता : उस जगह एक शेर है, बड़ा तंग करता है—और सैनिकों को ले जाकर शेरों से मरवा देता। प्यासे सिपाहियों को कुएँ का पता देकर दूर भेजा जाता और वहाँ मार डाला जाता। जिधर से सेना निकलने को होती उधर बड़े-बड़े गड्ढे खोदकर उनपर घास बिछा दी जाती और यों कितने ही नष्ट कर डाले गए। ऐसी-ऐसी चालाकियाँ की गईं कि कई सिपाही तो दुर्गम पर्वतों में तड़पकर, भाग-भागकर मर गए। किसी के पाँव में काँटा लग जाता तो दुश्मन उसके पाँव से काँटा ज़हर-बुझी छुरी से निकलवाते और फिर वह विष से सड़-सड़कर मर जाता। जंगली जानवरों के शिकार की आड़ में कितने ही सैनिक मार डाले गए। कभी-कभी शर्त बन्दी की जाती कि पहाड़ की चोटी पर कौन चढ़े। ऊपर चढ़े और मौका देखकर धक्का दे दिया। कितने ही लोग जंगली बनकर जंगलों में रहने और इक्का-दुक्का सिपाही देखकर सफाया कर देते। कभी सैनिक नाच-रंग में लगे रहते तो उन पर एकदम छापा मारकर मार डाला जाता। आपस में ऐसा झगड़ा करा देते कि बड़ा खून-खराबा होता। झूठी अफवाहें फैलाकर प्रजा में आतंक फैलाकर अनन्तवर्मा की बदनामी उड़ा दी जाती और मौका देखकर कई

सैनिकों को मार डाला जाता। कभी औरत के पीछे झगड़ा करके हत्याएँ करा देते, कभी औरत भेज देते, जो राजा के अफसरों और सैनिकों को एकान्त में बहकाकर ले जाती जहाँ गुप्त घातक उन्हें मार डालते। क़भी उड़ाते : फलानी गुफा में बड़ा धन रखा है—और कभी कहते : उस मन्त्र से सब मिल सकता है,—राजा, अधिकारी और सैनिक लोभ में पड़ते। वहाँ सैनिक और अधिकारी जाने को होते तो ले जाते और रास्ते में ही तरह-तरह की चालों से उन्हें मार डालते। किसी को मस्त हाथी पर चढ़ा देते और सम्भालने के बहाने से ही हाथी को भड़का देते। हाथी उसे रौंद देता। वे उस मस्त हाथी को बड़े-बड़े राज्याधिकारियों के बैठने की जगह भगाते और हाथी उन्हें मार डालता। राजा के सम्बन्धियों में झगड़ा दिखाई देता, तो वे शत्रु एक पक्ष वालों को मारकर—दूसरे पक्ष ने मरवा डाला—यह उसपर लादकर उसे भी मरवा डालते। सामन्तों के नगरों में वे दुराचारियों को मारते और नाम किसी और का लेकर उसे भी फँसवा देते। बीमार औरतों से सम्भोग करवाके उन्होंने कई सैनिकों को तपेदिक का मरीज़ बनवा दिया। कई शत्रु-दूतों ने राज्य सैनिकों को ज़हर-बुझे कपड़े, गहने, सुगन्धित लेप आदि देकर मार डाला। वे वैद्य बन गए और ज़हरीली दवाएँ देकर कई सैनिकों को उन्होंने यम के पास पहुँचा दिया। इस तरह अश्मकेन्द्र वसन्तभानु के भेजे हुए चरों ने तीव्र रस देने के बहाने से अनन्तवर्मा की सारी सेना को जर्जर कर दिया।

अनन्तवर्मा का मारा जाना

"उसी समय अश्मकेन्द्र वसन्तभानु ने भानुवर्मा नामक वन-प्रदेश के शासक को भड़काकर अनन्तवर्मा से भिड़ा दिया। अनन्तवर्मा ने भानुवर्मा को हराने के लिए अपने राष्ट्र की सारी शक्ति लड़ा दी। वसन्तभानु अपने सारे सामन्तों को लेकर अनन्तवर्मा से आ मिला और उसका प्रिय बन गया। और भी सामन्त लोग अनन्तवर्मा की मदद करने आ पहुँचे। नर्मदा नदी के लिए किनारे सबने शिविर डाल दिए। वहाँ जब सभा जुड़ी तो उसमें महासामन्त कुन्तलाधिपति अवन्तिदेव की रंगशाला की प्रधान नर्तकी नाचने लगी। वह अनिंद्य सुन्दरी थी। चन्द्रपालित आदि के साथ बैठा अनन्तवर्मा उसका सौन्दर्य देखकर मुग्ध हो गया। शराब वैसे पी ही रहा था। अश्मकेन्द्र ने कुन्तलाधिपति अवन्तिदेव को एकान्त में ले जाकर कहा : देखो! यह पागल हुआ जा रहा है। यह हमारी स्त्रियों का भी बलात्कार करना चाहता है। आखिर हम कब तक इस तरह अपमान सहेंगे। मेरे पास सौ हाथी हैं, पाँच सौ आपके पास हैं। आइए, हम लोग मिलकर मरल देश के राजा वीरसेन, ऋचीकदेश के राजा एकवीर, कोंकण देश के राजा कुमारगुप्त सासिक्य देश के राजा नागपाल को अनन्तवर्मा से फोड़कर अलग कर दें। इस अनन्तवर्मा का व्यवहार उद्धत है ही, वे अवश्य हमारे साथ जाएँगे यह जो वनवासियों का राजा भानुवर्मा है यह भी हमारा मित्र है। उसे आगे करके हम पीछे से चढ़ाई करके इसे मार डालें और इसका खज़ाना और वाहन आपस में बाँट लें।

"अवन्तिदेव ने यह बात मान ली और बीस अच्छे कुंकुम की सुगन्धि से रमे ज़रीन कम्बल देकर उसने अपने विश्वासी मन्त्रियों से सलाह करके, उनको भी फोड़ लिया। दूसरे दिन उन सामन्तों और वनवासियों के अधिपति की सहायता से अनन्तवर्मा को मार डाला गया। वसन्तभानु ने तुरन्त अनन्तवर्मा की बरबाद सेना, खज़ाना, वाहन आदि अपने कब्ज़े में कर लिया और सभी सामन्तों से कहा : आप अपने बल के अनुसार इस धन को बाँट लीजिए। जो चाहें सो मुझे दे दें। मेरे लिए वही बहुत है।

"वसन्तभानु ने यह तरकीब करके सबको खुश कर दिया। पर धन के बँटवारे के समय वे सब सामन्त लड़ मरे और वसन्तभानु ने चालाकी से सबको मार डाला और सबकी सम्पत्ति उसने ही हड़प ली। भानुवर्मा को कुछ दे-दिवा दिया। और आकर उसने अनन्तवर्मा के राज्य पर कब्ज़ा कर लिया।

रानी, राजकुमारी और राजकुमार का भागना

"वृद्ध मन्त्री वसुरक्षित इस मुसीबत से बहुत दुःखी हुआ। उसने पुराना सेवकत्व निभाया। कुछ पुराने सेवक मँगाए और वह राजमाता महादेवी वसुन्धरा, उनके पुत्र और अनन्तवर्मा की तेरह साल की पुत्री मंजुवादिनी को साथ लेकर वहाँ से भाग निकला। कुछ दिन में ही वह दाहज्वर से मर गया। तब कुछ हितैषियों ने महादेवी और उनकी लड़की और लड़के को माहिष्मती भेजा। वहाँ अनन्तवर्मा के भाई मित्रवर्मा रहते थे।'

'बूढ़े ने रुककर कहा : 'मैं इन्हींके साथ था। मित्रवर्मा राजमाता को चरित्रहीन समझा। उसे यह भी डर हुआ कि कहीं ये लोग इस बच्चे को राजा न बना दें। बस उसने निर्दयता से इस बच्चे को मारने की तरकीब की। महादेवी को पता चल गया। उन्होंने मुझे आज्ञा दी : नालीजंघ! तात! इस बालक को ले जाओ और तुम कहीं इसे छिपाकर इसके साथ रहो। जीवित रहूँगी तो मैं भी आ मिलूँगी। जहाँ भी रहो मुझे पता लगवा देना और खबर देते रहना।

राजकुमार वन में

"महादेवी की आज्ञा से मैं इस बालक को लेकर राजकुल से बचाता हुआ विंध्यवन में जा छिपा। पैदल चलने से बालक थक गया था। मैंने इसे कई दिन एक अहीर की गोशाला में छिपा रखा। पर वहाँ भी डर था कि कहीं राजपुरुष न आ पहुँचें। इसलिए मैं वहाँ से भी भागा। राह में बड़ी जोर की प्यास लगी। मैं इसके लिए पानी लेने इसी कुएँ पर आया कि भीतर गिर पड़ा। आपने दया करके मेरी रक्षा की। अब आप ही इस अनाथ बालक की रक्षा करें।'

'यह कहकर वह मेरे सामने हाथ जोड़कर खड़ा हो गया।

'मैंने कहा : इस बालक की माता का परिवार कैसा है?

'उसने कहा : पाटलिपुत्र के वैश्य वैश्रवण की पुत्री सागरदत्त उनकी माता थी और कोसल देश के अधिपति कुसुमधन्वा उनके पिता थे।

'मैंने कहा : तब तो इसकी माता और मेरे पिता, दोनों के नाना एक ही थे।

'मैंने बालक को प्रेम से हृदय से लगा लिया।

'वृद्ध ने कहा : आपके पिता सिन्धुदत्त के कौन-से पुत्र हैं?

'मैंने कहा : सुश्रुत।

'वह बहुत प्रसन्न हो गया।

'मैंने मन ही मन प्रतिज्ञा की—मैं उस नीति के गर्व से फूले हुए अश्मकेन्द्र को नीतिबल से उखाड़ फेकूँगा और इस बालक को इसके बाप की जगह फिर स्थापित करूँगा।

किरात का आगमन, खबर मिलना

'पर अब इसकी भूख कैसे मिटाऊँ। यह ध्यान मुझे आया। तभी मैंने दो मृगों को भागते देखा, जो एक किरात के तीन बाणों से बचकर भाग निकले थे। वह किरात भी आ गया। उसके पास दो बाण बचे थे। मैंने उससे धनुष-बाण लेकर मृगों पर निशाना साधा। एक मृग के शरीर में बाण ऊपर के पँखों तक धंस गया और दूसरे बाण ने तो दूसरे मृग को आरपार बेंध दिया था। एक मृग मैंने किरात को दे दिया और दूसरे के रोएँ, चमड़ा, क्लोम और आँतें निकालकर उसे काटा। फिर उसकी जाँघ, हड्डी और गला निकालकर सलाइयों में बाँधकर वन की दावानल के अँगारों में भूना। फिर उसे मैंने, नालीजँघ और बालक ने खाकर भूख मिटाई। किरात मेरे कौशल से प्रसन्न हो गया।

''मैंने पूछा : माहिष्मती का कुछ हालचाल जानते हो?

'किरात ने कहा : मैं तो वहाँ बाघ के चमड़े की पिटारियाँ बेचकर आ रहा हूँ। वहाँ की बातचीत क्यों नहीं बता सकूँगा? चण्डवर्मा का छोटा भाई प्रचण्डवर्मा मंजुवादिनी से ब्याह करने की इच्छा रखता है। आज वह आ रहा है।

विश्रुत की तरकीब

'मैंने बूढ़े नालीजंघ के कान में कहा। वह धूर्त मित्रवर्मा अपनी भतीजी मंजुवादिनी पर स्नेह दिखलाकर उसके द्वारा माता का विश्वास जीतकर इस बालक को अपने पास बुलाकर मार डालना चाहता है। तुम एक काम करो। तुम महादेवी वसुन्धरा को मेरी और इस बालक की एकान्त में सारी खबर देकर बाहरी तौर पर यह फैलाकर रोने लग जाना कि बच्चे को व्याघ्र खा गया! और यह कहकर खूब रोना। दुष्ट मित्रवर्मा प्रसन्न हो जाएगा और दुःख दिखलाता हुआ महादेवी को धीरज बँधाएगा। फिर देवी तुम्हारे मुँह से उससे कहलवाएँ कि जिसके लिए मैंने तुम्हारी बात नहीं मानी, वह

बालक ही मर गया। अब तो तुम जो कहोगे, वही करूँगी।—वह प्रसन्न होकर देवी के पास प्रीति दिखाने जाएगा। तब महादेवी इस तेलिया मीठा नाम के महाविष को पानी में घोलकर उसमें फूलों की माला डुबा लें और जब वह पास आ जाए तब उसकी छाती और मुख पर माला मारकर कहें : यदि मैं पतिव्रता हूँ तो मेरी इस माला की मार तेरे लिए तलवार का वार बन जाए।—मित्रवर्मा ज़हर से मर जाएगा। तभी वे मेरी इस दूसरी दवा को पानी में घोलकर उस माला को उसमें धो डालें और ज़हर तुरन्त छूट जाने पर मंजुवादिनी को दे दें। उसका कुछ भी नहीं बिगड़ेगा। लोग महादेवी को महासती समझकर उनके अनुयायी हो जाएँगे। फिर प्रचण्डवर्मा को खबर भिजवाना कि यह राज्य राजा के बिना सूना है। आप राज्य भी लें और कन्या मंजुवादिनी को भी स्वीकार करें।—तब तक मैं और यह बालक कापालिक का वेश धारण करके देवी वसुन्धरा की दी हुई भिक्षा पर जीवन बिताते मरघट में नगर के बाहर रहेंगे। मौका पाकर महादेवी अपने विश्वासी नगरवासियों और वृद्ध मन्त्रियों को बुलाकर एकान्त में कहें कि आज स्वप्न में मुझपर विंध्यावासिनी देवी ने कृपा की। उन्होंने कहा है कि आज से चौथे दिन प्रचण्डवर्मा मर जाएगा। पाँचवे दिन रेखा नदी के किनारे एकान्त में जो मेरा मन्दिर है, वहाँ नीरवता होने पर एक ब्राह्मण तुम्हारे पुत्र के साथ मेरे मन्दिर का द्वार खोलकर बाहर निकलेगा। वह ब्राह्मण तुम्हारे राज्य को अपने हाथ में लेगा और तुम्हारे बालक को राज्यसिंहासन पर बिठाएगा। इस समय मैं सिंहनी बनकर तुम्हारे बालक की रक्षा कर रही हूँ। यह मंजुवादिनी उस ब्राह्मण की पत्नी होगी। बस देवी ने इतना ही कहा है। मैंने जो बात बताई है उसे आप लोग गुप्त ही रखें।

'वह नालीजंघ मेरी बात सुन प्रसन्न होकर चला गया और वैसे ही उसने सब काम कर डाला। प्रजा में यह खबर फैल गई—अरे! पतिव्रत का भी कितना महात्म्य है! देवी का माला-प्रहार तलवार का वार बन गया। कैसे कह दें कि माला में कोई असर था! देवी का वही हार तो बेटी मंजुवादिनी की छाती पर शोभित हुआ? जो पतिव्रता की आज्ञा नहीं मानेगा वह भस्म हो जाएगा।

तरकीब का प्रयोग

'जब मैं और बालक कापालिक वेश में भिक्षा माँगने आ गए तो देवी प्रसन्न हो उठीं। दूध छातियों में छलक आया। हर्षाकुल हो उठीं। बोलीं—भगवन्! प्रणाम करती हूँ। इस अनाथ को सनाथ करके अनुग्रह करें। मैंने एक सपना देखा था, वह सच है या नहीं?

'मैंने कहा : आज ही उस सपने का फल दीखेगा।

'यदि दासी का ऐसा ज़ोरदार भाग्य है तो वह सपना सनाथ करने ही आया था।—मंजुवादिनी ने कहा। वह मुझे देखते ही आसक्त हो गई और हर्ष से बोली : यदि सपना झूठा हो गया तो कल मैं तुम्हारे इस भिक्षु बालक को रोक लूँगी।

'मैंने उसे स्नेह से आँखें गड़ाकर देखा और मुस्कराकर कहा : अच्छा यही सही।

'भिक्षा प्राप्त कर, नालीजंघ को साथ लेकर चल पड़ा और कुछ आगे जाकर मैंने धीरे-धीरे पूछा : क्यों? वह अल्पायु प्रचण्डवर्मा इस समय कहाँ है?

'उसने कहा : उसको तो यह भरोसा हो गया है कि अब यह राज्य मेरा ही है। वह सभागृह में बन्दीजनों की स्तुतियाँ सुनता बैठा है।

'तो तुम यहीं उद्यान में ठहरो—यह कहकर वृद्ध को वहीं छोड़कर मैं महल के एक कोने में चला गया, जहाँ एक सूना मठ था। उसमें जाकर मैंने कापालिक का वेश उतारकर धर दिया और कुशीलव[1] वेश धारण करके मैंने बालक राजकुमार को अपने कापालिक-वेश की देखभाल करने को तैयार किया और मैं प्रचण्डवर्मा के पास जा पहुँचा। मैं कविताएँ सुनाकर उसका मन बहलाने लगा। जब साँझ हो गई और धूप लाल-सी पड़ गई मैंने ऐसी वेशभूषा बना ली कि लोग मुझे पहचान न पाएँ और नाच, गाना, तरह-तरह से रोना, हाथ चमकाना, दोनों हाथों को धरती पर टेककर सिर घुमाते हुए पैरों को उठाना, एक पाँव उठाकर दूसरे को सिकोड़कर नाचना, बिच्छू और मगर जैसी आकृति बनाकर चलना, मछली की तरह पलटा खाना आदि अंग-कौशल दिखाते-दिखाते मैंने पास बैठे आदमियों की छुरियाँ ले लीं और उनपर अपने शरीर के बोझ को डाल दिया। मैं जो काम कर रहा था, वह कोई नहीं कर सकता था, सब चकित थे। फिर मैं बाज़ की तरह झपटा, फिर कुररी पक्षी की तरह बोलने लगा। प्रचण्डवर्मा मुझसे बीस धनुष की दूरी पर बैठा था। खेल दिखाते-दिखाते मैं झटपकर उसके पास जा पहुँचा और उसकी छुरी से मैंने उसका सीना फाड़ दिया और चिल्लाया—वसन्तभानु हज़ार बरस जिएँ—गुप्तदूतों में से एक ने मुझे मारने को खड्ग उठाया कि मैंने झपटकर उसका हाथ पकड़कर उसे दे मारा। वह बेहोश हो गया। सब मुझे घबराकर देखने लगे कि मैं दो आदमियों जितनी ऊँची प्राचीर लाँघ गया और झट उपवन में पहुँचा। जो मेरा पीछा कर रहे थे, उनसे मैंने कूदते समय कहा, आ जाए जिसमें हिम्मत हो। यही रास्ता है।—और मैं नालीजंघ के बनाए बालू के चौरस रास्ते पर न चलकर, तेज़ी से पास के तमालकुंज में होकर पूर्व दिशा की ओर भागा। आगे एक ईंटों का ऊँचा टीला था, इसलिए फिर पश्चिम को मुड़ा और तेज़ी से भागकर मिट्टी का ढूह, और खाई लाँघकर मैं उसी सूने मठ में जा पहुँचा। झट से मैंने वेश बदल डाला और बालक राजकुमार को साथ लेकर हाहाकार से घबराए रक्षकों से घिरे राजद्वार से, मुश्किल से उसे साथ लेकर, निकल गया, और मरघट जा पहुंचा, जहाँ दुर्गा का मन्दिर था। प्रतिमा के पास मैंने पहले ही एक गुप्त द्वार बना लिया था। और उसका मुँह एक बड़े पत्थर से ढक दिया था। आधी रात के

1. कुशीलव—जिनको बाद में बन्दीजन और चारण कहा गया। वास्तव में वाल्मीकि के शिष्य, राम के पुत्र, कुश और लव की तरह रामायण को गाकर सुनाने वाले लोग होते थे, तभी ऐसे गाने वालों की कुशीलव कहा जाता था।

समय जब अन्तःपुर का नपुंसक बहुमूल्य रेशमी वस्त्र और आभूषण ले आया उन्हें पहनकर हम उसी बिल में जाकर बैठ गए—चुपचाप।

'महादेवी ने मालवराज प्रचण्डवर्मा का दाह-संस्कार कर दिया और चण्डवर्मा को सारा संवाद भिजवाया कि शायद यह वसन्तभानु अश्मकेन्द्र का काम है। दूसरे दिन पहले से निश्चित किए गए नगरवासियों, वृद्ध मन्त्रियों और सामन्तों के साथ महादेवी मन्दिर में आईं। उन्होंने भगवती दुर्गा की पूजा की। सबके सामने मन्दिर के सामने के द्वार को बन्द कर दिया और फिर महादेवी की आज्ञा से नगाड़ा बड़े ज़ोर-ज़ोर से बजाया जाने लगा। वह स्वर जब बारीक से बारीक छेद से होकर मेरे पास पहुंचा तो मैं तैयार हो गया, और मैंने सिर लगाकर प्रतिमा के साथ ही उस भारी लोहे के आसन को हाथों पर उठा लिया। यह काम बड़े ही मज़बूत आदमी के लिए भी बड़ा कठिन था। बगल में रखकर उसे मैं राजकुमार को लेकर बाहर निकल आया। मैंने दुर्गा की पूजा की और तब किवाड़ खोलकर बाहर आ गया। विश्वास से लोगों की आँखों में प्रसन्नता छा गई, रोमांच हो आया ओर हाथ जोड़े चकित-सी प्रजा दुर्गा को प्रणाम करने लगी। तब मैंने कहा : देवी विंध्यवासिनी ने मेरे द्वारा कहलवाया है कि उन्होंने ही कृपा करके सिंहनी बनकर इस राजकुमार की रक्षा की है। आज वे इसे मेरे हाथों में सौंप रही हैं। उनकी आज्ञा है इसे कि मैं अपना ही पुत्र समझूँ।

'फिर मैंने कहा : वसन्तभानु ने भीषण षड्यन्त्र रचे थे। अब उन कपटजालों की नीचता प्रकट हो चुकी है। उस निर्दयी के इरादों को बिगाड़ने को ही मैं इस बालक का रक्षक बना हूँ। मेरे इसी पुरुषार्थ का पुरस्कार बनाकर महादेवी वसुन्धरा ने इसकी बहन मंजुवादिनी मुझे दी है।

'प्रजा के लोग यह सुनकर प्रसन्न हो उठे। वे कहने लगे : भोजवंश का अहोभाग्य! जिसके आप जैसे स्वामी हैं, स्वयं भगवती दुर्गा ने भेजा है!

'मेरी सास तो बहुत ही प्रसन्न हुई। मंजुवादिनी का उसी दिन मुझसे विवाह कर डाला गया। रात होते ही मैंने मन्दिर की वह सुरंग खूब अच्छी तरह भर दी। किसीको भी बिल नहीं दिखा। सबको आश्चर्य था कि वहाँ मन्दिर में खाने-पीने को कुछ भी नहीं था और फिर भी हम खूब हृष्ट-पुष्ट, प्रसन्न थे। मैं तो देवता का अंश माना जाने लगा। अब कौन ऐसा था जो मेरी आज्ञा को टाल जाता।

राजकुमार का गद्दी पर बैठना

'राजकुमार आर्या महादेवी के पुत्र थे इसलिए उनका भी प्रभाव बहुत बढ़ गया। एक दिन शुभ तिथि को मैंने पुरोहित से उसका मुण्डन, उपाकर्म कराके नीतिशास्त्र पढ़ाते हुए राज्य का कार्य सम्भालना शुरू कर दिया।

'मैंने सोचा : राज्य की तीन शक्तियाँ होती हैं, मन्त्र, प्रभाव और उत्साह। तीनों एक-दूसरे से मिलकर काम करती हैं। मन्त्र से कर्तव्य-ज्ञान, प्रभाव से प्रभु-शक्ति

में कार्य-प्रवृत्ति, और उत्साह से कार्यसिद्धि होती है। सहाय, साधन, उपाय, देश, काल, विभाव और विपत्ति, प्रतिकार—ये पंचाग हैं जो नीतिवृक्ष के मूल हैं। कोष और दण्ड दो स्कन्ध है। कार्य पूरा करने की स्थिरता को उत्साह कहते हैं। साम, दाम, दण्ड, भेद उसकी शाखाएँ हैं। स्वामी, मन्त्री, सुहृद्, कोष, राष्ट्र, दुर्ग, सेना, पुरवासी आदि जो आठ अंग हैं, वे भेद-प्रभेद से 72 पत्ते हैं। सन्धि, विग्रह, यान, द्वैध, समाश्रय आदि नीतिवृक्ष के किसलय हैं। शक्ति, सिद्धि पुष्प और फल हैं। यह नीतिवृक्ष राजा का काम करता है।

'मित्रवर्मा का मन्त्री आर्यकेतु कोसल देश का है, मातृपक्ष का है और इसमें मन्त्री के सारे गुण हैं। उसकी न मानकर ही मित्रवर्मा का ध्वंस हुआ है। वह मिले तो बहुत ठीक रहे।

'एकान्त में नालीजंघ को बुलाकर कहा : तात! आर्य आर्यकेतु से एकान्त में कहोः यह मायापुरुष कौन है जो राजकुमार को बस में करके राजलक्ष्मी का भोग कर रहा है? पूरा भुजंग है। छोड़ेगा या उसे निगल जाएगा?—जो जवाब दे सो मुझे बताना।

'नालीजंघ ने लौटकर कहा : मैं गया था। उपहार दिए, हाथ-पाँव दाबे और जैसा आपने कहा था, मैंने पूछ डाला। उन्होंने कहा : भद्र! ऐसा मत कह। वह राजवंश को उज्ज्वल करेगा। असाधारण बुद्धि-निपुणता, अपरिमाण उदारता, अति आश्चर्यजनक अस्त्र-कौशल, अनन्त शिल्पज्ञान, अतुलित दया, दुःसह तेज और दुरन्त वीरता से वह शत्रु से लड़ सकता है। उसमें मानव जैसे लक्षण नहीं हैं, सभी दिव्य गुण-से है। शत्रु को कंटीला विल्व वृक्ष है। मित्रों-नम्रजनों को वह चन्दन है। वह नीतिगर्वी अश्मकेन्द्र को उजाड़कर इस राजकुमार को इसके पिता के पद पर लाकर स्थित करेगा। तुम शंका न करो।

'मैंने उस वृद्ध मन्त्री की बात सुनकर उसे उपहार देकर, उसका दिल जीता और अपना सहायक बना लिया। फिर अनेक वेशधारी गुप्तचर बनाकर, प्रजा के भीतर छिपे लोभी, अभिमानी, उद्दण्ड लोगों में उनके द्वारा अपने औदार्य और धार्मिक भावना को फैलाकर मैंने नास्तिकों को नीचा दिखाया। राज्य-बाधाओं को उखाड़ डाला। अमित्रों की चालें विफल कीं, चातुर्वर्ण्य और स्व-धर्म-कर्म की स्थापना की। अर्थोपार्जन के तरीके निकाले क्योंकि अर्थ से ही दण्ड और राज्य-कार्य सिद्ध होते हैं। दुर्बलता से बड़ा कोई पाप नहीं है। यही सोचकर मैं बल बढ़ाने में लग गया।

(उत्तरपीठिका) उपसंहार

विश्रुत का अपना बयान

विश्रुत का वसन्तभानु से बदला लेने की तरकीब सोचना

'मैंने सोचा : यह इतने सारे वीर मुझपर इतनी श्रद्धा रखते हैं और मेरे इशारे पर जान देने को तैयार हैं। मैं नीतिवान हूँ और दोनों राज्यों की सेना-सामग्री की तुलना की जाए तो अश्वमकेन्द्र वसन्तभानु से मैं कम नहीं हूँ। अब अश्मकेन्द्र को हराकर विदर्भराज अनन्तवर्मा के पुत्र भास्करवर्मा को उनके पिता की गद्दी पर बिठाने लायक हो गया हूँ। इस राजकुमार को दुर्गा देवी ने अपना पुत्र माना है, और मुझे उसका सहायक बनाया है। वह युद्ध में ज़रूर डरेगी। यहाँ सब इस राजकुमार की उन्नति चाहते ही हैं। अश्मकेन्द्र के अन्तरंग सेवकों से मेरे विश्वासी पुरुष एकान्त में मिलकर उन्हें मित्र बनाएँगे और यह बात फैला देंगे कि देवी इधर है, अतः लड़कर क्यों मरते हो? अनन्तवर्मा के पुत्र भास्करवर्मा से मिल जाओ। जो हमसे मिल जाएँगे उन्हें खूब धन दिया जाएगा। जो विरुद्ध रहेंगे, वे दुर्गा के त्रिशूल से ही डरकर मर जाएँगे। दुर्गा की आज्ञा थी कि एक बार सूचना दे दी जाए। आप मित्र हैं, तभी आपके लिए यह बात दुर्गा ने कहलवाई है।

'वैसे ही लोगों का मन उचाट हो रहा था। मेरी बात सुनकर सब बस में आ गए।

'अश्केन्द्र ने जब सुना तो सोचा : राजकुमार की प्रधान प्रजा तो उसे राजा बनाना चाहती ही है। मेरे भीतरी-बाहरी सेवक अनमने-से हैं। इससे पहले कि मेरी अवज्ञा हो, वे अकेले में बातचीत कर पाएँ, मैं युद्ध छेड़ दूँ। वह राजकुमार मेरे सामने क्या टिकेगा?

'यह तय करके अन्याय से प्राप्त राज्य के पाप से प्रेरित होकर अश्मकेन्द्र सेना लेकर मेरी सेना पर ऐसे चढ़ आया जैसे मौत के मुँह में आ रहा था।

'अश्मकेन्द्र आगे था। मैं भी झट आगे बढ़ा और मैंने उसकी तरफ अपना घोड़ा दौड़ा दिया।

अश्मकेन्द्र की मृत्यु

'उसकी सेना ने सोचा कि ज़रूर यह देवी के वर से दिव्य शक्ति रखता है।

अन्यथा अकेला क्यों आ रहा है? यह तो असाधारण बात है।

'यही सोचकर सेना चित्रलिखित-सी खड़ी रह गई।

'मैंने पास जाकर अश्मकेन्द्र को युद्ध के लिए ललकारा। वसन्तभानु ने मेरे मुख पर तलवार का भयानक वार किया। मैंने हथियार से उस वार को बेकार करके ऐसा हाथ मारा कि उसका सिर कटकर धरती पर जा गिरा। तब उसके सैनिकों से मैंने कहा : और जिसकी लड़ने की इच्छा हो, अकेला आए, या सब मिलकर आ जाओ। और नहीं तो इस राजकुमार के चरणों में प्रणाम करो, सेवक बनो, मज़े से अपनी-अपनी जगह बने रहो और सुख से जीवन बिताओ।

भास्करवर्मा का राजा होना

'मेरी बात सुनकर अश्मक सेना के लोग अपने वाहनों से उतरकर राजकुमार को प्रणाम करके उसके अधीन हो गए। तब मैंने अश्मकेन्द्र का राज्य भी राजकुमार के ही हाथ में दे दिया और अपने मुख्य प्रजाजनों को उसकी देखभाल पर लगाकर, अश्मकेन्द्र के वीर सैनिकों के साथ विदर्भ देश की राजधानी में पहुँचकर राजकुमार भास्करवर्मा को उसके पिता के राजसिंहासन पर बिठा दिया।

'माता वसुन्धरा के साथ एक दिन राजा भास्करवर्मा बैठे थे। मैंने कहा : मैं एक काम शुरू करने की इच्छा कर चुका हूँ। वह जब तक सिद्ध नहीं हो जाएगा तब तक एक जगह नहीं रह सकूँगा। इसलिए अपनी बहन और मेरी पत्नी मंजुवादिनी को आप कुछ दिन अपने ही पास रखें। मैं अपने प्रिय मित्र को ढूँढ़ने पृथ्वी-भ्रमण को जाता हूँ। मिल जाएँगे तब आ जाऊँगा।

'माँ से सलाह करके राजा भास्करवर्मा ने कहा : यह राज्य मिलना और इसके अभ्युदय के असाधारण कारण आप ही हैं। आपके बिना हम एक क्षण भी इस बोझ को नहीं ढो सकते। आप यह क्या कह रहे हैं?

'मैंने कहा : चिन्ता न करें। घर में श्रेष्ठ मन्त्री आर्यकेतु हैं ही। वे बड़े योग्य हैं। वे ही सब काम करेंगे।

'पर वे लोग मुझे काफी दिन रोके रहे। मुझे उन्होंने उत्कल के राजा प्रचण्डवर्मा का राज्य दे दिया। मैं तब आपको ढूँढ़ने जाने की राजा भास्करवर्मा से अनुमति लेना चाहता था कि अंगराज सिंहवर्मा का आदमी आया, जिसने सहायता के लिए बुलाया। यहाँ आया तो पूर्वजन्म के पुण्यों से आपके दर्शन हो गए।

राजवाहन, अपहारवर्मा, उपहारवर्मा, अर्थपाल, प्रमति, मित्रगुप्त, मन्त्रगुप्त और विश्रुत चम्पा में इकट्ठे थे। पाटलिपुत्र में अपनी सुन्दरी स्त्री वामलोचना के साथ आनन्द करता कुमार सोमदत्त युवराज पद पर आसीन था। राजवाहन ने उससे पहले ही कह दिया था कि दूत जब भेजा जाए, तुम तुरन्त आ जाना। राजवाहन ने उन्हें भी चम्पा में बुला लिया।

कुमारों का मिलन और राजहंस का पत्र

एक दिन ये प्रेम से आपस में बातें कर रहे थे कि राजा राजहंस का आज्ञापत्र लेकर राजसेवक आ गए। राजवाहन को प्रणाम कर उन्होंने पत्र दिया और कहा : 'स्वामी! यह आपके पिता राजहंस का आज्ञापत्र है। लीजिए।'

यह सुनकर उठकर बार-बार सादर प्रणाम करके वह आज्ञापत्र लेकर सिर से लगाकर राजवाहन ने पढ़कर सबको सुनाया :

'स्वस्ति! श्रीपुष्पपुर राजधानी से श्री राजहंस राजा चम्पा में निवास करते राजवाहन तथा अन्य कुमारों को यह आज्ञापत्र भेजते हैं। तुम लोग मुझसे आज्ञा लेकर सकुशल विदा हुए थे। पता चला कि कहीं शिवमन्दिर के पास शिविर लगा था। वहाँ रात को राजकुमार शिवपूजन को बैठे पर सुबह नहीं मिले। तब सब कुमारों ने प्रतिज्ञा की कि हम राजवाहन के साथ ही राजहंस को प्रणाम करेंगे, अन्यथा प्राण त्याग देंगे।—यह प्रतिज्ञा करके सेना तो तुमने लौटा दी, और राजकुमार ढूँढ़ने अलग-अलग चल पड़े। यह दुःख का समाचार सुनकर मैं और तुम्हारी माता असह्य दुःख के समुद्र में डूब गए। तब हम वामदेव के आश्रम में गए। सब वृत्तान्त बताकर—अब हम प्राण त्याग करेंगे।—यह सोचते थे कि वे त्रिकालज्ञ हमारे मन की बात समझकर बोले : राजन्! विज्ञान के बल से मैंने आपके मन की बात जान ली है। ये सब कुमार कुछ दिन तक राजवाहन के लिए अनेक कष्ट भोगेंगे। भाग्योदय होने पर असाधारण पराक्रम से दिग्विजय करके अनेकों राज्य प्राप्त कर, 16 वर्ष के अन्त में राजवाहन को आगे लेकर वे आपके और रानी वसुमति के चरणों में प्रणाम करेंगे। वे सदैव आपकी आज्ञा में रहेंगे और आप लोग तब तक कोई साहस का काम नहीं करें।—मुनि की बात सुनकर हमने विश्वास किया। धैर्य धारण किया और किसी प्रकार मैं और वसुमति देवी जीवित बने रहे। अब वह समय पूरा होने को आया। हम दोनों फिर वामदेव के आश्रम में गए और कहा : स्वामी! आपने जो समय बताया था वह तो समाप्त होने को आया, पर हमें तो कुछ भी पता नहीं चला!—मुनि ने कहा : राजवाहन आदि सभी कुमारों ने दुर्जय शत्रुओं को जीतकर दिग्विजय कर ली और अब चम्पा नगरी में है। मुनि के वचनों से ही तुम लोगों को बुलाने को आज्ञापत्र भेजा जा रहा है। यदि क्षण-भर भी देर करोगे तो हम न मिलेंगे।

'चलना चाहिए।' राजवाहन ने पिता की आज्ञा शिरोधार्य करके कहा।

मालवराज मानसार से बदला लेना

जीते हुए राज्यों में ठीक सेना रखकर आत्मीय जनों को नियुक्त करके, कुछ सेना लेकर मालव चलें और पुराने बैरी मानसार को हराकर ही माता-पिता के दर्शन करें—ऐसा तय करके वे अपनी-अपनी स्त्रियाँ लेकर मालव गए और उज्जयिनी पहुँचकर बड़ी सेना वाले मानसार को उन्होंने हराकर मार डाला। मालवराज की पुत्री अवन्तिसुन्दरी को संग ले लिया। बन्दीगृह से मन्त्री चण्डवर्मा द्वारा कैद किए गए पुष्पोद्भव को

सपरिवार छुड़ा लिया और फिर मालव राज्य को अपने अधीन करके उसकी रक्षा के लिए सेना सहित विश्वसनीय मन्त्री को छोड़कर, बाकी सेना लेकर वे सब कुमार पुष्पपुर आ गए। राजवाहन को आगे करके वे राजा राजहंस और देवी वसुमति के चरणों में प्रणाम करके स्थित हुए। माता-पिता उन्हें देखकर बहुत प्रसन्न हुए। फिर सब के मन की बात जाननेवाले मुनि वामदेव ने कहा : 'तुम लोग एक बार फिर जाकर अपने-अपने राज्य का न्यायपूर्वक शासन करो। जब इच्छा हुआ करे, माता-पिता के चरण छूने आ जाया करो।'

राजहंस का मिलना

मुनि की आज्ञा से वे माता-पिता को प्रणाम करके चले गए। जाकर दिग्विजय विधान करके लौट आए और हर एक कुमार ने मुनि से अपना वृत्तान्त कह सुनाया। उसका दुःसाध्य पराक्रम सुनकर सब प्रसन्न हुए। माता-पिता को अपार हर्ष हुआ। तब राजा राजहंस ने मुनि से सविनय कहा : 'भगवन्! आपके ही प्रसाद से हमने मुनष्यों की कल्पना से बाहर का सुख पाया। अब हम आपके चरणों में, वानप्रस्थ आश्रम ग्रहण करके रहना चाहते हैं। आप ही यह आज्ञा दें कि राजवाहन को पुष्पपुर और मालव राज्य का स्वामी बनाकर राज्याभिषेक किया जाए। शेष कुमारों को बाकी राज्य दे दिए जाएँ। वे एकमत होकर समुद्र जैसी मेखला धारण करनेवाली पृथ्वी का भार ग्रहण करें। राज्य के काँटे बीनकर दूर फेंके और सुख से राज्य करें।'

पिता का वानप्रस्थ ग्रहण करना

कुमारों ने पिता से वानप्रस्थ न लेने की प्रार्थना की, आग्रह किया। तब वामदेव ने कुमारों से कहा : 'हे कुमारो! ये वृद्ध हैं। अब ये मेरे आश्रम में रहकर बिना शरीर को कष्ट दिए वानप्रस्थ से जीवन बिताना चाहते हैं। तुम लोग इनकी इच्छा में बाधा मत डालो। यह भगवान की भक्ति में समय व्यतीत करेंगे। तुम लोग पिता के साथ रहकर सुख नहीं पा सकोगे।'

महर्षि की आज्ञा से उन्होंने पिता को वानप्रस्थ ग्रहण करने से नहीं रोका।

सुख से राज्य भोग करना

राजवाहन को पुष्पपुर में राज्यसिंहासन पर बैठाकर सब कुमार अपने-अपने राज्य का शासन करने लगे। जब कभी तबीयत आती, वे माता-पिता के दर्शनों को आते-जाते रहते। इस तरह सभी कुमार राजवाहन की आज्ञा से सारी पृथ्वी का न्याय से शासन करने लगे। परस्पर उनमें बड़ा एक था। जो सुख इन्द्र आदि देवता भी नहीं भोग सके, वह दुर्लभ सुख भी उन लोगों ने आनन्द से भोगे।

❑❑❑